CHILDREN OF THE RUNE BLOODED

4

전민희
장편
판타지

4

룬의 아이들

블러디드

CHILDREN OF THE RUNE BLOODED

엘릭시르

7

장

TEAMWORK

S

장

UNFORESEEN

언젠가 누구든 마침내
내 가슴을 찌를 때,
나는 오늘의 너를 기억하리라.
나의 어린 적이여,
새로 태어난 나의 첫 번째 적이여.

그리고 그날, 만일 내 안에 심장이 들어 있다면
그중 검은 불을 품은
가장 단단한 조각은
너의 것이리라.

네게 가장 좋은 것을 예비하였음을 의심치 말라.

7

장

TEAMWORK

꿈속의 목소리

'죄송합니다. 실수였습니다. 한 번만…….'

어둠 속, 더듬더듬 중얼대는 소리가 가까워진다. 작은 빛이 솟아나며 흐릿한 풍경이 떠오른다. 황야에 두 남자가 서 있다. 빛은 그중 두건을 쓴 자의 손 위에 있다. 빛이라기보다 연기처럼 피어오르는 기이한 광채다. 다른 자는 횡설수설하며 두 손을 잡았다 비볐다 떨었다 하다가 결국 털썩 무릎을 꿇는다. 두건 쓴 자가 그자를 내려다본다.

'제발…… 이번만 용서해주십쇼. 딱 한 번만요. 그렇게까지 하실 필요는 없을 것 같은데, 저기, 그냥 진짜로 물 한 잔 얻어 마셨을 뿐입니다. 저를 본 사람도 그 집 가족이랑 두세 명밖에 없어요. 며칠 있으면 저 같은 건 다 잊어버릴 거라고요.'

'그, 그럼…… 저를 봤던 사람들만 없앤다면…… 그것만으로는 안 될까요?'

'몰랐습니다. 실수였습니다. 그런 짓을 해버리면 이제부터 어떻게 제정신으로 살아가겠습니까…….'

'아아, 제발 용서를…….'

그는 눈물을 흘리며 가슴을 쥐어뜯지만 두건 쓴 자의 대답은 들려오지 않는다. 네가 왜 그러는지 모르겠다는 것처럼 눈썹을 조금 올렸을 뿐이다. 그저 이렇게 말한다.

'마을인가, 너 자신인가. 선택해라.'

이윽고 남자는 절망에 빠져 대답한다.

'마을을…….'

두건을 쓴 자가 고개를 들어 어둠 너머를 바라본다. 황야 너머, 평화로운 잠에 빠져 있는 마을이 보인다. 지평선이 발그레하게 밝아오고 있다. 그러나 그 빛을 받은 자의 얼굴은 핏기 없는 쇳빛이다.

쇳빛 얼굴은 두 손을 편다. 손바닥 위의 광채가 꺼지며 검은 연기가 뿜어져 나온다. 그러다가 돌풍을 품은 커튼처럼 훅 부풀어오른다. 다시 수백 가닥으로 갈라져 황야를 뒤덮으며 흐른다. 낮게 깔리며 마을 안으로 기어 들어간다. 오솔길과 울타리를 따라 검은 혈관처럼 퍼진다. 희미한 비명과 신음이 새벽안개 속을 날벌레처럼 떠돈다.

날이 밝는다. 안개는 마르고 볕은 점차 뜨거워지지만 마을은 고요하다. 누구도 물을 길러, 땔감을 가지러, 가축을 내보내러 나오지 않는다.

탄내가 난다. 황야 너머로 불어 가는 바람에 실린 재의 냄새, 살을 태우는 누린내가 난다. 이 어둠이 그자의 손에서 뻗어 나온 검은 연기로 가득한 것만 같아 몸이 저려온다. 미간을 찡그린 샤를로트가 몸을 뒤척이자 황야 너머로 걸어가던 두 개의 점이 사막의 열기에 녹아내리듯 사라진다.

그러나 끝난 것이 아니었다. 흰 어둠이 걷히자 아맛빛 햇살 속에 선 아이의 뒷모습이 보인다. 아아, 또 너구나.

아이는 금색 머리다. 작은 몸은 표범처럼 부드럽고 날래다. 조용하고 상냥하다. 가끔 뜻 모를 표정으로 웃는다. 쌀알처럼 작고 단단한 꽃망울이 흩어진 들판에 서서 조용히 며칠 뒤를 상상하고 있다. 작년처럼 아름답겠지. 내년처럼, 백 년 뒤처럼 부풀고 있겠지.

이 아이를 몇 번이나 보았는지 모른다. 고수머리 아래 붉은 주근깨가 흩어진 코, 끝이 살짝 들려 있는……. 조용히 있다가 남들이 웃지 않을 때에 웃곤 하는 다정하고 별난 아이. 드물게 아이가 웃는 이유를 찾아낼 때면 저절로 같은 웃음이 터지지. 뺨은 장밋빛이고, 이마는 연한 도기처럼 그을렸고, 한

껏 입가가 올라갈 때 입술은 날아가는 새처럼 크고 가늘고 싱그러운 곡선을 그린다.

그는 날아다니는 것들을 좋아한다. 몰래 감춰 온 꿀이 든 병에 손가락을 넣었다가 빼서 내밀자 작은 손님들이 날아와 달라붙는다. 그는 손가락에 나비를 잔뜩 붙인 채 뒤를 돌아본다. 손등은 이미 벌에 쏘여 부풀어오르고 있다.

'벌에 쏘이면 죽을 수도 있어.'

'괜찮아. 네가 고쳐줄 거잖아.'

그의 말이 맞다. 나는 건들대는 풀을 한 팔로 헤치며 그 애에게 다가간다. 그가 짓궂게 뒷걸음질치자 나비들이 춤추듯 날아오른다. 꿀이 흐르는 엄지를 입에 넣었다가 다시 내젓고…… 나는 불쑥 불안감을 느낀다. 이유는 모른다.

'이리 와. 어서.'

'잠깐만…….'

그는 아무것도 모른다. 내가 왜 다급하게 부르는지. 그저 웃고 있다. 나는 그의 손을 낚아채려 하지만 닿지 않는다.

'안 돼!'

내 손에서 조각난 빛이 나비처럼 날아간다. 나뭇잎 틈새에 박힌 햇빛처럼 날카로운 빛은 벌침의 독을 녹이고 단꿀은 아직도 흘러내리고 있다.

눈을 뜨자 어두운 방안이었다.

높다란 천장, 캐노피가 드리워진 침대, 물망초를 수놓은 이불, 십자와 마름모꼴이 반복되는 벽지. 휑할 정도로 텅 빈 방. 콜레트의 저택에 있는 자신의 침실이었다. 서늘하고 고요한 그곳에 누워서, 샤를로트는 이를 악물고 앞으로 달려나갈 듯 긴장해 있었다. 심장이 파들파들 뛴다. 이유 없이 가쁜 숨이 흐른다.

"후……."

손끝에 끈적한 감각이 남아 있었다. 망막에는 흰 반짝임이, 입가에는 무의미한 간절함의 흔적이 느껴졌다. 억지로 심호흡을 하며 흰 들판에 선 자신을 뽑아내어 검은 방에 눕혀놓았다. 그러나 벽걸이에 매달린 수정 조각들이 꿈속의 나비처럼 희번덕거리자 손을 뻗고 싶다. 아직 눈에 선하다. 손끝에서 뻗어가던 반짝임이. 코끝에 희미한 단내가 감돈다.

샤를로트는 고개를 저으며 이불을 덮어썼다. 이것들은 내 기억이 아니야.

사 년 전, 사과의 기억이 흘러들면서 시작된 꿈들이 있었다. 처음에는 뒤죽박죽이어서 분간하기 힘들었지만 반복되며 생생해진 지금은 어떻게 구별하는지 알고 있었다. 깨고 나면 일상과 뒤엉켜버리는 평범한 꿈과 달리 언제든지 또렷하게 되새겨지는 꿈은 사과가 준 것들이다. 반복해서 나타나는 것들도 있었다. 사람이기도 하고 장소이기도 하고 때로는 대화이기도 한 것들. 그들은 누구이고 그곳은 어디일까.

너무 생생해서 오히려 기분이 이상하다. 그들을 만나본 적이 없다는 것이. 어딘지 몰라 가볼 수 없다는 것이. 책에서 오려낸 그림에 그만 깜빡하고 메모를 남기지 않았다는 듯이. 어린 시절을 보낸 고향이 사라져서 돌아갈 수 없게 된 사람처럼.

방금 전까지 샤를로트는 초봄의 들판 머리에 서 있었다. 바람은 조금 건조했고 볕은 눈을 찔렀다. 희고 아른아른한 것들이 가끔 휘날렸다. 먼저 꽃이 핀 저지대에서 불어온 꽃가루였을 것이다. 곧 산 위로 불어갈 것이다. 봄이 번져가듯, 온 세상이 흰 꽃으로 가득해질 것이다. 그 애가 가장 좋아하는…….

그러나 그 꽃의 이름을 모른다.

억지로 이불을 덮어쓰는 이유는 그 때문이었다. 내 것이 아닌 감각이 너무 내 것이어서. 꿀로 끈적끈적해진 그 애의 손을 움켜잡고 들판을 달리고 싶었다. 흙을 파헤치고 싶었다. 강에 뛰어들고 싶었다. 큰 소리로 외치고 싶었다. 이제 그만 돌아가자!

하지만 자신은 그런 아이를 모른다. 새벽잠에 빠진 사이 순식간에 텅 비어버린 저 마을을 모르는 것처럼.

그 마을을 언젠가 누구든 발견했는지, 그곳에서 돌아선 쇳빛 얼굴을 한 자가 어디로 갔는지, 마을 사람들을 버리고 제 목숨을 구한 자는 또 어떻게 되었는지 알지 못한다. 발치의 모래가 내 발에 밟히는 듯하고 창밖에서 찌륵, 나는 새소리가 사람들의 단말마인 양 귀를 찔러도 이 생생한 감각은 진짜가 아니다. 모두 끝난 일들이다. 자신이 손쓸 수도, 책임질 수도 없는 까마득한 과거에 벌어진…….

이런 생각을 사 년 동안 집요하게 해왔다. 그러지 않으면 이 꿈들은 파도처럼 밀어닥쳐 사람을 넘어뜨리고 물에 빠뜨린다. 처음에는 놀라서 허둥거렸다. 다른 사람이 된 양 멍해지고, 그러다가 역겨움을 느끼며 밀어내고, 다시 누군지도 모를 사람에게 연민을 느껴 울고 웃었다. 하지만 이제는 철저히 객관화하려 했다. 그건 자기 방어도, 위로도 아니었다. 침착하지 않으면 살아남지 못한다. 꿈이 머금은 격한 감정은 발에 매달린 돌처럼 사람을 호수 밑바닥으로 잡아당기기 때문이다.

관심 없는 누군가의 사정을 듣듯 냉정해지고자 하지만, 어렵다. 자신은 자꾸만 꿈의 주인공이 되어 내 이야기인 양 달려가려 했다. 사랑하고 후회하고 분노하려 했다. 그리고 무서워했다. 뒤섞일까 봐. 빼앗길까 봐. 저도 모르는 사이에 남의 기억이 고인 호수에 빠져 숨이 끊길까 봐.

그런 기괴한 존재가 자신이었다. 어디까지가 순수한 자신이고 아닌지, 끊임없이 되새기고 칼끝으로 선을 긋고 집요하게 의심하고 식별하느라 늘 숨이 턱까지 차 있었다. 인간은 자라면서 주변 사람들과 영향을 주고받으면서 변해가기 마련인데 그것조차 기억 속 누군가로 변해가는 과정일까 봐 무서워 거부하면서. 그런 혼란을 견딜 수 있었던 이유는 하나밖에 없었다.

오빠도 같은 길을 걸었을 테니까.

이 괴로운 혼란을 직접 겪어봤으면서 동생에게 물려준 상황에는 틀림없이 그럴 만한 이유가 있었을 것이다. 아니라면 사랑하는 동생에게 그러지는 못하지. 포기하고 떠넘긴 것일 리 없어. 오빠는 그럴 사람이 아니야. 나라도 그러지 않아.

하지만 자신은 그 세계에 다른 사람을 끌어들이지 않았는가.

"……."

그 생각을 떠올린 샤를로트의 입술에 힘이 들어갔다. 깨물다가 피가 터질 것만 같아 벌떡 일어나 창가로 갔다. 소매로 유리를 닦아내고 쏘아보자 흐릿한 새벽빛을 머금은 저택 입구와 그 너머 거리의 윤곽이 어렴풋이 떠올랐다. 낮이 되면 부산한 소음 속에서 마차가 오가고 사람들이 가로지르는 길이다. 거리 끝에 새벽빛이 멍자국처럼 번져 있었다.

저 길 너머, 어느 망한 카페 3층에 살고 있는 녀석을 생각했다. 틀림없이 자고 있겠지. 이런 시각에 깨어 있을 리가 없지. 네댓 시간 뒤쯤 어슬렁어슬렁 일어나 근처 골목에서 발견했다는 빵집에서 아침 일찍 팔다 남은 빵을 저렴하게 사냥하러 가겠지. 빵 봉지를 안고 돌아오다가 문밖에 어슬렁대는 의뢰인을 발견하고는 인상을 찌푸리겠지. 그자의 용건이 위층에서 창을 열고 날마다 담뱃재를 내버리는 놈을 어떻게 혼내줄지, 그런 대수롭잖은 것이기를 바라며 안으로 들이겠지.

평화로울 수도 시시할 수도 있는 풍경이다. 그러다가 이 겨울이 끝날 즈음 네냐플로 돌아갈 수도 있었을 텐데. 다시 학교생활이 시작되면, 수상쩍은 의뢰를 해놓고 사람을 떠보기나 하는 이스핀 샤를 같은 애는 여름이 오기 전에 까맣게 잊었을 텐데.

그런 사람을 붙들다니. 같은 비밀의 진창에 처박다니. 남부 날씨처럼 가볍고 어디에도 얽매일 필요가 없는, 신경질적이지만 사실은 상냥한 사람이 너랑 똑같이 축축한 운명에 빠지는 꼴이 좋아? 저쪽에서 먼저 알고 싶어 했다지만 설마 이런 것일 줄 알았겠어? 그저 네가 외로웠던 것뿐이잖아. 굳게 먹었던 마음이 흔들렸던 것뿐이잖아. 그래서 질척거리는 늪에서 손을 뻗은 시퍼런 물요정처럼 남의 발목을 잡은 거잖아.

물요정을 떠올리자 또 다른 꿈의 잔상이 밀려와 샤를로트는 눈을 꾹 감았다. 누군가가 물속으로 걸어 들어가고 있었다. 뒷모습이어서 얼굴은 못 봤지. 한 걸음 한 걸음 잠기다가 마침내 머리끝까지 물속으로 사라져버렸어. 물은 아무 일도 없었다는 것처럼 고요하기만 했지. 하지만 소리가 들려왔어. 부름이. 음이 맞지 않는 기묘한 노랫가락이. 나를 찾아내다오. 나를 건져다오. 위대하고 처참한 힘을 계승한 소녀여…….

샤를로트는 창가에서 물러섰다. 얼굴을 가린 채 침대로 물러나 앉았다. 심장이 빠르게 고동쳤다.

사 년 동안 차곡차곡 쌓인 뜻 모를 조각들을 언젠가는 맞출 수가 있으리라. 어딘지 모를 세계에서 오래전에 벌어져버린 그 일들을 꼭 알아야 하는 거겠지. 모르지만, 몰랐으면 좋겠지만, 알아야만 이 임무를 해낼 수가 있는 거겠지. 오빠는 왜 그자의 심장을 빼앗아 숨겼으며 왜 사라졌는가. 그자는 심장을 되찾아 무엇을 하고자 하는가. 가로막는다면 무슨 일이 벌어질까? 누구의 심장이 꿰뚫리게 될까?

그 순간을 투지를 품고 상상하지만 한 가지 생각만은 견딜 수가 없었다. 다른 사람이 곁에 쓰러져 있을지도 모른다는 생각. 샤를로트가 아끼고 사랑하는 사람들 중 누군가가.

그런 일은 없어야 한다.

서서히 날이 밝아왔다. 아침 볕이 멍자국을 지우듯 샤를로트의 마음속 안개도 조금은 말랐다. 이미 저질러버린 일이다. 후회스럽지만 뒤집을 순 없다. 그렇다면 할 수 있는 일은 하나뿐이다. 이 늪을 말려버리고 걸어나가는 순간까지 그 애의 손을 붙들고, 무사하도록 지키는 수밖에.

같은 시각 막시민은 자고 있지 않았다. 의자에 누워 눈을 감고 있긴 했지만 직전에 꾼 꿈이 망막에 맺혀 떨어지지 않았다.

그는 평소 꿈을 많이 꾸는 편이 아니었다. 별 중요성을 두지 않는다는 쪽이 맞을지도 모른다. 꿈이란 게 다 그렇고 그렇지. 쓸데없는 것들을 잔뜩 부풀려서 보여줄 뿐이지. 낮에는 의식 밑바닥에 파묻혀 느껴지지도 않던 불안감 한 티스푼이 꿈속에서는 비구름처럼 거대하게 부풀어오른다. 깨어난 뒤에 그게 뭘까 자꾸 되씹어봤자 촛불을 등진 어린애가 제 그림자에 겁먹은 꼴이 될 뿐이지. 그렇게 생각했다.

그러나 이 꿈은 그렇지 않았다.

꿈속의 막시민은 높다란 성벽을 따라 걷고 있었다. 오래되어 갈색을 띤 벽에는 이름 모를 덩굴이 무성하게 늘어져 있었다. 풀벌레 소리가 공기 속에 뿌린 모래처럼 바삭바삭하고 이마에서는 약간 땀이 났다. 갑자기 구름이 몰려든다. 늦여름. 오후 4시 반. 빛은 아직 눈부시지만 잎새의 초록이 갑작스레 짙어지는 시각. 모든 잎이 날카로운 그림자를 한 조각씩 품는다. 밤을 깨달아서. 그림자 속에 밤이 보낸 예고가 들어 있다. 백 년에도 일 년에도 끝이 있듯 하루에게도 있지. 다가올 끝을 깨달아 현명해진 잎사귀들처럼 막시민은 별안간 무언가를 깨닫고 멈추어 섰다.

여기다. 여기서 기다리면 올 거야.

잠시 후 저만치에서 희끄무레한 것이 나타났다. 걸어오고 있었다. 제법 가까워졌지만 아직 얼굴은 보이지 않았다. 잠시라고 생각했는데 어느새 밤이었다. 잎들은 이미 고요했다.

희고 치렁한 드레스를 입은 여자였다. 치맛자락과 긴 머리가 함께 너울거리고 있었다. 바람이 강했던가? 모르겠다. 홀로 바람을 몰고 오듯 만곡한 성벽을 따라 걸어 막시민 앞까지 왔다. 막시민은 우뚝 서서 코트 주머니에 손을 찌른 채 여자를 보았다. 여자는 막시민의 존재도 깨닫지 못한 듯했다. 그저 한 그루 나무처럼 지나쳤다. 막시민은 여자를 부르거나 붙드는 대신 시선을 내리깔며 여자가 신은 신발을 보았다. 수수한 드레스와 달리 영롱하게 반짝이는 녹색 비단신이었다. 잡풀 우거진 흙길을 걷기에는 너무나 연약하고 아름다웠다. 진주와 보석들이 밤이슬처럼 매달려 있었다.

막시민은 고개를 돌려 여자의 뒷모습을 보았다. 이 모르는 여자가 집을 떠나, 가족을 떠나, 태어나서 가져온 모든 것을 떠나 어디론가 가고 있다. 그걸 어떻게 알았는지 모르지만 그냥 알았다. 말려야 하나? 한마디라도 해봐야 하나?

현실의 막시민이라면 낯선 사람을 보며 이런 심각한 생각을 했을 리 없지만 이건 꿈이었다. 꿈속의 막시민은 진심으로 여자가 한 선택이 가혹하고 안타깝다고 생각했다. 그렇게까지 할 필요는 없잖아. 꼭 모두 내버려야 하나? 타협할 방법은 없었나? 둘 다 가질 순 없는 거야?

그런 마음을 알아차리기라도 한 것처럼 여자가 뒤를 돌아보았다. 눈이 마주치자 말했다.

'부탁할게.'

돌아선 여자는 두 발짝 만에 어둠에 녹아버렸다. 뚫어져라 봐도 아무도 없었다. 현실이라면 귀신을 봤나 싶었을 것이다. 그러나 막시민은 계속해서 그쪽을 보았다. 어둠 속에서 누군가가 손을 내밀 것 같은 기분이 들어서였다. 한참이나 그러고 있었다.

마침내 뭔가 하얀 것이 불쑥 내밀어져 왔을 때, 막시민은 흠칫 놀라며 잠에서 깨어났다.

이 꿈은 뭘까? 깨고 나서도 이렇게 모든 이미지가 구체적으로 떠오르는 꿈은 처음인 듯했다. 휘어진 성벽, 빛을 움켜쥐는 구름, 한순간 먹으로 덧그린 듯 짙어지던 잎들, 흰 드레스, 녹색 영롱한 비단 신발, 낯선 여자, 그 여자가 한 말. 어둠 속을 뚫어져라 보며 기다린 것.

꿈의 모든 부분이 인상적이었지만 평소의 막시민이라면 신기하다고 생각하다가 곧 도로 잠들어버렸을 것이다. 눈을 뜨고서야 깨달은 사실 하나 때문에 지금껏 뜬눈이었다. 여자는 아는 사람이었다. 얼굴이…… 이스핀을 닮았다. 아니, 머리가 길 뿐이지 이스핀이 맞았다. 그렇다고 생각했다. 눈 빛깔이 달랐던가? 모르겠다. 그것까지는 기억나지 않는다.

왜 이런 꿈을 꾼 거지?

그렇게 자문하고 있자니 어제 카페에서 나눈 대화가 떠올랐다. 식은 커피와 홍차의 향이 풍기던 테이블 너머에서 상상을 초월하는 이야기가 흘러나왔을 때 막시민은 내심 당황하면서 생각했다. 이런 얘길 하라고 등 떠민 사람이 나였단 말이지? 어이쿠, 이 겁도 없이 무모한 놈아.

그러면서도 멈추게 하지 않고 계속 듣고 있었다. 기가 막혀 입을 못 다물겠다고 생각하면서. 이런 크고 무거운 비밀을 혼자 간직하려 들다니 무슨 짓이야? 짓눌려 죽을 참이야? 사람은 혼자 아는 작은 비밀 하나로도 서서히 목이 졸려 죽을 수도 있는데, 이건 그런 수준을 까마득히 넘었잖아.

이스핀에게는 베르나르라는 이름의 오빠가 있었다고 했다. 베르나르는 이스핀이 열다섯 살 때 실종되었다. 그리고 이스핀은 오빠를 섬겼다던 사람을 만나 갑작스럽게 거대한 비밀을 듣게 되었다. 오빠는 십이 년 전 비밀을 수호하는 자들을 만나 숨겨진 장소로 인도되었고, 그곳에서 자라는 사과를 따서 모았다. 그 사과에는 어떤 끔찍한 자의 기억이 들어 있었다. 그것도 수백 년에 걸친 기억이.

사과를 머리맡에 두고 자면 기억은 잠자는 자에게 꿈의 형태로 조금씩 스며들었다. 수년에 걸쳐 사과의 기억을 흡수한 베르나르는 그 기억의 주인인 자가 적어도 사백 년 이상 살아왔으며, 뭔가를 찾고 있고, 그걸 찾게 되면 이 세상에 큰 위험이 닥친다는 사실을 알았다. 또는 그 밖에도 뭔가를 알게 되었는지도 모른다. 어쨌든 베르나르는 그자를 찾아내어 접근한 끝에 '심장'이라고 불리는 것을 빼앗는 데 성공했다.

그 심장이 정말로 인간의 심장과 같은 기능을 가졌는지, 그런 것은 모른다. 문제는 그자가 심장을 빼앗기고도 죽지 않았다는 점이었다. 다만 그자는 약해졌다. 수백 년을 살아오며 점점 강력해지던 그자의 권능은 마비되었고 쉽사리 밖에 나가지도 못하게 되었다.

베르나르는 그자가 심장을 되찾기 위해 돌아올 것을 알았다. 그자는 제 심장이 어디에 있는지도 느낄 수 있었다. 왜냐하면 심장은 그만한 크기로는 상상하기 어려운 에너지를 품고 있기 때문이다. 특히 심장 속에 이리저리 퍼져 있던 빨갛고 가느다란 실오라기, 그래서 '혈관'이라고 부르게 된 물질은 만약 폭발한다면 성 한 채쯤은 간단히 날려버릴 정도로 어마어마한 에너지를 뿜어냈다.

그자의 추적을 막자면 심장이 뿜는 에너지를 차단해야 했지만 쉬운 일이 아니었다. 간신히 찾아낸 물질이 '왕국의 쇠'라고 불리는 특별한 쇠였다.

왕국의 쇠는 기본적으로 일반 쇠와 비슷하지만 마력을 약간만 불어넣어도 놀랄 만큼 가공이 쉬워져서 정교한 물건을 만들기에 편리하다고 알려졌다. 세공력이 부족한 옛 시절에 세공사들은 쇠치고는 상당히 비싼 이것을 그에 걸맞은 값비싼 물건, 그러니까 소형 오토마톤 같은 것에만 소량 사용하곤 했다. 하지만 오늘날에는 아무도 그러지 않았다. 세공력이 충분히 향상되어서 비싼 재료를 쓸 필요가 없어졌다.

오래된 오토마톤 중에서 왕국의 쇠가 가장 많이 함유된 종류는 권총이었다. 크기가 작다 보니 당대의 기술로 불가능하다 싶을 정도로 까다로운 세공이 필요했기에 구동부 전체를 왕국의 쇠로 만드는 경우가 많았다. 혈관이 뿜는 에너지를 차단하기 위해서는 왕국의 쇠를 많이 포함한, 당대 최고의 오토마톤 권총이 필요했고 베르나르는 구왕정 시절 최고의 장인 중 하나였던 누오보의 작품들을 택했다.

"그런데 말이다. 너희 오빠도 그런 값비싼 골동품들을 사들여서 힘들게 심장 조각을 집어넣느니 그럴 돈으로 그 왕국의 쇠라는 것만 사서 요만한 상자 같은 걸 만든 다음에 어디 우물 밑에라도 집어던지면 간단히 해결될 일 아니었을까?"

"그럴 수 있다면 좋았겠지만 문제는 이제 왕국의 쇠를 구할 수가 없어. 그건 평범한 광산에서 캐내는 것이 아니야. 필멸의 땅에서만 나오지."

정확히는 필멸의 땅에서 나온 유물에서 추출한 쇠였다. 유물들의 가치가 널리 알려지기 전, 보물 사냥꾼들이 필멸의 땅에서 갖고 나온 유물들 중 값나가는 귀금속이 아닌 것들은 종종 헐값에 팔려나가곤 했다. 그러다가 누군가가 그걸 녹여볼 생각을 해냈다. 그 결과 평범한 쇠처럼 보였던 것들이 실은 상당히 특별한 쇠였음이 밝혀졌다. 마력이 부여된 쇠일까? 또는 가나폴리에서만 채굴되던 특별한 쇠였을까? 알 수는 없지만 어차피 오늘날에는 그런 광산을 찾아낼 방법도 없었다.

"요즘에는 필멸의 땅의 위험이 널리 알려졌기 때문에 보물 사냥꾼들은 줄어들었고 남은 유물들은 마법사들이 차지해버렸거든. 마법사들이 귀중한 유물을 녹여서 쇠를 추출할 리가 있겠어? 그래서 이 쇠는 사실상 수급 방법이 사라진 물질이라고 할 수 있어."

베르나르는 오토마톤에서 왕국의 쇠를 도로 추출하기보다 훌륭한 세공품이라는 점을 이용해보자고 생각했다. 그리하여 구동부에 소량의 혈관을 봉인한 오토마톤은 대륙 곳곳으로, 선물의 형식을 띠고 보내졌다. 다양한 가문의 애장품이 되고 나면 그자가 무엇을 찾아야 할지 알아차리더라도 단번에 되찾지는 못하리라. 그 일을 마치고 얼마 후, 베르나르는 실종되었다.

베르나르가 돌아오지 않자 가족들은 장례를 치렀다. 그들은 베르나르에게 무슨 일이 있었는지 조금도 알지 못했다. 오직 이스핀만이 은밀한 부름을 받아 프시키들에게 휘말려 죽을 뻔한 끝에 비밀을 수호하는 자들이 '블러디드'라고 부르는 힘을 얻게 되었다. 거대한 비밀과 한 상자의 사과를 물려받았다. 오빠가 마무리하지 못한 임무도 함께.

사과를 침대 머리맡에 두자 꿈이 흘러 들어오기 시작했다. 남의 조각나고 뒤죽박죽된 과거가, 생생하다 못해 자아를 뒤흔들 정도로 밀려든다. 많은 기억들이 피범벅이고 또 다른 것들은 피 없이도 잔혹하다. 꿈을 꾸는 것만으로도 하루치의 기력이 다해 평범한 대화도, 웃음도, 음식의 맛도 잊어버렸다. 딴사람으로 변한 것 같다는 말을 들으면서도 멈출 수가 없었다. 포기할 순 없다. 이건 오빠가 목숨을 걸어가며 만든 기회니까.

수백 년을 살아온 그자가 가장 약해진 때가 바로 지금이었다. 베르나르가 심장을 빼앗는 데 성공했기 때문이다. 그러니 기회를 놓치지 않고 죽여야만 한다. 심장을 잃어 약해진 뒤로 어딘가에 숨어 지내고 있는 그자를 끌어내기 위해 그자가 노리기 시작한 오토마톤을 먼저 가로챘다. 그자가 참지 못하고 은신처를 나와 덤벼들기를 기다리면서…….

"그런데 사백 년쯤 살았다면 그자는 정체가 뭔데? 인간이기는 한 거냐?"

"인간이냐고? 글쎄. 모르겠어. 내 꿈속에서는 인간처럼 보이긴 했지만."

뛰어난 마법사들이 가끔 인간의 수명을 초월하기도 한다는 건 알지만 제 뜻으로 사백 년이나 살아온 인간은 들어본 적이 없었다. 누가 증명해주겠는가? 그자의 부모도, 가문도, 심지어 이름조차 모른다. 그자가 쓰는 여러 이름은 모두 진짜가 아니었다. 이스핀의 꿈속에서 그자는 한때 기억을 잃은 철광 노동자였다. 같이 일하게 된 노동자들은 그자의 기괴한 낯빛과 어눌한 표정, 어색한 말씨를 보고 비웃음을 섞어 별명을 붙여주었다. 아이언페이스라고. 그자는 아무 불만 없이 그걸 제 이름으로 받아들였다. 그자에게는 인간이 갖는 대부분의 감정이 없기 때문이다.

"쇠의 왕도, 스테어 아이언스도, 살아오며 그런 식으로 만들어졌을 뿐 모두 진짜 이름이 아니야. 어쩌면 그자조차 제 이름을 모를 거야. 그렇게 진짜 이름을 모르기 때문에 기록에서 찾아낼 수도 없고 마법으로 지칭할 수도 없었어. 예전에 다른 마법 학교에 잠깐 들어가 그자에 대한 기록을 찾아보려 했지만 검색조차 되지 않아서 사흘 만에 포기했지."

"사흘이라니, 그걸 갖고 어떻게 학교 도서관을 다 뒤지냐?

거긴 책이 몇 권 없냐?"

"아니. 찾는 법이 좀 달라. 마법 학교에서만 가능하다는 신비로운 방법이 있는데 설명하기가 좀 어렵지만…… 아니 잠깐, 네냐플에도 있지 않을까? 이공간에 있는 자료 보관소 말이야. 동그란 돌처럼 생긴 것에 손을 대고 열쇠 주문을 사용하면 그 안에 있는 기록을……."

막시민은 그게 무엇인지 잘 알고 있었다. 네냐플에서는 포도원이라고 불리는 곳이다. 마법사들은 실제 세계 위에 덧씌워진 '이공간'이라고 하는 보이지 않는 공간에 자료며 유물을 보관하곤 하는데 그곳에 접속할 수 있는 권한이 부여된 장소가 포도원이었다. 동그란 돌은 아니고 마법이 걸린 서안을 사용한다는 정도가 다를 뿐이었다. 직접 써보진 못했어도 예전에 구경만은 실컷 했다.

"어, 있다. 그거 다른 학교에도 있는 거였냐. 몰랐네. 근데 그거, 아무한테나 사용 허락을 내려주지는 않던데."

"응, 그것 때문에 나도 입학이란 걸 해야 했지."

어딘가의 다른 잘난 놈도 이것과 똑같은 소리를 했던 느낌이라 그때와 똑같이 어처구니가 없었지만 어쨌든 네냐플의 포도원은 입학만 한다고 자유롭게 사용할 수는 없는 장소였다. 다른 학교는 좀 다른가 보네.

"거기서 그자의 행적과 관련 있는 키워드를 여럿 넣어보았지만 일관된 정보는 아무것도 나오지 않았어. 그래서 이 세상은 그자를 모르는구나, 조각난 괴담으로 남아 있을지 몰라도 하나의 괴물인 그자를 추적한 사람은 없었구나, 그자가 살아온 수백 년을 목격하고 역겨움과 분노와 두려움을 느끼는 건 나뿐이구나, 나만이, 몇백 년에 걸친 이 미해결 사건의 유일한 목격자구나……. 그렇게 생각하니까 화가 나면서 동시에 소름이 끼쳤어. 이 무거운 짐을 내가 져야 할 이유는 없지만 나까지 외면한다면 그자는 온전히 자유로운 거야. 무혐의인 거야. 그리고 어쩌면…… 예전에 책임을 넘겨받은 누군가가 겁이 나서 외면했기 때문에 그자가 여전히 이 세상을 활보하고 있는 건 아닐까. 어쩌면 내 조상 중 누군가가…….”

비밀스러운 곳에서 자란다는 사과들은 왜 그자의 과거사를 품고 있는지, 이스핀도 같은 의문을 품었다고 했다. 그런데 사과 속에는 그것만 든 것이 아니었다. 거기에는 이스핀 남매의 과거사도 부분적으로 들어 있었다. 대체 왜? 무슨 상관이 있기에?

“마치 한 상자에 나란히 든 사과들 같지. 내게 이 힘이 온 이유인 것처럼. 가문의 적을 죽이기 위해 대대로 보관되는 칼처럼. 다시 말해 그자가…… 나와 피가 닿는 존재라는 뜻이 아닐까.”

“한 핏줄이라고?”

상대를 괴물이라 칭하면서 동시에 한 핏줄이라고 말하는 이스핀의 얼굴은 핏기가 사라져 하얗게 들뜬 가면처럼 보였다. 창백하다는 말만으로는 표현되지가 않았다. 그걸 보고 있자니 저도 모르게 이맛살이 찌푸려졌다. 그래, 가문의 피투성이 비밀이든 임무든, 그런 게 있다 치자. 그런 게 왜 가장 어린 사람 몫으로 떨어져야 하는데?

"그자에 대해 모르는 것은 너무 많지만 하나 확실한 건 프시키들이 그자를 두려워한다는 거야. 내가 이 힘을 얻게 되었던 북쪽 섬, 그곳 사람들은 옛날부터 프시키를 섬겼다고 해. 그들의 말로는 프시키들이 저들을 죽여줄 힘을 가진 나를 찾아 각성시키고자 했다는 거야. 그리고 그 이유는 저 심장의 주인을 내가 없애주길 바라서라고, 그러니까 그자는 어쩌면 일종의 프시키인지도 모른다고…… 그런 믿기 힘든 얘기를 해줬지."

막시민이 아는 프시키는 별다른 해가 없는 작은 에너지 생물일 뿐이었지만 이스핀은 프시키에게 위험을 미리 알아차리는 힘이 있다고 했다. 마치 자연재해를 감지하고 달아나는 야생동물처럼, 심지어 문제가 생기기 몇 년 전부터 소란을 피운다는 것이다. 그리고 프시키들이 두려워하는 위험이 바로 그자라면, 프시키가 인간의 모습을 취할 수도 있는 거라면…….

머리가 복잡해진 막시민이 고개를 내저으며 물었다.

"사람도 아닌 프시키가 어떻게 너와 한 핏줄일 수가 있는데?"

"그것까지는 추측이니까 유보해둘게. 하지만 아무 상관이 없다면 왜 내게 이 기억과 힘이 왔는지 알 수가 없어. 단지 우연일 수도 있는 걸까? 난 그게 더 납득하기 힘들어. 왜냐하면 평범한 프시키는 찾아내어 없앨 필요가 전혀 없어. 그저 겁 많고 소란스러운 작은 새들 같은 존재일 뿐이야. 그런 존재를 찾아내어 죽여버리는 능력이 왜 세상에 존재해야 하는 걸까? 프시키들은 나를 찾아내어 각성시키려 애썼는데 그게 자기들을 모조리 죽여달라는 뜻이었을까? 그럴 리 없잖아. 이유가 있어야 하잖아. 그것도 중대한 이유가. 이 힘을 가진 내가 상대해야만 하는 자가. 기억이 든 사과들도 프시키를 섬기는 그 섬에서 나왔어. 그들은 내게 힘을 주고, 기억을 주었어. 이만하면 해야 할 일은 명확한 거잖아?"

듣다 보니 점점 참을 수가 없어진 막시민의 목소리가 커졌다.

"다 그렇다 쳐도 왜 하필 너냐고! 네가 무슨 잘못이라도 저질렀냐? 누가 네 의견을 물어보긴 했냐? 너희 조상들은 이런 상황을 정말로 납득한 거냐? 왜 너한테는 선택권이 없는데?"

"몰라. 왜 하필 내 오빠였는지 모르는 것처럼. 나도 오빠가 곁에 있다면 물어보고 싶네. 오빠도 나 같은 생각을 했는지.

왜 이 비밀이 우리에게 왔느냐고 억울해했는지."

"대답을 못 할 사람에게 왜 물어보냐? 너희 부모님한테 물어봐! 가서 나한테 왜 이러냐고 따져봐라. 어차피 대답은 정해져 있으니 물어볼 필요가 없다고 생각하는 게 아니라면 말이야."

"그렇진 않지만…… 어머니는 날 낳고 곧 돌아가셨어. 아버지는 내가 프시키와 관련된 힘을 얻게 된 건 알지만 그냥 작고 신기한 마법인 줄로만 아시지. 아이언페이스에 대해서는 모르고, 내가 복수심 때문에 오빠를 죽인 범인을 찾고 있는 줄로만 아셔. 그나마도 내가 스무 살이 되면 포기하겠다고 약속했기 때문에 기다려주고 계실 뿐이야. 무엇보다 아버지는 이런 증명하기 어려운 이야기를 믿어주실 분이 아니야. 아버지한테는 사과가 주는 꿈을 보는 힘이 없었어. 아니, 솔직히 나도 그 꿈만 아니었더라면 이런 이야기를 진짜로 믿지는 못했을 거야."

"그래서 부모는 아무것도 몰라서 평화롭도록 놔두고, 너희 오누이는 비밀을 짊어지고 맞서 싸워야 마땅하다고? 너희 집안의 보호자는 대체 어느 쪽인데? 그리고 네 오빠가 감내했으면 너도 감내해야 되는 거냐? 그게 정말로 네 판단이야? 너도 이 이야기가 엄청나기도 하지만 믿기 힘들다는 생각을 안 하진 않는 거겠지? 증명되지 않은 추측도 상당히 섞여 있고……."

"날 못 믿겠다고? 너도?"

그렇게 묻는 이스핀의 눈 속에서 기묘한 불꽃이 일었다. 그러나 곧 차갑게 가라앉았다.

"아니, 당연한 거지. 그래. 믿기 힘든 얘기야. 내가 가진 힘, 아이언페이스의 존재, 이런 건 겪었으니 믿는다 쳐도 그자가 수백 년 동안 온갖 악행을 저지른 괴물이고, 프시키인지 인간인지 모를 존재고, 수많은 프시키들이 그자를 두려워하며 날 각성시켜 뭔가를 막으려 한다든가, 그런 얘긴 증거가 없으니 망상일지도 모른다……. 맞아, 합리적인 태도지."

막시민은 물러서지 않고 어깨를 으쓱했다.

"어, 맞다. 난 증명된 것까지만 믿는다. 그래서 나머지는 이제부터 증명해볼 생각이야. 그런데 내가 널 별로 오래 보진 않았지만 얼굴도 모르는 세상 사람들을 위해 죽음을 무릅쓴다든가, 그런 과대망상적 성격 같진 않거든? 너, 정말로 그런 이유냐?"

"난 거절할 수가 없었어. 내가 모르는 체하면…… 그 결과 엄청난 재앙이 벌어지거나 한다면…… 난 어떡해? 그냥 몰랐던 체하고 입을 다물고 있으면 되는 걸까?"

"야, 너 정말, 기막힌 소리 한다. 이 세상이 얼마나 크고 복잡한지 모르냐? 네가 뭔데 재앙이라고 부를 만한 사건을 혼자 책임져? 너라는 한 명이 포기한다고 바로 끝장나는 세계라면 애초부터 잘못 만들어진 거 아니냐? 넌 위대한 마법사도 아니고 그런 책임을 질 만한 행동도 안 했고, 나이는 고작 열아홉 살밖에 안 됐거든?"

"멋진 얘기네. 하지만 애초부터 세상이 잘못 만들어진 게 맞는다면 어떻게 하는데? 나한텐 스승도 동료도 없었어. 사과는 기억을 줄 뿐 내 질문에는 대답하지 않아. 하느냐 마느냐, 선택은 내가 할 뿐이야. 난 이게 옳은 선택이라고 생각했어."

한때 이스핀은 가까운 사람 누구도 믿지 않는다고 했다. 그건 그들이 믿을 만하지 못해서였을까, 아니면 끌어들이고 싶지 않아서였을까. 막시민은 이스핀의 반응이 점점 격해지는 것을 보며 좀더 밀어붙여보기로 작정했다. 지금껏 막시민에게 진실을 알려주지 않고 적당히 얼버무리려 들었던 것도 같은 이유였겠지. 그런 짓은 이제 그만해. 남의 도움 없이 혼자 짐을 짊어져야만 하는 불쌍하고 위대한 사람 같은 건 없어. 있더라도 없게 해야 마땅해.

"그런 걸 선택이라 부를 수가 있냐? 네 상태가 좀 병적이라는 생각이 안 드냐? 잠깐 생각을 멈추고 이게 남의 일이라고 생각해봐. 혼자 비장하게 굴지 말고. 이런 걸 너 혼자 하라고 남겼다는 너희 오빠라는 사람도 미안하지만 난 잘 이해가 안 간다. 세상은 좀 여럿이서 구하면 안 되는 거냐?"

"오빠는 갑자기 실종됐기 때문에 내게 자세한 얘기를 해줄 기회가 없었을 뿐이야. 그리고 누가 또 이런 이야기를 믿어줄 거라고 생각해? 너도 다 믿진 못하겠다며? 무엇보다 위험한 일에 다른 사람들을 끌어들이면……."

"왜, 너 혼자 세상을 구해야 빛이 나니까?"

순간, 이스핀의 눈빛에 분노가 어리는 것을 보며 막시민은 대략 성공했다고 생각했다. 이쯤 되면 가식을 벗으려나.

그러나 튀어나온 말은 전혀 다른 것이었다.

"빛이 난다고? 그런 건 필요 없어. 관심도 없어. 난…… 솔직히 난, 세상 같은 건 어떻게 되든 상관없어. 내가 원하는 건 하나뿐이야. 오빠를 돌려받을 거야. 난 오빠가 죽었다고 생각 안 해. 내 눈으로 보기 전까지는 인정할 수 없어. 오빠는 아이언페이스의 심장을 빼앗았기 때문에 그자에게 납치당한 거야. 난 그자를 만나서 물어볼 거야. 협박할 거야. 오빠를 어떻게 했느냐고, 어디 있느냐고, 내놓지 않으면 죽여버리겠다고!"

처음으로 밑바닥에 도달한 마음. 가면 뒤의 열다섯 살 소녀가 사 년간 집요하게 달려오면서도 아무에게도 하지 못했던 말.

외침의 잔상이 사라지는 동안 둘은 굳어진 채로 잠시 상대인지 허공인지 모를 것을 보고 있었다. 느닷없이 뺨이라도 맞은 사람들처럼 얼굴을 붉히고서. 아, 여기까지 말해버릴 생각은 아니었는데. 아, 이런 소리가 나올 줄 왜 예상 못 했지.

이스핀이 먼저 정신을 차렸다.

“이런 얘기까지 해선 안 됐어. 방금 건 못 들은 걸로 해줘. 그냥…… 그래, 네 말대로 네가 믿을 수 있는 부분까지만 믿어줘. 너뿐 아니라 누구라도 이런 이야기를 말로만 듣고 믿긴 힘드니까. 사과의 꿈을 경험 못 한 채로 이 이야기를 모두 들은 사람은 네가 최초고, 믿지 않는다 해도 놀랄 건 없어.”

막시민도 정신을 차렸다.

“아, 그러셔. 그것참 끝까지 모호하게 구네. 내가 못 믿겠다고 나오는 것도 당연하고, 그러니까 또 너 혼자 가려고? 난 데보라와 청어절임을 통해서 아이언페이스라는 자가 실제로 존재한다는 걸 확인했지. 그리고 그자의 부하라는 놈한테 잡혀갈 뻔했고, 그자가 잡아간 내 가짜 할아버지도 찾아낼 작정이야. 물론 네가 의뢰한 권총들도 그자보다 먼저 손에 넣어야겠지. 그런 상황에서 네가 방금 끼얹은 추가 정보란 그자가 쓸데없이 나이를 잔뜩 먹었고, 과거에도 뭔가 미친 짓을 많이 했고, 앞으로도 할지도 모른다는 것뿐이잖아. 아아 그래, 내 예상보다 더 위험한 미친 늙은이라는 걸 알게 됐네, 조심을 더 해서 나쁠 건 없겠군, 그게 전부 아니냐? 네 말을 믿든 안 믿든 내가 할 일에 변화란 없어. 그럼 동료의 신의로 일단 믿기로 해둔다고 하면 안 될 이유가 있겠냐?”

이스핀은 막시민의 얼굴을 잠시 쳐다보고 있었는데 뭐라 딱 잘라 말하기 힘든 표정이었다. 다행스러움과 불안감과 망설임이 뒤섞여 있달까. 사나운 짐승에게 쫓기고 있는데 맨몸인 사람이 도와주겠다고 달려왔을 때 지을 법한 표정이 아닐까.

하긴 맨몸이지. 이렇다 할 무기는 없잖아. 그런 자조적인 생각을 하고 있는데 이스핀이 짧게 말했다.

"고마워."

아마 이스핀은 수많은 말을 생각했을 것이다. 그럴 이유는 충분하다. 왜냐하면 막시민도 방금 자신이 한 말이 전부가 아니란 것을 빤히 알고 있었으니까. 일부러 다 훑어 내버리고 뼈대만 남겼다. 그렇게라도 하면 정리가 되는 것 같고, 충격에 빠져 허둥대기보다 다음 할 일을 생각할 수 있을 것 같고, 무엇보다 진정시키고 싶었으니까. 자신이 떠맡은 임무를 설명하고 있는 담담한 얼굴 밑에 두려움이 일렁이는 것을 보았기 때문에.

아무리 위험한 일일지라도 수년 동안 해오다 보면 저도 모르게 무뎌진다. 그러다가 입을 열고 나서 상대의 반응을 보며 거울을 본 듯 깨닫는 것이다. 아, 이건 평범한 사람이 감당할 수 없는 얘기구나. 내가 그런 꼴을 하고 있구나. 흡사 피를 뒤집어쓴 괴물이구나.

그런 기분은 주지 않으리라 생각했다. 별것 아니라고, 너한 사람 속에 갇힌 무거운 비밀이 아니라 햇빛 아래 꺼내놔도 된다고, 합리적으로 해석 가능하고 대처도 가능한, 그래서 지나가던 탐정 아무개한테 의뢰할 수도 있는 그런 일이라고, 그렇게 해석해주고 싶었다. 그런 기분으로 한 말임을 이스핀도 알았으리라. 그래서 경고의 말도 우려의 말도 모두 삼키고 단지 고맙다고만 답했다는 것을 안다. 알기 때문에 답답해진다. 이제 그만해. 왜 기분을 숨기는 거야. 그냥 솔직히 말해.

"좀더 확실하게 말해두자면 믿는 것이 당연하진 않다만, 부득이할 때는 당연한 편이 낫다는 거야. 이미 너랑 나는 한배를 탔어. 아이언페이스의 희망 컬렉션 목록에 이름이 올라간 처지라고. 그러니까 할말 있으면 솔직하게 다 해라. 그거 아니라든가, 네 안이한 추측보다 훨씬 위험하다든가, 알지도 못하면서 멋대로 떠들지 말고 닥치라든가, 다 상관없어. 나란 놈은 고상한 화술 따위 모른다. 너도 어딘가에서는 그런 게 필요할는지 몰라도 나처럼 가문의 이름조차 없는 놈 앞에서는 없어도 되지 뭐냐. 시럽 바르지 말고 간단하게 말해도 아무 일 안 일어나."

어설픈 예의나 배려는 차라리 그만둬줬으면 했다. 왜냐면 자신도 이미 그러고 있었으니까. 남들 눈에는 지금까지의 막시민도 정중한 신사로는 보이지 않았겠지만 막시민에게도 사람을 대하는 선이란 게 있었다. 가까울수록 제 몸인 양 직관

적인 보호 심리가 작동하는 대신 인간 대 인간으로서의 거리는 지워진다.

잠시 후, 이스핀이 대꾸했다.

"너무 속시원하게 말하는 거 아니냐고 하고 싶은데, 실은 나도 속시원해지는 느낌이라서 그 말이 안 나오네."

"어. 빈털터리라서 속시원한 느낌, 그거야. 별건 없지. 나 한 명이 돕는다고 뭐 엄청난 반전이 벌어질 거란 생각은 너도 안 하잖아. 그냥 속에 꾹꾹 눌러놨던 말을 들어줄 사람이 하나 생긴 것뿐이야. 말을 해버리고 나면 너란 애도 조금 나은 인간이 되겠지. 혼자 무대에서 노래도 부르고, 표도 팔고, 박수도 치고, 다 할 순 없다는 걸 받아들이게 된다든가. 세상에 아무리 뛰어난 인간일지라도…… 한 명이란 건 바뀌지 않아. 한 명은 모든 걸 해낼 수 없어. 그리고 한 명이 다 해야 한다면 그건 잘못된 거야. 울고불고 억울하다고 화내라고. 그런 다음에도 우린 이걸 해나갈 수 있다."

낮에 근사하게 지껄였던 말을 어둠 속에서 눈을 감고 돌이켜보니 얼굴이 달아올랐다. 용감하게 잘도 헛소리했네. 실은 당혹스럽고 두려웠던 주제에.

솔직하게 말하라 하면서 자신은 솔직하게 굴지 못했다. 그럴 수가 없었다. 눈앞의 겁 많은 애가 거울 들여다보듯 막시민의 표정에 자신을 비춰보고 있다는 걸 알았기 때문이다. 그걸 알고도 먼저 겁먹은 얼굴을 할 순 없는 거다. 내 표정은 곧 네 얼굴로 옮겨가고 말 테니까.

웃기는 일이야. 빈털터리 주제에 언제부터 남의 사정에 그렇게 신경썼다고.

주제 파악이라면 누구 못지않게 잘했다. 될 듯한 일은 얼른 해치우고 안 되겠구나 싶은 건 빠르게 포기했다. 부모든 비빌 자리든, 심지어 사람과의 관계조차도. 손떼고 물러나는 건 막시민의 특기였다. 사회적 지위니 이름이니, 잃을 게 있는 자들이 부러워 배가 아팠던 적은 없다. 그저 다르게 태어났으니 다른 갈 길이 있을 뿐이라고 생각했다.

켈티카에 오고서야 알게 됐다. 더 잃을 게 없는 놈처럼 구는 것도 일종의 위악이라는 것을. 말끔하게 차려입고 고상하게 행동하면 거저 생기는 이득이 많고 쉽사리 빠른 길이 펼쳐진다는 것도. 분수에 맞는 행동거지가 꼭 최선은 아니었던 거야.

하지만 그럴싸하게 흉내를 내면서도 결국 어울리지는 않는다고 생각했다. 타고나기를 빈털터리라서? 그뿐만은 아니다. 다른 것을 알아차렸기 때문이다. 막시민 리프크네는 복잡하게 꾸며진 이야기의 본질을 짚는 본능을 타고났으며 그건 그가 더 내려갈 곳 없는 바닥에 발을 딛고 있기 때문에 시작되었음을. 모든 이야기에는 시작이 있다. 그는 시작을 찾아낸다. 교양도 지식도 없는 놈이라서 남들이 차마 입 밖에 못 내는 이야기를 후벼 파내고 떠들어댔던 것이 아니었다.

그러나 그걸 깨닫기 위해 막시민 리프크네는 플레상스 경이 되어보았어야 했다. 익숙하고 편안한 자신으로 무신경하게 지낼 때는 몰랐다. 다른 사람이 되어보고서야 그것이 빈털터리의 특징이 아니라 자신의 것이었음이 뚜렷이 보였다. 텅 빈 줄 알았던 제 주머니에도 뭔가가 들어 있었다. 가짜 신사의 코트를 걸쳐봤기 때문에 찾아낸 동전이다. 하지만 여전히 만지작대며 망설이고 있었다. 이건 진짜 동전이 맞을까?

이런 경우 알아내는 방법은 결국 하나뿐이다. 동전이 진짜인지 궁금하면, 써보면 돼. 무엇을 살 수 있는지. 다음은 세상이 판단해주는 거다.

그래서 대담하게도 그런 소릴 지껄였다. 속으로는 먼지 묻은 동전 몇 개로 엄청난 걸 사들이게 됐다고 생각하면서. 솔직히 사기당한 느낌이 안 든다면 거짓말이겠지. 하지만 자신한테 사기라면, 그건 이스핀한테도 마찬가지다. 세상에 위기가 닥쳐와? 그럼 이 잘난 세상이, 왕국을 바른길로 이끈다는 현명하고 고귀하신 분들이 나서서 수백 년간 독차지해온 황금과 창칼을 아낌없이 휘둘렀어야지. 그렇게 순식간에 해결하신 다음에 가난뱅이나 애송이 나부랭이는 그런 일이 있었는 줄도 모르게 하셨어야지.

왜 열아홉 살 먹은 애가 혼자 목격자가 되어서 이를 악물고

칼을 뽑아 쳐야 하는가. 괴물을, 학살자를, 세상 밑바닥에 용암처럼 흐르는 위협을.

꿈에서라도 마주치기 싫을 그런 자로부터 달아나는 대신 "죽여버리겠다고!"라고 외치던 이스핀의 목소리는 날카롭다기보다 흡사 톱니에 갈린 듯했다. 사 년 동안 제 결심을 얼마나 곱씹고 다졌으면 그 꼴이야. 그건 힘든 일이잖아. 누구나 그런 생각보다는 편안하고 즐거운 것, 맛있는 것, 아름다운 것을 원하잖아. 미래는 아직 모르기 때문에 더 기대되는 것이어야 하잖아. 하루하루 분노를 되살려내어 결심을 다지고, 동시에 그것을 숨기며 살려니까 너무 힘들어서 손에 쥔 단순하고 평화로운 것들을 저도 모르게 박살내고 싶어지는 거잖아. 차라리 아무것도 모르고 다른 길을 갈 수 있다면…….

불현듯 막시민은 자신이 왜 이 꿈을 꾸었는지 알아차렸다.

꿈속의 자신이 왜 그렇게 안타까워하며 말리고 싶었는지도 알았다. 꿈속의 여자는 머리가 길었고 지금의 이스핀보다 나이든 얼굴을 하고 있었다. 즉, 미래의 모습일 것이다. 가혹하고 안타까운 선택을 하고 만 여자. 만약 그 일이 아직 일어나지 않았다면, 막을 수 있다면?

그날 막시민은 말했다.

"어, 사람을 구한다는 건 좋지. 가족이면 더 좋겠고. 하지만 그게 전부일 순 없잖아. 너는 너라는 사람도 구해야 하니까. 누구나 그렇지. 일단 자기를 구해야지. 그리고 난 그게 누구였든 목숨 내던지는 일을 돕진 않을 거다."

그러나 막시민은 차마 이 말까지는 하지 않았다. 압도적 힘을 가진 적과 대적하다가 실종된 채로 사 년이 지난 사람이 살아 있다고 믿는 건 망상에 가깝다고. 그 생각이 지금의 이스핀을 버티게 하는 근간임을 알았기에 아무 말도 하지 않았다. 어차피 수많은 사람이 이미 같은 말을 해줬을 것이다. 오빠는 죽었다, 그만 포기해라. 겉으로는 이성적인 체 고개를 끄덕였겠지만 내심에서는 납득하지 못해 아직도 울고 있는 사람에게 같은 말을 한 번 더 보태봤자 무슨 소용이 있겠어?

하지만 사람이 살아갈 이유란 어디서든 나오면 그만일까? 그게 진실이든 아니든 중요하지 않은 걸까? 언젠가 진실과 마주하는 순간이 왔을 때 오히려 가혹하게 낭떠러지로 떠밀지는 않을까?

그 순간 이스핀의 얼굴을 한 여자가 뒤를 돌아보며 말했다.

'부탁할게.'

결국 다시 잠들지 못한 막시민은 생각에 잠긴 채로 새벽을 맞았다. 그녀는 무엇을 부탁하고 있는가?

5000엘소짜리 영업

994년이 시작되면서 켈티카의 로크리 구에서는 고민거리를 가진 남녀노소에게 새롭게 추천되는 소박한 장소가 입소문을 탔다. 슈트루델 거리 9번지 3층 305호, 좀더 간단하게는 '망한 카페 3층'이라 불리는 그곳이다.

그런 추천에 그 방에 산다는 플레상스 경의 의지가 개입되지 않은 것은 분명했다. 그렇다고 그 방의 진짜 주인인 베네트 씨의 의지만으로 벌어진 일 또한 아니었다. 혹시 그 방에 얹혀사는 두 사람의 의지가 개입되었는가 하면 전혀 아니라고 말할 순 없을 것이다. 그 방에 가끔, 아니 자주 들르곤 하는 은둔 남작의 비서는 논평 대신 이렇게 말했다. "누구의 의지였든 그런 일은 생각한 그대로 굴러가는 법이 없지."

12월 말에서 1월에 걸친 며칠 동안 벌어진 일은 대략 이런 식이었다. 오전 11시. 남의 집을 방문하기에 더없이 예의 있는 시각에 베네트의 사무실에서 건네받은 쪽지를 들고 걸어온 아주머니는 얼어붙어 미끄러운 슈트루델 거리를 끝에서 끝까지 두 번 왕복한 끝에 카페 플로레종의 폐허 옆구리에서 9번지라는 글자를 발견했다.

아주머니는 건물을 한 바퀴 돌며 입구를 찾았지만 실패했다. 하지만 먼지 쌓인 카페 안에 찍힌 신선한 발자국이 아주머니의 눈길을 끌었다. 앞서간 자들이 남긴 표지였다. 아, 이 정도 추리력은 있어야 탐정님을 만나 뵐 수가 있는 거군.

그렇게 생각한 아주머니는 카페 안으로 들어가 3층으로 가는 좁다란 계단을 오르기 시작했다. 하지만 계단이 너무 가파른데다 본 게임에 이르기도 전에 거리를 두 번이나 왕복하는 바람에 근성이 바닥난 아주머니는 씨근덕대다가 마침 문패가 떨어지고 없던 301호의 문을 두드려댔다. 작업실로 쓰겠다며 방을 빌렸지만 왜인지 잠도 거기서 자고 있던 301호 남자는 늦잠을 방해받아 신경질을 내면서 이 건물에 천재적이고 점잖으면서 상담료도 저렴한 탐정이 산다는 얘기는 들어본 적도 없다고 했다.

그때 마찬가지로 늦잠을 잔 305호의 남자가 등장했다. 막 시민은 아침나절에 팔다 남았을 빵을 싼값에 사냥하러 길 건

너 빵 가게에 가려던 참이었다. 그는 아무렇지도 않게 하품을 하며 두 사람의 곁을 지나쳐 아래로 내려갔다. 아주머니의 바구니에 갓 구워 맛있는 냄새를 솔솔 풍기는 막대기 빵 두 개가 꽂힌 것을 곁눈질하면서. 등뒤에서는 천재적인 탐정이란 작자들은 여기처럼 싼 맛에 사는 망한 카페 3층 따위가 아니라 치안청 근처의 번듯한 집에 살고 있을 거라는 말이 약간의 삿대질과 함께 들려오고 있었다.

잠시 후, 빵 사냥에 실패한 막시민이 빈손으로 돌아왔을 때 3층 복도는 조용했고 아주머니는 사라지고 없었다. 그는 만족스럽게 어깨를 으쓱하며 305호의 문을 열고 들어가다가 테이블 앞에 앉은 아주머니와 눈이 마주쳤다.

"이보쇼?"

그런 다음 어슷하게 자른 막대기 빵에 치즈와 돼지 뒷다리 햄을 얹어서 먹고 있는 두 인간을 쳐다봤다. 그들은 콩 자루 속에서 발견된 생쥐처럼 코끝을 움찔대면서 막시민의 빈손을 힐끔거렸는데 아마도 막시민의 사냥 실패를 예상했다는 뜻인 것 같았다. 어쩐지 빈손으로 올 것 같은 냄새가 십 분 전부터 나더라고요.

막시민은 팔짱을 끼며 둘을 노려봤다.

"빵 드신 분들끼리 상담도 알아서 하시지?"

"아니, 잠깐. 그게 말이죠. 들어보니 사연이 참 안타깝고…… 빵도 맛있고……."

잠시 후, 청어절임은 찻잔 겸 술잔 겸 물컵을 찾아내어 차 두 잔을 끓여 왔고 막시민은 같은 샌드위치를 씹으며 상담 테이블에 앉게 되었다. 아주머니는 구슬픈 표정으로 말했다.

"내 아들이 집을 나가 연락이 끊긴 지가 팔 년이거든요. 그 애가 어디에 있는지, 살아 있긴 한지 그것만이라도 알면 소원이 없을 텐데……."

막시민은 적당히 넋두리를 들어주다가 샌드위치를 다 먹을 즈음에 '그런 걸 내가 어떻게 압니까'라고 하며 내쫓을 생각이었지만 몇 마디가 오간 후, 기가 막힌 표정이 되어 먹던 샌드위치까지 내려놓고 아주머니와 다투고 있었다. 주제는 대충 '그딴 식으로 하니까 애가 집을 나가지'.

약 한 시간 뒤 막시민은 약간 굳어진 샌드위치를 순식간에 먹어치우고 나서 사흘쯤 뒤에 다시 오라고 하고는 아참, 하면서 막대기 빵을 어디에서 샀는지도 물어보았다. 아주머니도 아참, 하면서 상담료가 얼마냐고 물었고 막시민은 그날 해줄 말이 얼마나 되느냐에 달렸다고 대꾸했다.

사흘 뒤, 아주머니는 막시민에게 200엘소를 지불했다. 아들을 찾았기 때문이다. 아들은 먼 곳도 아니고 아주머니의 집과 고작 서너 블록 떨어진 곳에서 어느새 결혼까지 해서 살고 있었다. 아주머니는 죽은 게 아닌가 싶던 아들을 되찾고 며느리를 얻은데다 귀여운 손자까지 한 명 생겼다. 그리고 막시민에게는 막대기 빵 무료 이용권이 생겼다. 막대기 빵을 파는 가게 주인은 아주머니의 사촌이었다.

아주머니는 진심으로 탄복했다. 아니, 신기해했다. 아주머니가 보기에 막시민은 쓸데없는 질문 몇 가지를 하고, 집에 한 번 와보고, 집 주변 거리를 좀 맴돈 것밖에 한 일이 없었다. 막시민은 아주머니의 옷차림이나 말씨나 지난 일을 회상하는 방식, 집안의 자금 및 상속 문제, 아들이 남기고 간 물건, 동네 사람들의 엇갈리는 의견 등에서 아들이 집을 나간 이유 및 멀리 가지 않을 이유 등을 추측했다고 구구절절한 설명을 해주는 대신 이렇게 대꾸했다.

"아, 그냥 운이 좋았습니다."

이런 일이 소문이 나지 않을 리 없었다. 소식을 전해 들은 베네트는 상황이 이렇게 된 건 절대로 자신의 책임이 아니라고 단호하게 주장했다. 자기는 첫날 열 명, 둘째 날 일곱 명을 보낸 것 말고는 장부를 뒤져 손님을 창출하는 행동을 완전히 중단했다는 거였다. 그 이유는 플레상스 경의 단짝인 은둔 남작의 무적 비서 콜롱브 군이 잠깐 빌렸던 장부를 되돌려주러 들른 김에 친절하게도 장부마다 새 제본용 구멍을 뚫어주었기 때문이다. 기존의 제본은 튼튼했으므로 새 구멍이 필요하지는 않았지만 콜롱브 군은 꼭 필요하다고 생각하는 것 같았으므로 사양하는 것도 예의가 아니었달까. 비록 그 구멍이 장부 한가운데 뚫린 것일지라도…….

그러므로 305호 앞 복도에 손님이 열 명 가까이 진을 치게 된 데는 단 한 가지 이유가 있을 뿐이었다. 제대로 작동하기 시작한 입소문. 막시민은 베네트의 멱살을 잡고 이걸 멈춰보라고 윽박질렀지만 베네트는 '아니, 내가 나라님도 아니고 켈티카 시민들의 자발적인 이동 및 모임을 어찌 막겠으며 그나저나 앞으로도 일이 잘될 것 같은데 내가 선금으로 5000엘소 정도 챙겨주면 어떻겠는가'라고 말해서 막시민의 말문을 막고 말았다.

5000엘소라니.

막시민이 지금껏 순수한 제 힘으로 벌어본 가장 큰 돈이 막대기 빵 아주머니가 지불한 200엘소였다. 그런데 5000엘소라니. 누구에게 빌린 것도, 훔친 것도, 적선받은 것도 아닌 5000엘소라니. 그런 돈이라면…… 고향의 동생들에게 보내줄 수도 있지 않을까? 자그마치 5000엘소라니.

베네트는 이런 추세라면 선금 5000엘소를 갚는 데 두 달도 안 걸릴 거라고 호언장담했다. 두 달이라면…… 그게 길다면 길고 짧다면 짧은 기간이긴 한데…… 심볼리온의 마법사님들은 물론 뛰어나시겠지만…… 드넓은 켈티카 한구석에서 영업을 막 시작한 고상한 신사 플레상스 경이 네냐플에서 도망쳐

나온 낙제생 리프크네라는 사실을 눈치채기에는 다소 모자란 기간 아닐까? 그에 반해 5000엘소란…….

돈이 만들어낸 놀라운 자기합리화와 더불어 5000엘소가 든 주머니가 오가고 고작 사흘 뒤, 막시민은 갑자기 로크리 구에서 가장 바쁜 사람 중 한 명이 되었다. 그는 하루를 절반으로 나눠서 오전은 돈벌이에, 오후는 사건 조사에 쓴다는 멋진 계획을 세웠지만 세상 일이 계획대로 풀리지는 않는 법이었다.

305호 앞의 복도는 아침부터 세 명이 점거한 상태였다. 그들은 늦잠 자는 막시민이 일어날 때까지 기다리고자 했지만 장소가 좁다 보니 시선 둘 데가 없어서 그만 쓸데없이 인사를 나누게 되었다. 왜 쳐다보느냐고 주먹다짐을 나누는 것보다는 낫기 때문이다. 그러고 나자 서로의 용건을 물어보는 것은 자연스러운 수순이 되었다.

첫 번째로 온 남자는 집을 나간 노모를 찾는다고 했고, 두 번째로 온 여자는 결혼반지가 없어졌는데 며칠 전 집에 초대했던 손님들 중 하나가 훔쳤다고 믿고 있었다. 세 번째는 모닝코트를 차려입은 나이든 신사였는데 어떤 귀한 분의 의뢰로 왔다고만 할 뿐 용건은 밝히지 않았다.

전날 늦은 밤까지 돌아다닌 막시민은 오후 12시가 되어서야 밖이 너무 시끄러운 탓에 문을 벌컥 열고 나왔다. 그러자 어느새 열두 쌍으로 불어난 눈들이 호구 조사와 사연 수집을 뚝 그치고 그를 올려다봤다. 막시민은 배가 고팠고, 머리도 아팠고, 저들에게 할애하려 한 하루의 절반이 이미 거의 날아갔으므로 즉석에서 규칙을 만들어 선언했다.

"아, 상담은 하루에 두 명까지만 받고 있습니다."

그러자 열두 명이 옥신각신 난리가 났다. 막시민은 그 틈에 손가락으로 머리를 빗어 넘기고, 등뒤에서 청어절임이 주워다 준 재킷에 팔을 꿰다가 문설주에 본의 아닌 주먹질도 하고, 같이 건네진 천조각으로 안경을 닦다가 그게 크라바트임을 깨닫고 목에 대충 감았다. 그러는 동안에도 옥신각신이 그치지 않자 두 번째 규칙을 만들어 선포했다.

"먹을 거 있는 분? 아, 거기. 들어오세요. 예의가 되셨네."

시나몬 롤과 우유 한 병을 갖고 있다는 이유로 1등이 된 남자는 안으로 들어와 앉아 석 달 전에 잃어버린 개에 대해 눈물을 찍어내어가며 설명했다. 막시민은 시나몬 롤을 순식간에 다 먹고 남자를 빤히 바라봤다. 남자도 막시민을 빤히 보다가 주머니를 뒤적이더니 담뱃갑을 꺼내 내밀었다.

"그건 됐습니다. 아참, 당신도 피우지 마슈."

막시민은 열심히 일해서 5000엘소를 빨리 갚을 작정으로 주의깊게 메모를 했다. 남자의 주소와, 시나몬 롤을 어디에서 샀는지와, 개를 마지막으로 본 곳 등도 물어봤다. 그런 뒤 사흘 후에 오라고 했다.

남자가 나가자 그사이에 협의를 마쳤는지 두 번째 손님이 즉각 들어왔다. 그 사람은 종이봉투에서 커스터드 크림 파이를 꺼내 정중하게 테이블 위에 얹어놓았다.

이런 날이 반복되자 상담료도 올리지 않을 수 없었다. 그러지 않고서야 '계단 맨 윗단은 내가 사흘 전부터 맡아둔 자리임' 따위의 말다툼을 날마다 중재해야 할 판이었다. 밤마다 뭔지 모를 예술을 하느라 늦잠을 잔다는 301호의 남자는 복도에서 떠드는 손님들과 다투다가 한 손님과 마주치더니 질겁하며 제 방으로 도망쳤다. 그 손님은 그에게 계약금을 떼인 출판업자였다. 그래서 막시민은 자연스럽게 또 하나의 사건을 해결했다.

그런 식으로 깨끗이 해결되는 의뢰도 있었지만 막시민은 대부분의 의뢰를 끝까지 파헤치지 않았다. 개를 잃어버렸다는 손님에게는 그 개가 켈티카 밖으로 나가는 역마차 정류장에서 마지막으로 목격됐음을 알려주었다. 그러자 의뢰인은 알아서 역마차가 거쳐가는 지역에 살고 있는 옛 애인을 찾아갔다. 개는 그 여자를 따라가 살고 있었다.

막시민이 자질구레한 질문에 매번 끝내주는 해결책을 제시해줬던 것은 아니고 헛소리를 내뱉었다가 궤변으로 봉합하는 일도 제법 많았지만 사람들은 그마저도 그리 싫어하지 않았다. 그들에게는 뛰어난 탐정뿐 아니라 재담꾼도 필요했던 것이다. 잔돈푼을 좀 내고 멍청한 이야기를 끄집어내면 반나절쯤 낄낄거릴 만한 농담을 구매할 수 있었다. 이 동네는 그간 재미있는 일이 극도로 적었던 것이 틀림없었다. 베네트는 가끔 간식을 사서 들렀다가 줄을 선 사람들을 뿌듯하게 구경하고는 뭐 정보 조사가 필요한 것 있으면 언제든지 말하라며 돌아갔다.

오후 2시에 상담을 끝낸다는 원칙은 점점 지키기가 어려워졌다. 플레상스 경의 행적을 알려줄 중대한 증인인 펠그레이브 남작의 집사와 만나기로 약속했던 날, 하필 손님이 많은데다 아무리 끊으려고 해도 뛰어들어 떠들어대는 걸 막을 수가 없자 막시민은 갑자기 벌떡 일어나 말도 없이 튀어나가더니 계단 밑으로 뛰어내려 달아났다. 기다리던 사람들이 놀라 일제히 고개를 빼다가 곧 뒤쫓아가려는 자세를 취했다. 그때 얼른 뒤따라 나온 청어절임이 소리쳤다.

"자, 줄 서세요! 줄! 지금 줄 서신 순서대로 내일 상담 시작합니다!"

사람들은 제자리를 빼앗기고 싶지 않았으므로 막시민은 아무에게도 추적당하지 않고 거리를 달음질쳐 가 마차를 집어탔다. 그리고 달리는 마차 안에서 팔짱을 끼고 미간에 힘을 준 채 저놈의 사무실을 어떻게 닫으면 좋을지 궁리하기 시작했다.

같은 시각, 청어절임은 줄 선 사람들의 이름을 적으면서 플레상스 경과 반시간씩의 상담을 보장하는 대신 선금으로 3엘소씩 걷고 있었는데 너무 장사가 잘된 나머지 감탄의 한숨을 내쉬며 중얼거렸다.

"아, 이대로 플레상스 경의 인생을 모조리 팔아버리고 싶다."

안전 대책

그렇듯 즐거운 영업이 계속되던 망한 카페 3층에도 슬슬 질서가 탄생할 시기가 왔다. 중순부터는 오후 4시 무렵이면 제법 복도가 조용해졌다. 탐정 나리께서 상담을 종료하고 산책을 나가는 시각으로 정해졌기 때문이다. 번잡한 도시에서 살아가며 그분의 예리한 통찰력을 유지하려면 홀로 산책하며 사유와 관조의 시간을 누릴 필요가 있으므로…….

"데보라랑 청어절임은 어딜 갔어?"

질서 따위는 남의 일이라는 듯, 무법자처럼 아무때나 쳐들어오는 1호 의뢰인은 그날도 직접 열쇠로 문을 따고 들어와 차까지 끓여 마시는 중이었다.

"오늘은 스무 명 넘게 왔다는 소문이던데. 너무 많아지고 있잖아. 정말 이대로 괜찮은 거야?"

덜덜 떨며 산책을 나가는 대신 사랑하는 의자에 누워 담요를 두르고 낮술 한잔을 즐기며 사유와 관조의 시간을 가지려던 탐정께서는 1호 의뢰인이 영업 방식에 이의를 제기하자 고개를 조금 뺐다. 왜냐하면 이스핀이 문제의 낮술을 가져다준 장본인이었기 때문이다. 술을 베푼 은덕에는 신실할 필요가 있고 추위를 잊기에는 데운 브랜디가 최고였으나 예리한 생각에는 그리 도움을 주지 않는 듯했다.

"바빠서 개들한테 산책 외주 줬다. 그리고 고객은 뭐, 빨리 많이 오면 그만큼 빨리 5000엘소 갚고 영업 종료하는 거지 뭘."

"물론 오래 영업할수록 소문도 널리 퍼지기야 하겠지만 이렇게 몰려오고 있다는 건 그만큼 단기간에 유명해지고 있다는 뜻 같은데?"

물론 이스핀의 말이 맞았다. 막시민도 알고 있었다. 이런 식의 영업은 위험을 불러들일 수밖에 없다. 이스핀이 모르는 건 막시민이 제 힘으로 의미 있는 액수의 돈을 번다는 행동에 부여하는 가치였다. 아니, 그것도 알고는 있었지만 사실 이해하지는 못했다. 이스핀은 아무리 큰 돈이 있더라도 해결할 수 없는 문제에 온몸을 부딪치며 살아왔다. 그러므로 자기가 보기에는 그저 용돈에 불과한 5000엘소를 위험과 일부 맞바꿔서라도 포기하지 못하는 서민의 기분을 진짜로 실감할 일은 없었다.

"난 네가 합리적인 줄 알았는데 이럴 때는 또 모르겠단 말이야. 심볼리온한테 걸려서 끌려가도 문제지만 그쪽은 그나마 가서 죽을 일은 없다 쳐. 하지만 이렇게 유명해질수록 아이언페이스의 부하들한테 주소는 물론이고 슬그머니 찾아올 핑곗거리까지 마련해주는 셈 아니냐고."

"그래서 청어가 사람 관상 봐서 들여보내고 있다. 그놈 눈썰미가 아주 좋아. 범죄에 연루된 놈들은 기막히게 알아보더라고."

"야, 막시민."

요점에서 벗어난 변명을 듣다 못한 이스핀이 의자 앞으로 왔다. 막시민은 술잔을 홀짝 비우고는 안경을 벗어 닦는 체했다.

"난 네 안전에 책임감을 느끼고 있어. 이건 도둑이 걱정된다면서 창문을 활짝 열어놓은 꼴이잖아."

"살자면 창문을 열 수밖에 없는 때도 있지. 불을 잘못 때서 집안에 연기가 자욱하면 열어야지 별수 있냐."

"지금이 그런 상황이야? 우리가 돈에 쪼들리고 있지는 않은 것 같은데. 난 웬만한 비용은 낼 돈이 있어."

"그러냐. 그런데 난 아니다. 그리고 네 돈은 네 돈일 뿐이지. 지금은 판공비로 살기 좋다만 난 이 일이 끝나도 계속 살아야 하는 사람이야."

"일단 살아남아야 앞으로도 계속 살 거 아니야? 난 안전을 위해서라면 너한테……."

이후로도 살기에 부족하지 않을 보수를 줄 생각이라고 말하려던 이스핀은 문득 입을 다물었다. 막시민이 그걸 모를까. 시작부터 네냐플 일 년 치 수업료를 내걸었던 자신이다. 그 뒤로도 돈쯤은 충분하다는 말을 몇 번이나 해왔다. 실은 처음 만났을 때부터 한 말인 것이다. '내가 돈이 좀 많아서 말이야.'

그걸 다 알면서도 막시민 넌 자기 방식대로 할 거란 말이지. 손에 들어오지 않은 돈은 돈이 아니고, 남의 돈도 내 돈이 아니고, 호의는 잘 챙겨 먹지만 적선은 필요 없고, 어쩐지 짜증나고 답답하면서…… 재밌네.

그런 생각을 하는 이스핀의 얼굴을 올려다보던 막시민의 표정이 점점 뜨악해지더니 마침내 한쪽 눈을 찌푸려 떴다.

"야, 가소롭다는 생각은 적당히 숨기면서 해라? 그래, 세상에 부자 많지. 온 사방에 부자더라. 네냐플도 완전 부자 학교지. 하긴 수업료가 얼만데 돈 없는 놈들이 오겠어. 그냥 내가 부자가 아닐 뿐이야. 부자 옆에 있다고 쓸데없는 착각도 안 할 뿐이고. 부자도 감기처럼 좀 옮으면 얼마나 좋겠냐? 근데 아니더라고. 아무리 부대껴도 안 옮아. 그러니까 난 나대로 살 궁리를 해야지. 그런다고 먼저 들어온 의뢰를 소홀히 하지도 않을 거고 납치당해서 핀에 꽂힐 일도 없게 할 테니까 나란 인간의 조그마한 쓸모를 찾아 써먹게 놔둬라."

"네 능력으로 돈이 좀 벌린다 싶으니까 사실은 신났구나?"

"아, 닥치쇼. 부자 양반."

그런 소릴 늘어놓긴 했지만 막시민도 내심은 찔렸다. 이건 궤변이다. 이스핀의 우려는 옳다. 이건 성실한 고용인의 자세가 아니다. 떠오르는 지난 일도 있다. 굳이 합리화하자면 이건 그때 정도로 위험한 일이 아니고 돈이란 기회가 왔을 때 벌어야 하는 법이라고…… 아니지. 뭐가 위험하지 않다는 거냐. 상대를 눈앞에서 못 봤다는 차이밖에 없지.

그때 안전 이상으로 중요한 뭔가가 있다며 위험을 자초하려던 친구에게 잘도 떠들어댄 생각을 하자 어쩐지 얼굴이 붉어질 것 같다. 그 입장이 돼보기 전에는 모른다더니. 아니, 실은 같은 입장도 아니다. 그 녀석은 예술을 추구하고 있었고 자신은 돈푼을 추구하고 있으니 명분으로도 상대가 안 된다. 하지만 어쩔 수가 없다. 누군가는 예술이 필요하고 누군가는 돈푼이 필요하다. 그렇게 생겨먹었다. 세상이? 아니, 나란 놈이. 누구나 뱃속에 허기진 괴물이 있는데 각각 다른 먹이를 줘야 해.

반면 이스핀은 전혀 다르게 생각했다. 네 말도 맞지. 우리가 위험천만한 놈과 싸워야 한다는 걸 이제 너도 알게 됐으니까. 일이 끝나기 전에 내가 죽어버리거나, 실종되거나, 그럴 가능성도 생각할 필요가 생겼지. 그랬다간 성공 보수까지 날아가버릴 테니 기회 있을 때 돈을 벌긴 해야지. 가만있자, 그럼 유언장이라도 써둬야 하나? 아니면 어음을 발행해? 그런데 어음에다가 이름을 뭐라고 쓴담. 가명을 써줘서야 그걸 들고 오를리에 가서 한 푼인들 받을 수 있겠냐고.

물론 안전 대책도 좀더 세워야 한다. 날마다 같이 붙어 있을 순 없는데 다른 방법이 없을까? 아, 그렇지.

막시민의 바이올린은 여전히 가방에 든 채로 창가에 놓여 있었다. 이스핀은 가방을 가지고 의자 앞으로 돌아와 자리를 만들어보라고 눈짓했다. 막시민이 얼결에 발을 치우자 의자 끝에 가방을 내려놓더니 선언했다.

"자, 우리 애들한테도 일을 시켜보자."

"뭐?"

"막시민 리프크네만 일해서 돈 벌라는 법 있니? 애들아, 너희한테도 취업의 문이 열렸다!"

이스핀이 가방에서 바이올린을 꺼내 들더니 미처 막시민이 말리기도 전에 검이라도 되는 것처럼 휙 휘둘렀다. 막시민이 튕기듯 일어나 손을 뻗었을 때였다. 바이올린의 울림 구멍 쪽에서 반짝이는 액체 같은 것이 튀어나와 막시민이 내려놓은 빈 술잔을 쳐서 넘어뜨리고는 이스핀이 내민 왼손으로 쑥 빨려들어갔다.

"야…… 방금 그거 뭐야?"

이스핀은 손을 오므려 쥐더니 주머니 속에 푹 쑤셔넣고 다른 손으로 술잔을 세워놓았다.

"됐다! 하나 걸렸어. 나머지들도 슬슬 나와주실까? 언제까지 남의 바이올린에 빌붙어 버틸 거야. 독립할 생각을 해야지. 마침 기회도 좋거든? 오늘은 면담 좀 해보자."

이스핀은 다시 창가 테이블로 가서 바이올린을 내려놓고는 막시민에게 활을 가지고 오라고 손짓했다. 술을 마시다가 평소의 세 배 속도로 벌떡 일어나는 바람에 두통이 생긴 막시민이 불평했다.

"야, 뭘 하려는 건지 미리 말이라도 해주면 안 되냐?"

"애들 일 시킨다고 했잖아. 그러려면 끌어내야 될 거 아냐."

"그러니까, 어떻게 끌어내느냐고."

"일단 그냥 봐. 애들도 귀가 있거든. 보고 있다가 내가 지금, 이라고 하면 바이올린을 집어서 연주해. 알았지?"

막시민이 미심쩍은 표정으로 바이올린을 쳐다봤다. 부스러질 듯한 외관은 그렇다 치고…… 잠깐, 현도 하나 사라졌는데?

"네 눈에는 저게 연주가 될 것처럼……."

하지만 이스핀은 전혀 다르게 이해했다.

"연주는 못 하나? 뭐, 상관없어. 명곡 뽑으라는 소리 아니고 그냥 아무렇게나 흉내내서 현만 문질러."

어차피 연주가 될 것 같지도 않았으므로 막시민은 굳이 오해를 풀려고 시도하지 않고 어깨만 으쓱해 보였다. 둘은 흉물스럽게 낡은 바이올린이 놓인 테이블을 사이에 두고 두 걸음씩 떨어져 서서 눈짓을 주고받았다. 이스핀은 자기소개라도 하듯 오른손을 내밀었지만 '안녕, 난 이스핀 샤를이라고 해'라고 말하는 대신 이렇게 말했다.

"내가 누군지 알지?"

막시민이 나직이 "깡패 납셨냐"라고 뇌까렸지만 이스핀은 아랑곳 않고 펼친 손끝을 까딱였다.

"알면 나와."

잠시 후 바이올린에서 웅웅거리는 소리가 희미하게 울려 퍼졌다. 하지만 그 이상의 반응은 없었다. 이스핀은 흐으음, 이라고 말하더니 손끝을 조금 올렸다. 그리고 주머니에 넣은 손을 움직이면서 말했다.

"나한테 인질 있다, 얘들아."

반응이 있었다.

바이올린이 떨기 시작했다. 처음에는 찻잔처럼 달그락대더니 곧 저러다 부서지는 건 아닐까 싶을 정도로 덜컥거렸다.

웅웅대는 소리 속에 찌직, 찍, 하며 천을 찢는 듯한 소리가 섞여 울렸다. 걸쇠가 풀려 있던 덧창이 덜컥 열리면서 커튼 자락이 바깥으로 날려가 맹렬히 펄럭였다. 막시민은 이러다가 바이올린도 박살나서 창밖으로 날려 갈까 불안해져 창을 흘끔댔지만 이스핀은 단지 이렇게 말했다.

"버티네."

주머니에서 왼손을 빼내자 발갛게 달아오른 작고 투명한 덩어리가 쥐어져 있었다. 잠시 후, 거기에서 붉은 잉크로 그은 듯한 빛나는 선이 뻗어 나왔다. 선은 막시민이 들고 있는 활을 한 바퀴 감고 바이올린으로 이어져 울림 구멍 속으로 들어갔다. 바이올린 안쪽에서도 붉은빛이 흘러나오기 시작했다. 막시민은 마법 학교에 이 년째 재학중인 화려한 경력 덕에 놀라지는 않았지만 다른 우려를 담은 눈빛으로 이스핀을 봤다.

"야……."

"걱정 마. 안 태워."

저렇게 당당하게 말하니 믿어야 하겠지만 막시민의 표정은 그렇지 않았다. 왜냐하면 오렌지나무 술집에서 불타는 원숭이 놈은 막시민의 코트에 시커멓게 탄 구멍을 남겼기 때문이다.

작은 불꽃처럼 혀를 날름대던 빛은 이윽고 안으로 쑥 들어가버렸다. 하나, 둘, 셋을 셀 정도의 시간이 흐르고 비명 같은 소리가 터졌다. 키아아악!

막시민이 활을 꽉 움켜쥐면서 이스핀을 봤다. 이스핀은 바이올린을 뚫어져라 보느라 막시민의 시선을 느끼지 못했다. 다시 바이올린을 돌아본 막시민은 이스핀이 준 주의고 뭐고 달려가 바이올린을 낚아챌 뻔했다.

바이올린은 불길에 휩싸여 있었다. 이스핀의 눈에서도 같은 불꽃이 반들거렸다. 이만하면 창밖에서도 보이지 않을까? 막시민은 천장과 커튼을 힐끔대면서 이 건물에 화재가 나서 창문 밖으로 기어 내려가는 상상을 해봤다. 벽에는 담쟁이가 있었던 것 같지만 겨울이라 줄기가 말라비틀어져서 두 사람 몸무게를 견딜 것 같진 않았고…….

'하지 마.'

'아파.'

'말라.'

'말랐다.'

그 목소리였다. 막시민은 흠칫 놀라 이스핀을 봤지만 이스핀은 여전히 바이올린에 집중하고 있을 뿐, 별 반응이 없었다. 설마 안 들리는 건가? 이렇게 또렷한 목소리가? 혹시 내가 취해서? 하지만 한 잔밖에 안 마셨는데?

'말라버렸어.'

'없어.'

'없으니까.'

'마셔.'

'마신다.'

여전히 수수께끼인지 동사 변화 모음인지 싶은 내용이었지만 달라진 것도 있었다. 목소리가 저번에는 서너 살짜리 같았는데 지금은 일곱 살쯤 된 아이 같다. 그리고 약간의 맥락도 생긴 느낌인데.

이쯤 되니 술에 취해서 헛소리가 들리는 것 같지는 않았으므로 막시민은 이스핀을 부르려 했다. 그때 뭔가가 눈앞으로 날아올 때처럼 흠칫 놀라는 감각이 일어났다. 그러나 눈앞에는 아무것도 없었다.

'하지 마.'

'무서운.'

'무서워서.'

이건 또 뭐야? 말하지 말라 이거야? 그런데 사람의 감각까지 조종하는 거냐?

"무섭다고? 내가 더 무섭지, 늬들이 무섭냐?"

막시민이 한 말에 이스핀이 돌아보는 순간이었다. 불길이 스르륵 줄어들더니 사그라져버렸다. 이스핀이 천장을 올려다보며 낭패한 표정으로 뇌까렸다.

"젠장. 실패했어."

"어떻게 된 건데?"

"바위틈에 처박혀서 안 나오려 하는 염소를 끌어내는 거랑 비슷한데 염소가 발길질이 심해가지고……."

그건 막시민이 관찰하며 느낀 감상과 완전히 일치했지만 이스핀은 곧 고개를 내저어버리고는 물었다.

"근데 넌 무슨 소릴 한 거야? 뭐가 무서워?"

"그게 말이다, 그때처럼…… 저놈들이 나한테 무슨 소릴 하더라고. 넌 안 들렸냐?"

"못 들었어. 뭐랬는데?"

"뭐라나……. 목이 말라서 무섭다나."

"목이 말라?"

"아 뭐, 말라서 없어지고, 마시고, 무섭고, 이런 소리들이 었어. 근데 언제 무섭다고 했느냐면 내가 너한테 이걸 말해주려고 했을 때야."

막시민이 자기가 들은 말들과 함께 수상한 감각까지 설명하자 이스핀은 헛웃음을 터뜨렸다.

"프시키들이 원래 사람을 놀라게 하는 걸 좋아하긴 하는데…… 그러니까 쟤들은 내가 무섭다면서 너한테는 뭘 호소하려고 드네. 진짜로 너하고만 친하고 싶나 봐. 너한테 무슨 매력이 있어서 이러지? 음, 아프다는 건 내가 괴롭혀서? 아, 불이 싫다는 건가? 그래서 목마르니까 물이라도 줘라 이거야? 기가 막히네. 왜 얘들이 응석을 부리지?"

이스핀이 바이올린을 노려보며 이번엔 물속에 처박아볼까 궁리하는 듯했으므로 막시민은 얼른 집어 들고 이리저리 살피는 체했다. 태워먹진 않은 거 같다만 물까진 좀.

"그리고 저 속에 든 놈이 하나가 아니야. 다섯쯤 되려나? 숫자야 몇이든 당연히 내 상대가 아니지만 하나하나가 평범한 프시키하고 달라. 이상할 정도로 잘 버티거든. 내가 처음에 끌어냈던 놈까지 도로 데리고 들어가버렸잖아."

막시민이 바이올린을 손끝으로 툭툭 쳤다.

"다섯이라. 현이 넷이고, 브릿지까지 하면 다섯이네. 그때 새로 생긴 게 딱 그렇게 다섯 가지거든."

"아, 그렇게 되나? 그럼 요것 하나하나가 시치미떼고 있는 프시키란 말이야?"

이스핀이 다가와 현을 하나씩 건드렸다. 딩, 댕. 동. 댕. 사라졌던 현도 어느새 아무 일도 없었다는 것처럼 말끄러미 자리를 잡고 있었다.

"이 바이올린 말인데, 네가 저번에 마법이 깃든 거랬지? 대체 어떤 거야?"

"그게 뭐, 지나간 상황이다만."

"지나갔다고?"

"마법인지 뭔지가 깃들긴 했던 모양인데 이젠 없다고. 이

년 전에 좀 바짝 써먹었더니 우물이 말랐나 봐. 그 바람에 꼬락서니도 저렇게 변해버렸고."

"뭘 했는데 저렇게까지 돼?"

막시민은 지난 일을 떠올리며 입속으로 말을 굴려봤지만 말이 되게 설명하자니 너무 복잡한 사연이었다. 어느 위대한 마법사께서 수백 명의 유령들의 소원을 들어주기 위해 잠시 하던 일을 멈추고 나오셔야 했는데 그러려면 그곳의 시간을 멈춰야 해서……. 결국 대충 타협해서 간단히 말했다.

"찬트를 연주했거든. 신성 찬트."

"신성 찬트?"

이스핀이 의아한 듯한 기색으로 되묻더니 뜻밖의 말이 튀어나왔다.

"그건 또 뭔데?"

"너 모르냐?"

"몰라. 알았어야 되는 거야? 나 마법 배운 적 없는데?"

"그야 뭐 그런 건 아니지만……."

막시민은 당혹감을 누르며 생각했다. 아, 그렇구나. 이거 만인의 상식 아니었구나. 내 주변은 평범하게 네냐플 다니는 인간들뿐이었던 거구나.

이스핀이 눈을 가늘게 뜨며 중얼거렸다.

"어쨌든 찬트인가 그게 뭔지는 모르겠지만 그때 일로 이 바이올린은 고갈된 우물이 돼버렸는데 누가 마중물을 넣은 셈이 되어서 다시 마력을 발휘하고 있다 그거네."

"다시 마력을 발휘하고 있다고?"

"그렇잖아. 아니라면 내가 왜 저 프시키들을 못 끌어내겠어. 바이올린이 프시키에게 힘을 줬는지, 프시키가 바이올린에서 금광을 찾았는지 그건 모르겠다만. 하지만 참 이상하네. 알다시피 프시키는 마법으로 못 없애. 프시키를 다루는 나도 마법은 전혀 모르고. 그러니까 프시키와 마법은 제법 거리가 먼 존재인데 이 바이올린 안에서 융합돼버렸단 말이야. 대체 어쩌다가?"

"난들 알겠냐."

"이 바이올린, 네 것 아니야?"

"내 건 맞는데 내가 뭐 전설의 마법 천재라서 갖게 된 건 아니다. 그냥 우연히……."

막시민은 잠시 생각하더니 말을 바꿨다.

"우연은 아니고 호의였지. 이제 와서 생각하면 왜 나한테 줬는지 잘 모르겠다 싶기도 해. 받을 때는 명백했는데 지금은 잘 모르겠네. 주는 쪽은 이게 고물 바이올린이 아니란 걸 알고 있었던 모양이지만 난 몰랐어. 아주 오랫동안 몰랐지."

이스핀이 고개를 갸웃했다.

"마법 물건이면 보물이잖아? 엄청나게 비쌀 거고. 그런 물건을 주면서 어떻게 아무 설명도 안 해줄 수가 있어?"

막시민은 바이올린을 흘끔 내려다봤다. 검은 호두나무 상자에서 예상치도 못하게 튀어나왔던, 난생처음 보는 악기의 근사한 곡선에 놀라 눈을 반짝였던 날이 언뜻 눈가를 스쳤다.

"너무 어려서 그랬나. 아홉 살인가 그랬으니."

"아홉 살짜리한테 마법이 깃든 유물을 설명도 없이 줬단 말이야? 누가? 부모님은……."

막시민의 개인사를 잘 알지는 못했지만 플레상스 경의 비밀 장소에서 나온 편지와 책 덕분에 부모 밑에서 자라지 않았다는 것까지는 알게 됐다. 막시민이 고개를 흔들었다.

"부모 아니고 그냥 동네 이웃이었다. 알고 보니까 평범한 이웃은 아니었다만."

막시민에게 바이올린을 줬던 이웃 목장의 노인은 친구 조슈아의 작은할아버지였다. 조슈아는 당시 사연이 있어 집을 떠나 할아버지 댁에서 지내게 되었는데 하필 그 마을에 막시민과 동생들이 살고 있었던 인연으로 둘은 친구가 되었다. 공화국이 황혼기에 접어들던 시절의 일이다. 둘은 이 년 동안 둘도 없는 사이가 되었지만 공화국의 숨통이 끊기고 신왕정이 들어서자 조슈아는 집으로 돌아가야 했다. 수도 켈티카로, 유서 깊고 거대한 비취반지 성으로, 소공작 조슈아 폰 아르님이 되어서.

어쩔 수 없는 일이라고 생각했다. 공작 가문의 하나뿐인 후계자가 시골 목장에서 계속 뒹굴 수는 없는 거니까. 그렇게 조슈아가 떠난 뒤에도 막시민은 이웃 목장의 노인과 제법 잘 지냈다. 친구로서. 친구 하나 잘 건진 핑계로 돈 많은 노인한테 빌붙어 팔자 고쳐보겠다고 알랑거리는 어린 녀석이 아니라. 후회한 적이 있던가? 아주 가끔은. 이를테면 막내 녀석이 열병에 걸려서 사경을 헤매는데 주머니에 동전만 달랑달랑해서 의사에게 달려가봤자 와주지 않을 것 같은 때라든가. 이게 무슨 꼴이람. 왜 두둑한 돈주머니 같은 걸 거절했던 걸까. 이 세상에는 가난한 친구의 등골을 빼먹는 놈도 많은데, 상대는 부자라고. 그것도 이만저만한 부자가 아니야.

하지만 위기는 매번 어떻게인가 지나갔고 다음번에 마을로 돌아온 노인을 만나면 막시민은 뻔뻔스럽게 말했다. "영감, 오랜만이네? 모처럼인데 비실비실 죽어가는 애들한테 영양가 있는 고기나 좀 사주시지?"

마을 사람들은 노인이 저 집 애들을 다 먹여 살리지는 않아도 각별하게 여기는 막시민한테만은 학교든 일자리든 뭐 하나 마련해주지 않겠느냐고들 했다. 그러던 중 막시민이 네냐플에 입학하게 됐다는 소식이 전해지자 입이 떡 벌어져서는 저마다 자기들의 추측이 들어맞았다고 떠들어댄 모양이다. 어디 괜찮은 가문의 하인 자리나 소개해주려나 했는데 세상에나 맙소사 네냐플 입학이라니. 물론 막시민을 입학시켜준 사람은 그 노인, 히스파니에 폰 아르님이 아니라 대마법사 쥬스피앙이었지만 사람들이 그런 사정까지 알 순 없는 노릇이었다.

"거봐, 그럴 줄 알았지. 그 어르신이 재롱 본 값으로 뭐 하나 해줄 줄 알았다니까. 거렁뱅이 고아 녀석 주제에 운도 좋지."

"야, 출세했다. 출세했어! 리프크네 장남이 네냐플이라니. 코츠볼트에 학교 문턱 넘어본 애가 몇 명이나 돼? 그런데 들판에 쇠똥처럼 굴러다니던 녀석이 그중에서 1등이야! 게다가 거기 수업료가 영주님쯤 돼도 제법 신경이 쓰일 정도라던데 그걸 다 대줬다는 거 아니야!"

"심심하고 외로운 늙은이 말 상대 해주는 거, 그거 할 만하네. 어디 또 그런 눈먼 노인네 없나? 우리집 아들놈도 좀 보내보자."

"이 정도면 학교로 안 끝나지. 졸업하고 나면 뭘 시킬지도 다 계획이 있을걸?"

무슨 말이 오가고 있을지 보지 않아도 뻔했다. 동생들이 보내는 편지만 읽어도 환히 그려지는 풍경이다. 쓸데없는 상상이란 걸 알지만 가끔 맥락도 없이 떠올라 막시민의 미간을 구겨놓는다. 공작의 숙부쯤 되는 사람이 시골에서 만난 꼬마 녀석을 귀여워해서 뭐 좀 해줬기로서니 어떻다고. 그저 부럽고

질투가 나서 하는 소리잖아. 조슈아 때문에 고향을 떠나 고생했으니 뒷일을 봐준 거지, 다른 게 뭐 있어? 예순 줄의 귀족과 맹랑한 시골 꼬맹이가 대등한 친구가 될 순 없는 건데. 그런 일은 애초에 불가능했는데.

오직 막시민만이 그렇게 생각하지 않았다. 하지만 그런 속내를 입 밖에 내기도, 남들이 들여다보는 것도 싫었다. 이 년 동안 학교에서 버티며 고향에 돌아가지 않은 이유도 그래서였다.

하지만 쥬스피앙이 왜 비용과 수고를 무릅쓰고 막시민의 후견인을 자처하며 입학시험까지 면제시켜서 네냐플로 보냈겠는가. 히스파니에가 줬던 이 바이올린 때문이다. 그러므로 사실을 따져보자면 결국 히스파니에가 막시민을 네냐플에 보내준 셈이 맞았다. 그 노인네는 이런 것까지 미리 생각했던 것일까.

막시민은 머리가 비상했으므로 이미 이 시점에서 온갖 가능성이 머릿속을 오갔지만 그냥 뒤꿈치로 대충 짓눌렀다. 그런 걸 알고 싶어 할 필요는 없다. 어차피 그 학교를 오래 다닐 것도 아니다. 거기 머물러야 할 이유는 일찌감치 끝났다.

"이런 게 나한테 얻어걸린 사연은 됐고, 결론은 프시키란 놈들이 여기서 나오기 싫어서 버티고 있다 그거잖아. 왜일까? 다른 놈들은 순순히 네 말을 듣는데 왜 이놈들만 죽을 똥을 싸며 못 나오겠다는 걸까? 혹시나 네 말대로 나한테 도와달라고 하는 거라면 완전 번지수 잘못 찾은 거고. 혹시 어디서 중범죄를 저지르고 도주중인 것 아니야?"

이스핀은 무슨 헛소린가 하는 눈빛을 했다.

"프시키가 무슨 범죄를 저질러. 난동이라면 모를까. 더구나 내가 프시키 세상의 이폴레트도 아니고, 죄를 지은들 날 피할 필요가……."

거기까지 말하던 이스핀의 표정이 변했다.

"아니네. 그 권총, 네 권총, 아니 네가 찾았던 내 권총 말인데."

둘의 만남의 원인이 되었던 그 물건이다. 이스핀의 오빠가 누군가에게 보내버렸지만 복잡한 과정을 통해 막시민의 손에 들어갈 뻔했다가 네냐플 교수의 수중으로 들어가버린 권총.

"그게 왜?"

"넌 그거 봤잖아. 상태가 어땠는지 말해봐."

"대충 10엘소짜리 고물이었지 뭐."

10엘소라는 말에 놀란 이스핀이 눈을 동그랗게 뜨더니 고개를 내저으며 웃음을 터뜨렸다.

"10엘소? 에이, 그게 무슨 말도 안 되는 소리야."

"뭘 기대하는지 모르겠다만 그때 내가 그거 박살났다고 말하지 않았냐? 그래서 넌 화가 나서 날 박살내려고 했고……

뭐 하여간에 어느 쪽이든 실제로 박살은 안 났다만 내가 괜히 그런 소릴 했던 건 아니라고. 그건 존재 가치를 예전에 다한 사실상…… 초콜릿 포장지였다고 할 수 있다. 그리고 초콜릿은 폭발했고…….”

“초콜릿이 폭발해?”

막시민은 아랫마을의 선량한 주민들이 학교 앞까지 쫓아왔을 때 네냐플 출신들이 흔히 하듯 어깨를 움츠려 보였다. ‘네냐플 놈들은 별별 걸 다 폭발시키곤 하는데 초콜릿인들 못 하겠냐고요.’

“그건 그러니까 뭐냐, 뭔가가 물건 내부에서 녹아버려서 분리가 불가능할 정도로 섞여버린 상태를 네냐플식으로 부르는 전문용어랄까. 그런데 엄청난 에너지를 내뿜고 있어가지고 교수도 분해를 유보하고 일단 마력 차폐 상자에 넣어뒀고…….”

이스핀이 뒷말을 이었다.

“물론 그랬겠지. 그 권총 속에 혈관을 넣었으니까. 네가 찾아냈던 권총은 베니토 누오보의 딸 로잘린다의 다섯 개짜리 오토마톤 권총 세트 중 하나야. 아주 귀엽고, 세공도 정교하고, 금이고 보석이고 아낌없이 발라놓은 물건이었을걸.”

누오보는 뛰어난 장인이었지만 예술가보다 경영자의 정신을 가진 사람이라 제 작품에는 의뢰인이 건넨 금화가 몇 개인지 철저히 따져가며 재료를 사용했다. 하지만 딸에게는 온갖 값진 재료를 원하는 대로 대주었다고 했다. 훗날 수집가들에게 로잘린다의 작품이 더 사랑받게 된 건 희소가치 때문만이 아니었다.

"뭐, 정교한 세공? 금? 그 고물에 그런 게 어딨어. 완전 헐벗은 몰골에 구동부인지 뭔지도 반쯤 날아가고……."

거기까지 말하던 막시민이 불쑥 미간을 찡그렸다. 왕국의 쇠로 만든 구동부가 파손되면 프시키를 차단하던 힘도 사라진다. 그렇듯 귀엽고 섬세한데다 미친듯이 비싼 골동품을 파손, 아니 분해해보고 싶어 하는 인간도 있다니 미쳤나 싶지만 하여튼 그 결과 권총에 빈틈이 생겨서…….

이스핀이 고개를 끄덕였다.

"그런 꼴이 되는 바람에 근처의 프시키들이 먼저 발견했겠지. 아이언페이스가 제 심장이 뿜는 에너지를 감지하듯 프시키들도 같은 에너지에 끌리거든. 마치 꿀 한 방울에 벌떼가 달라붙듯이. 그 결과 검고 끈적거리는 물질, 즉 심장이 생겨나는 거야. 넌 그걸 초콜릿이라고 부른 거고."

"혹시 아이언페이스의 부하나 그런 자가 거기 든 걸 꺼내려고 시도했던 흔적은 아니고?"

이스핀이 고개를 갸웃했다.

"그럴 수도 있겠지만 아이언페이스라면 그까짓 걸 공구 들고 분해하고 있을 필요는 없기 때문에 그보다는 실용적인 이유가 아니었나 싶네. 골동품 오토마톤의 구동 원리를 알아내고 싶었던 장인이라거나, 아니면 단순히 겉에 세공된 금과 보석을 긁어내다가 안에도 그럴듯한 게 들어 있는지 궁금했다거나."

그걸 신나게 긁어 간 누군가를 떠올리자 불쾌해진 막시민이 뇌까렸다.

"쳇, 보석인지 금인지는 다 다른 놈 손으로 사라지고 내 손에는 쓰레기만 떨어지는 규칙이라도 있는 거냐고."

"멀쩡한 걸 찾아내면 그때 구경해봐. 꽤나 예쁜가 봐."

"그런데 말이다."

막시민이 다시 생각하는 표정이 되었다.

"그걸 처음에 분해한 미친놈은 아이언페이스가 아니었다 쳐도 권총이 그 꼴이 된 지 반년 가까이 됐잖아. 게다가 꿀통처럼 달콤한 냄새를 계속 풍기고 있다며. 프시키도 프시키지만 아이언페이스도 지금쯤은 알아차렸을지도 모르겠다 싶은데."

"그럴지도 모르지만 네냐플에 있으니까……."

"네냐플에 뒀다고 안전한 거 맞냐?"

이스핀이 무슨 소리냐는 것처럼 눈을 깜빡였다.

"거긴 안전하다며. 네냐플에는 안고니나의 커튼인가 하는 마법이 있어서 외부의 침입을 완벽히 차단하는 것 아니었어?"

마주보는 막시민의 표정이 기묘했다.

"네냐플 문 닫았잖아."

"어, 으응. 그랬지."

"너랑 나랑 합작으로."

"그렇지."

"그럼 그 안에 있던 것들은?"

"밖으로…… 뺐으려나?"

둘은 서로를 빤히 보며 표정 변화를 멈췄다. 눈빛에서 같은 뜻이 전해져 왔다. 그거, 아직도 안전한 거 맞을까?

이스핀이 눈을 꾹 감았다가 뜨더니 말했다.

"당장 네냐플로 쫓아가고 싶지만 그럴 수도 없는 상황이고. 하여튼 내가 하려는 말은 저기 바이올린에 들어 있는 저놈들, 쟤들도 그 권총 속에 들어갔던 프시키가 아닐까 싶다고."

"어느 미친놈이 권총을 뜯는 바람에 잘 숨겨져 있던 혈관이 프시키에게 노출됐고, 꿀 냄새를 맡은 벌떼처럼 달라붙었던 놈들은 그게 네냐플 교수의 손에 들어가 마력 차단 상자에 넣어지는 순간 닭 쫓던 개 신세가 되었는데……."

"그때 마침 가까이에 있던 네 바이올린에 숨어버린 거 아니냐는 거야. 은신처가 돼줄 만한 마법 물건이니까. 내가 못 끌어낼 정도로."

막시민이 눈을 가늘게 뜨더니 바이올린 현 하나를 튕겼다.

퉁…….

“네 말대로라면 이거 무단 점거네. 남의 소중한 물건을 방값도 안 내고 다람쥐 통으로 쓰겠다 이거냐. 나 같은, 아니 나보다 더한 놈들이. 내가 현을 분리해버리는 수가 있다.”

“아, 그것도 방법이네. 이거 어떻게 풀어?”

이스핀이 손을 내밀자 막시민은 재빨리 바이올린을 낚아채고는 한 손을 내뻗으며 기다리라는 표시를 했다.

“야, 풀어도 내가 푼다. 너한테 줬다가 검으로 끊을라.”

“안 그래도 그러려고 했다만.”

“이건 섬세한 악기거든요?”

막시민은 바이올린을 껴안다시피 한 채로 줄감개를 돌렸다. 지금껏 딱히 애지중지한 적은 없었다만 바이올린을 태울 뻔했다가, 물에 처넣을 듯하다가, 마침내 검으로 현을 끊겠다고 나서는 인간이 등장하자 어지간한 막시민도 바이올리니스트의 심정이 되고 말았달까. 하지만 줄감개는 조금 돌아가는 듯하다가 멈춰버렸다. 평범한 현처럼 푸는 건 역시 무린가.

“이거, 안 되네.”

“역시 그냥 끊는 편이…….”

“프시키는 손발이나 꼬리 끝이 잘려도 괜찮냐?”

“글쎄? 근데 걔들한테 꼬리도 있을까?”

그렇게 말하며 슬그머니 손을 내밀어 만져본다 싶더니 어느새 툭, 끊겨 있었다. 막시민이 놀라 눈을 둥그렇게 뜨고 쳐다보자 이스핀은 킥킥 웃으며 손바닥에 넣은 주머니칼을 감췄다.

"진작 이렇게 할걸."

아까 안 나오려 버텼던 것이 무색하게도 눈 깜짝할 사이에 잘려버린 E현에서는 아무 반응도 일어나지 않았다. 얘도 놀라 혼이 나갔나? 이스핀은 현을 아래쪽까지 풀어내어 동그랗게 감아 묶더니 막시민의 겉옷 주머니에 쏙 집어넣고는 만족한 듯 싱긋 웃었다.

"자, 호신용이니까 꼭 갖고 다녀. 알았지?"

"이걸로 뭘 어쩌라고?"

"아, 쓰는 법을 몰라? 금속 현이란 사람 목을 조를 때도 쓸모가 있고, 또……."

"너 지금 나한테 뭘 기대하는……."

그때 문고리가 덜컥대더니 노크 소리가 났다. 세 번, 두 번, 세 번. 청어절임이나 데보라, 둘 중 하나가 돌아온 모양이다.

이스핀은 얼른 바이올린을 낚아채어 가방 속에 집어넣은 뒤 있던 자리에 놓았고, 막시민은 창가를 흘끔대며 느릿느릿 걸어가 문을 열어주었다. 뛰어들어온 데보라가 난로 속에 처박힐 기세로 달라붙더니 부르르 떨었다.

"어휴, 날씨가 갑자기 왜 이러지. 산책인지 사색인지 하다가 얼어죽겠네."

겨울치고 한동안 따뜻하던 켈티카 날씨도 새해가 되자 성질을 부릴 때가 됐다고 판단했는지 오후부터 부쩍 찬바람이 거세졌다. 이어 데보라는 두 사람을 바라봤는데 둘 다 뭔가를 감추는 듯한 표정임을 알아차리고 눈썹을 조금 올렸다. 기색을 눈치챈 막시민이 먼저 물었다.

"청어절임은?"

"걔는 한참 같이 잘 오다가 갑자기 저녁 장을 봐야겠다는 둥 하면서 시장으로 빠졌네요. 전 뭐, 궁금해하고 계실 테니 결과를 빨리 알려드려야 할 것 같아서."

보아하니 막시민의 궁금증보다는 추운 거리에 잠시도 더 서 있기 싫어서였던 듯했지만 막시민은 개의치 않고 말해보라며 한 손을 펴 보였다. 데보라는 몸이 조금 풀리자 조각상 받침에 걸터앉아 싱긋 웃었다.

"슈발리에의 추측이 맞았어요. N 모양 열쇠는 구왕정 시절에 오토마톤으로 유명했던 누오보 공방에서 물건을 맡겼다는 증표로 주던 일종의 보관증이었대요. 물론 이십 년쯤 전에나 그랬다는 얘기고요. 자긴 이걸 언제 마지막으로 봤는지 생각도 안 난다면서 할머니 유물 상자에서 찾았냐고 낄낄대더라고요. 그래서 먹고살기 힘든 얘기를 한바탕한 다음에 고릿적 짐짝까지 샅샅이 뒤져서 찾아낸 건데 누가 관심 가져줄 사람이 없겠냐고 물어봤죠. '혹시 알아요? 요새 오토마톤 인기도 올라갔다는데 누가 누오보 공방 이름을 걸고 다시 공방을 내면 이거 내밀고 내 물건 내놓으라면서 보상금 좀 받아낼 수 있을지도 모르잖아요?' 그렇게 우겨대니까 안쪽에서 할아버지 한 분을 불러오더라고요."

데보라와 청어절임은 로크리 시장에 있는 '메싱의 골동품 가게'에 다녀온 참이었다. 시장 깊숙이 위치해 평민들이 주로 드나드는 그곳은 좋게 말해 골동품상이지 사실상 고물상에 전당포도 겸하는 곳이었다. 다만 평민들이 가치를 모르고 가져오는 옛날 물건들을 헐값에 인수했다가 그럴싸하게 손질해서 귀족들에게 팔아먹는 것으로 재미 좀 본다는 소문이 있었다.

"할아버지가 돋보기 가져다가 열쇠를 구석구석 뜯어보더니 '얘야, 이건 가짜다. 몇 년 전에 새로 만든 거야. 세공은 제법 흉내를 냈으니까 10엘소에는 받아주지. 싫으면 꺼지고' 요러는 거예요. 가짜라니까 공방 얘기를 더 물어보기도 그렇고, 얘기를 어떻게 풀어야 되나 궁리하고 있는데 갑자기, 청어절임 걔가 벌떡 일어나더니 '50엘소!' 그러는 거예요. 아, 진짜 내가 어처구니가 없어서."

"걔는 왜 흥정을 하고 있는 거야. 팔 것도 아니잖아."

이스핀이 말하자 데보라가 고개를 끄덕거렸다.

"저도 그렇게 생각했거든요? 그런데 웬일인지 코웃음이나 칠 것 같던 할아버지가 갑자기 흥분하면서 50엘소는 말도 안 되고 어쩌고저쩌고 하더니 30엘소까지는 준다나? 청어절임은 계속 50엘소 받아야겠다고 바락바락 우겨대고, 이러다가 곧 쫓겨나겠구나 생각하고 있는데…… 그래서 어떻게 됐게요?"

"어떻게 되긴 뭘. 50엘소로 협상이 됐겠지."

막시민이 툭 내뱉자 데보라가 눈을 크게 떴다가 물었다.

"슈발리에가 그러라고 시켰어요?"

"안 시켰어. 하여튼 그래서, 더 알아낸 거 있어?"

"아뇨. 50엘소 주겠다는 할아버지 얼굴에 대고 청어절임이 '100엘소!' 그러는 바람에 깔끔하게 쫓겨났어요. 조금만 동작이 늦었으면 먼지떨이로 몇 대 맞을 뻔했는데. 걔는 도대체가, 골동품 가게가 무슨 경매장이냐고요."

"……."

뭔가를 알아차린 이스핀이 막시민의 얼굴을 봤다. 막시민은 입을 꾹 다문 채 시선을 내리깔고 있더니 중얼거렸다.

"어디려나."

"뭐가요?"

데보라가 묻자 이스핀이 대신 대답했다.

"공방 말이야."

"누오보 공방요? 문 닫기 전에 있던 자리 말씀인가요? 아직도 거기에 뭐가 남아 있을까요?"

내심 그럴 리 없다고 생각하는지 데보라는 미심쩍게 고개를 갸웃대며 기억을 더듬다가 말을 이었다.

"제가 듣기론…… 땅주인도 이미 바뀌었다던데."

막시민이 고개를 번쩍 들었다.

"위치가 어딘지 알아?"

"정확히는 모르지만 대략 외곽구 쪽인 걸로 들었어요. 구왕정기에 귀족들을 상대하던 공방은 시내에 있는 게 보통인데 누오보는 묘하게 도시 바깥쪽에 자리를 잡았고 규모도 되게 컸대요. 오토마톤이 도자기나 유리 공방처럼 공간을 많이 필요로 하는 것도 아닌데 왜였는지는 모르겠네요."

"그런데 부지가 팔렸단 말이야? 누구한테?"

막시민이 다그쳐 묻자 데보라가 고개를 저었다.

"몰라요. 하지만 알아야 한다면 알아볼게요. 물어볼 만한 사람들은 좀 있어요. 그런데 망해버린 공방이 어디에 있었는지가 왜 중요한 거예요? 가서 땅이라도 파보려고요?"

막시민이 고개를 저었다.

"안 망했어. 망한 공방의 보관증을 미쳤다고 50엘소에 사겠냐고. 누오보는 겉으로만 망한 체하고 어딘가로 숨어버린 거야. 지금도 지하 어딘가에서 은밀히 거래도 하고 있지만 아는 사람들만 알고 있는 거지. 저런 시장 상인들까지 속사정을 다 알고 있을지는 모르겠지만 적어도 저 열쇠에 금전적 가치가 남아 있다는 사실 정도는 알려져 있는 거라고. 물론 플레상스 경도 알고 있었을 거고."

"숨다니, 왜요? 아, 물론 오토마톤은 사치품이니까 공화국 시절에는 탄압을 피해서 문 닫은 체했을 수는 있겠네요. 하지만 다시 왕정이 된 지도 곧 있으면 십 년이라고요. 도로 문을 열어도 옛날에 열었어야죠. 게다가 요즘 오토마톤 경기도 완전 좋은데 망한 게 아니라면 왜 계속 숨어 있겠어요?"

"좋은 지적이야."

그렇게 말한 막시민이 이스핀을 봤다. 이스핀은 어느새 둘의 대화가 아닌 다른 생각에 잠겨 난롯불을 노려보고 있었다. 그러다가 둘의 시선을 느끼자 천천히 눈을 올려 뜨며 말했다.

"그래. 알 것 같네. 내가 저번에 파울이 훔친 물건은 오토마톤인 것 같다고 했잖아. 플레상스 경이 파울로부터 그걸 건네받아 누오보 공방에 맡기고, 보관증으로 그 열쇠를 받은 것 같아. 하지만 왜 거기에 맡겼을까? 수리가 필요해서? 그럴 수도 있지만 더 중대한 이유가 있었을 것만 같은 기분이 드네. 공방 인물들을 한 명쯤 찾아낼 수만 있다면 좋을 텐데 말이야."

데보라가 함께 있었기에 이스핀은 그쯤에서 적당히 말을 그쳤다. 하지만 속으로는 그간 품어왔던 큰 의문을 풀어줄 실마리를 잡았음을 깨달았기에 심장이 빠르게 뛰었다.

이스핀은 오랫동안 베르나르가 심장 조각을 넣을 오토마톤을 어떻게 그렇게 많이 구했는지 의구심을 품어왔다. 오토마톤은, 그것도 왕국의 쇠를 사용할 정도로 값비싼 오토마톤은 대량으로 생산되는 물건이 아니었다. 그 정도로 정교한 공예품은 아무리 도제가 많더라도 무조건 장인의 손을 거쳐야만 했다.

무엇보다 오를란느에는 오토마톤으로 유명한 공방이나 기술자가 없다. 분명히 외부의 협력자가 있었을 것이다. 그게 누굴까? 혹시 그자가 누오보라면…… 누오보 자신이든 그곳에 소속된 자들이든 누군가가 베르나르를 안다는 얘기고, 그렇다면 실종에 대해서도 힌트를 갖고 있지 않을까?

더 나아가 어쩌면…… 공방이 표면적으로 문을 닫은 것도 베르나르가 한 일과 관계가 있을지 모른다. 그들이 생존하고 있으면서도 공방을 다시 열지 않고 숨어 지내는 이유도, 아이언페이스를 두려워해서는 아닐까?

막시민도 누오보 공방이 살아남아 있다는 사실이 그가 해온 추리와 맞닿아 있음을 느꼈다. 그는 그간 플레상스 경이 남긴 일지를 낱낱이 분석했는데 그 결과 플레상스 경이 몇 년 동안 펠그레이브 사건에 꾸준히 매달렸음을 알게 되었다. 플레상스 경은 '아이언페이스가 펠그레이브 남작을 살해했다'

고 전제한 채 뒷받침할 증거를 찾고 있었다. 왜 증거를 찾기도 전부터 범인을 확신한 것일까?

플레상스 경은 거의 삼 년 전부터 구왕국 시대의 골동품들을 추적했다. 펠그레이브 남작의 살인 사건이 벌어졌을 때도 집사의 의뢰를 받은 것보다 플레상스 경이 치안청을 찾아간 것이 빨랐다. 즉, 플레상스 경은 그 살인을 예측했다. 오토마톤을 집요하게 훑어가는 자의 존재를 알아차리고 오토마톤 수집가로 유명한 남작을 조만간 노리리라고 짐작했던 것이다. 그러므로 플레상스 경은 아이언페이스를 먼저 쫓기 시작했다. 남작의 죽음은 그다음이었다.

그러나 플레상스 경은 치안청을 설득하지 못했다. 아이언페이스, 아니 돈 많은 사업가 스테어 아이언스가 고작 수집품 때문에 밀실에 잠입해 남작을 죽였다는 시나리오를 아무도 믿어주지 않았기 때문이다.

이야기가 거기서 끝나지 않은 이유는 아이언페이스가 남작을 죽이고도 정작 노리던 오토마톤을 손에 넣는 데는 실패했기 때문이다. 성공했다면 아이언페이스는 그 저택과 관련된 사람들, 즉 플레상스 경이나 파울에게 관심을 끊었을 것이다. 하지만 아니지 않았던가?

막시민이 추리한 바로 얼마 전까지 그 저택에는 여전히 문제의 오토마톤이 있었다. 어딘가 은밀한 곳에 숨겨진 채로.

그랬던 것이 브라운센이 저택을 대대적으로 수리하는 과정에서 튀어나왔고, 그걸 발견한 사람이 하인이었던 파울일 것이다. 또는 그 점을 미리 예측한 플레상스 경이 파울을 하인으로 잠입시킨 것일지도 모른다. 어느 쪽인지 확인하자면 브라운센을 만나보고 다른 하인들도 탐문 조사를 해봐야 하지만 현재로서는 그럴 방법이 없었다. 파울이 오토마톤을 빼돌려서 잠적한 이유도 마찬가지로 확신할 수 없다. 단순히 욕심 탓인지, 플레상스 경의 지시가 있었는지.

어느 쪽이든, 브라운센의 눈은 속였을지 몰라도 오토마톤이 세상에 나오기만을 기다리던 아이언페이스를 따돌릴 순 없었기에 파울은 곧 추적당하기 시작했다. 그러는 과정에서 브라운센도 파울이 뭔가를 훔쳐갔다는 사실을 알게 됐을 것이다. 파울은 플레상스 경에게 오토마톤을 맡겼고, 사라졌다. 어쩌면 죽었을지도 모른다. 그리고 플레상스 경은 실종되기 직전에 오토마톤을 누오보 공방에 맡긴 것으로 추측된다. 그곳이라면 아이언페이스에게서 오토마톤을 지켜낼 수 있다고 믿었던 걸까?

이러한 누오보 공방은 이 사건의 근본과 닿아 있는 존재일 수밖에 없다. 더구나 석연치 않은 이유로 공방의 문을 닫고 오랫동안 지하에 숨어 있다. 그들을 지하에서 끌어내어 만나야 한다.

그때 데보라가 다시 입을 열었다.

"그러니까 그 사람들이 돈은 벌어야겠는데, 대놓고 공방을 차리지 못하는 이유가 있다는 거잖아요. 그럼 마치 밀주업자나 밀가루 약사들하고 영업 방식이 같은 거죠?"

이스핀이 인상을 썼다.

"잠깐만, 네가 말한 건 범죄잖아."

데보라가 피식 웃었다.

"아, 뭐 그렇긴 한데요. 둘 다 먹으면 죽는 건 아니니까 그렇게까지 악질 범죄는 아닌 건데. 켈티카에서 먹고산다는 게 만만치가 않아서 말이죠. 하여튼 오토마톤 수리는 범죄가 아니지만 그런 사람들처럼 일해야 하는 거라면, 그게 생각보다 쉬운 일이 아니에요. 밀주든 밀가루 약이든 알려야 팔 수가 있는데 대놓고 알릴 수가 없는 거잖아요. 그럴 때는 사람들한테 입소문을 내줄 만한 사람을 중간에 끼워야 해요. 그 사람을 찾아가보면 뭔가 알고 있지 않을까요?"

"누굴 말하는 거야?"

"베네트 얘기죠. 그 사람 꽤 영업 잘하나 보던데. 로크리구의 일이라면 틀림없이 뭔가 알고 있을걸요?"

"……."

중개업자란 직업도 찾아주고, 방도 찾아주고, 일꾼도 찾아주고, 가끔은 결혼 상대도 찾아주다가 밤에는 밀주도 소개해주고 밀가루 약도 파는 거냐고. 그나저나 이 인간이 정보 조사가 필요한 일이 있으면 언제든 찾아오라고 하긴 했지만 절대로 공짜일 리가 없는데. 또 무슨 엄청난 일이…….

이스핀과 막시민이 서로 얼굴을 보며 고민에 빠져 있자 도로 일어난 데보라가 망토를 여미며 입구 쪽으로 갔다. 생각에서 깨어난 막시민이 불렀다.

"춥다더니 어디 가?"

"알아볼 게 생겼잖아요. 해 지기 전에 얼른 다녀올게요."

그러더니 문을 닫기 직전에 짓궂게 덧붙였다.

"그리고 낮에도 문 잠그고 지내고 싶은 이유 정도는 이해할 만한 눈치가 있거든요."

귀부인의 연애 수업

"아하, 정보가 필요한가? 그거라면 내 전문이지."

긴가민가하며 물어보았지만 베네트는 진짜로 정보를 갖고 있었다. 정확히는 누구를 찔러봐야 할지 알았다.

티모 호프. 은퇴한 장의사. 호프는 일찌감치 남들이 꺼리는 일은 돈이 된다는 것을 알아차린 자였다. 장의사 시절에 그는 혼자 살다가 죽은 사람들의 먼 친척들에게 연락해 장례며 집안 정리를 떠맡아주는 대신 가재도구를 차지해 파는 것으로 돈을 벌었는데 공화정 시대가 열리며 대호황을 맞아 돈을 긁어모았다고 했다. 길에서 맞아 죽거나 특별한 이유도 없이 끌려가 돌아오지 않게 된 사람이 갑자기 많아져서는 아니고(그런 사람은 구왕정 시대에도 많았다) 예전에는 반쯤 쓰레기 청소나 다름없던 일이 갑자기 알짜로 변했기 때문이다.

주인은 끌려가고 친척들도 감히 연고자입네 나설 수 없던 시절에 방치된 저택들을 털어 재산을 불린 호프는 공화정이 끝나기 직전에 아들을 몰락 귀족 출신 과부와 결혼시키는 바람에 운 좋게 신왕정에서도 살아남았다. 그리고 특기를 십분 발휘하여 혼란 틈에 주인을 잃은 저택도 한 채 샀다. 그 저택이 현재 상류층이 가장 선호하는 주거지 중 하나인 클레망틴 거리에 있다는 것도 호프의 선견지명을 보여주는 사례 중 하나였다.

그러나 호프의 재주로 할 수 있었던 일은 거기까지로, 그의 품격 높은 이웃들은 장의사 출신 벼락부자가 옆집에 사는 것을 꺼림칙하게 여기며 교류하고 싶어 하지 않았다. 호프 또한 개의치 않았다. 이웃 대우를 해주지 않는다고 욕을 해댄들 상대가 정중해질 것도 아니며, 더 중요하게는 돈이 생기지도 않기 때문이다.

호프에게는 호프의 방식이 있었다. 귀족들도 때로 지저분한 일에 연루될 때가 있다. 이를테면 하인을 실수로 죽였다든가, 나쁜 평판을 퍼뜨린 이웃에게 은밀히 복수를 하고 싶다든가, 고상한 이웃들에게 알리고 싶지 않은 저급한 취미가 있다든가. 즉 하층민의 손이 필요한 용건이 있을 때 호프는 갑자기 든든하고 입이 무거운 이웃으로 변했다. 베네트의 말로는 클레망틴 거리의 귀족들이 대낮에 마주치면 호프를 모른 체 하지만 새벽녘에는 조용히 비싼 술도 건네고, 가벼운 아양을 떨어가며 친분을 다져두려 애쓰는 자가 한둘이 아니라는 것이었다.

호프의 집에는 구왕정 시절부터 주워 모은 어마어마한 양의 골동품이 있었다. 공화정 때 손에 넣은 희귀한 것들도 많았는데 그중 상당량은 수선도 되지 않은 채 쌓여 있었다. 그도 고쳐줄 사람을 찾고 싶어 했지만 제대로 된 기술자는 공화국이 다 갈아 먹어버렸는지 어딜 가나 돌팔이뿐이라며 푸념한 지가 오래였다. 그런데 얼마 전, 이번에는 싹 고쳐서 직접 경매를 열겠다고 하더라는 이야기가 들려왔다. 수리해줄 사람을 찾았다는 얘기다.

"그 노인네한테 틀림없이 오토마톤도 한둘쯤 있을 거야. 요새 가격이 엄청 올랐으니 고쳐서 좋은 값에 팔고 싶겠지. 누구한테 수리를 맡기느냐고 호프한테 직접 물어볼 수 있으면 제일 좋겠지만 소개 없이 만나기는 쉽지가 않고, 또 자기 정보를 공짜로 줄 양반도 아니야. 그러니까 밤에 그 집 앞에서 며칠만 기다려봐. 호프는 대낮에 일어나서 9시쯤 저녁 먹고, 새벽 1시쯤은 되어야 자거든. 장의사 시절 버릇 때문에. 그래서 사람을 항상 밤중에 불러. 대략 10시에서 12시쯤, 그 언저리면 들어가는 놈이든 나가는 놈이든 하나 걸리지 싶은데."

주소는 클레망틴 거리 25번지. 한겨울에 남의 집 앞에서 잠복이라니, 웬만해서는 하고 싶지 않은 일거리였지만 두 시간 정도라고 하니 도전해볼 마음이 내켰다. 날씨도 날씨니만큼 그런 시각에 나다니는 사람도 별로 없을 테고, 두셋이서 저택 앞뒤만 지키고 있으면 찾아오는 사람쯤은 금방 발견하겠지.

그렇듯 쓸모 있는 정보를 술술 풀어놓은 베네트는 생각에 잠긴 막시민을 향해 은근한 미소를 보내며 말했다.

"이걸로 하나 얻어걸리면 나한테는 뭐 맛있는 것 없나? 방금 좋은 생각이 났는데 말이야. 내가 선금을 5000엘소만 더 쓰고 싶어. 어떤가? 응? 이거야말로 자네도 좋고, 나도 좋고, 로크리 구의 시민들도 행복해지는 올해 최고의 제안인 것 같은데……."

살롱 모임이 없는 날 슈니발트 저택의 문단속은 저녁 10시에 끝났다. 그러고도 별이 손톱 두 개만큼 흘러갔을 즈음, 작은 거실 창가에 앉아 편지를 쓰고 있던 콜레트는 문득 창밖을 내다봤다가 정원을 사뿐사뿐 가로질러 걷고 있는 공녀님을 발견했다.

사실 편지를 쓰고 있지 않았던 콜레트는 얼른 일어섰다가 생각을 바꿔 꾹 참고 기다리기로 했다. 슈니발트 저택에 머무는 동안 샤를로트는 어디까지나 대공국의 공녀가 아니라 먼 친척이 켈티카에 있는 기숙학교에 입학할 때까지 돌봐달라고 부탁한 시골 소녀 마르셀리에트였다. 켈티카 구경에 정신이 팔려 조금 늦게 들어오는 날도 있지만 모르는 체하라는 주인마님의 분부가 있었으므로 하인들은 문단속이 끝나고도 저택 구석의 쪽문만은 잠그지 않았다.

조금 기다리고 있으면 공녀님께서 쪽문을 살짝 열고 가장 빠른 계단을 통해 이 거실로 올라오실 것이다. 밤참으로 준비시켜둔 고기 파이가 식은 것이 아쉽지만 불침번 하인만 남은 시각에 다시 부엌으로 내려가는 것은 좋은 생각이 아니었다. 백작께서 시골뜨기 먼 친척 아이를 아무리 애지중지하실지라도 따뜻한 파이를 먹이겠다고 한밤중에 부엌을 얼씬거린다면 누가 봐도 미심쩍겠지.

거기까지 생각했을 때 샤를로트의 그림자가 사라졌다. 콜레트는 문이 곧 열리리라 기대하며 그쪽을 주시하기 시작했지만 묘하게 오래 걸린다는 생각이 들었다. 공녀님이 이렇게 느린 분이 아닌데.

콜레트는 다시 창밖을 내다봤다. 그리고 부엌 뒷문 쪽에서 도로 나타난 샤를로트의 그림자가 정원을 가로질러 정문 쪽으로 가는 것을 알아차렸다. 손에는 길쭉한 것이 들려 있다. 조심스럽게 감싸진 것으로 보아 아마도 포도주?

"흐으음."

콜레트는 팔짱을 끼고 공녀의 그림자를 뚫어져라 보면서 있지도 않은 딸이 어느 놈팡이에게 홀려 집안 살림을 퍼주는 상상을 하고는 입술을 오묘하게 비틀었다. 백작께서 포도주 한 병이 아까워서 그러는 것은 물론 아니었다. 공녀님께서 그까짓 걸로 거지에게 적선을 하든 거름 삼아 화단에 뿌리든 알 바 아니다. 하지만 밤늦도록 켈티카 거리를 헤매다가 이런 시각에 들어오시는 것도 못마땅한데, 모셔다 드렸으면 썩 꺼질 것이지 이 와중에 포도주 한 병을 안겨주길 기다리며 정문 앞에 서 있는 놈이 놈팡이가 아니면 뭐람? 심지어 어제 오늘은 12시도 넘겼잖아.

잠시 후, 돌아온 샤를로트는 쪽문과 계단을 통해 작은 거실로 올라왔다. 기다리고 있던 콜레트를 보더니 한쪽 눈을 살짝 찡그리며 웃었다.

"미안. 너무 늦었지?"

이어 테이블 위의 시드르와 파이를 발견하고는 재빨리 반색했다.

"와, 마침 시장했는데. 콜레트는 내 마음을 읽는 것 같다니까."

평소라면 이 정도 귀염성만으로도 마음이 사르르 녹아서 잔소리인지 하소연인지 모를 호소로 넘어갔겠지만 오늘의 콜레트는 다시 생각했다. 이런 일을 계속 용인하면 안 될 것 같은 느낌이 든다. 이건 공녀와 신하가 아니라 어머니나 언니가 어린 아가씨에게 가르쳐줘야만 하는 처신에 대한 이야기야. 남자애를 저렇게 다루면 안 되고말고.

"공녀님. 그런 식으로 하시면 절대 안 돼요."

"어…… 응?"

단도직입적인 말이 튀어나오는 바람에 시드르를 한 모금 머금던 샤를로트가 고개를 갸웃했다. 콜레트는 가느다란 목에 힘줄이 돋도록 턱에 힘을 주고는 빠르게 말했다.

"남자애는 말이죠, 너무 잘해주면 은혜를 모르게 된답니다. 남자애가 장차 신사가 되기까지는 머나먼 길이 남아 있어요. 그런데 주변에 잘해주는 여자가 많을수록 신사가 될 확률은 한없이 낮아지죠. 어머니도, 여자 형제와 친척들도 항상 주의해야 하는 거예요. 남자애를 신사로 키우려면요."

"지금 무슨 얘길 하는 거야?"

"그러니까 그렇게 잘해주시면……."

"누구한테?"

"그게……."

콜레트는 말을 잇지 못하고 머뭇거렸다. 하긴 그렇다. 문제의 '남자애'는 사건 해결을 위해 고용한 탐정일 뿐이다. 장차 공녀 연하의 부군의 후보가 될 가망인들 있을 리 없다. 하지만 며칠이나 같이 늦은 시각까지 돌아다니고 있으니까, 그리고 귀부인이 시인이나 음악가 나부랭이와 가볍게 연애를 즐길 순 있어도 말려들어서 돈이나 퍼주는 호구로 전락하면 곤란하니까, 그런 사내들을 다루는 기술도 적당히 알 필요가…… 있긴 하겠지만 고작 열아홉 살이신 공녀님한테 벌써부터 이런 연애론을 전수하는 게 맞는 건가?

콜레트가 본인의 화려한 연애사와 정반대되는 조언을 하기 위해 모순적인 생각에 빠져 있는 동안 샤를로트는 시드르를 마시고 파이를 한 조각 잘라 입에 넣었다. 천천히 씹어 삼키고, 두 번째 조각을 자르려고 고개를 숙이면서 대꾸했다.

"걔는 신사가 될 가망 같은 건 없어. 애초에 정체성이 그게 아니거든."

"그래요! 그 녀석 말씀이라고요!"

콜레트의 목에 핏대가 다시 불쑥 솟았다.

"아가씨한테 뭘 얻으려고 손이나 내미는 녀석들은 천하에 쓸모가 없어요! 귀공녀라면 마땅히 그런 남자들을 멀리해야 한다고요! 얼굴 반반하고 혓바닥만 잘 놀려서 보석 목걸이 대신에 달콤한 세레나데로 넘어가려 드는 빈털터리한테 잘못 말려들었다가는 가문의 보물이며 집문서까지 다 퍼주게 되거든요?"

샤를로트는 두 번째 조각을 입에 넣으려 했으나 결국 참지 못하고 웃기 시작했다. 달콤한 세레나데가…… 뭐 어쩐다고?

"콜레트가 걱정하는 마음은, 아하하…… 알겠는데, 푸훗, 그대가 생각하는 얼굴 반반한 날제비랑 실상은 전혀 달라. 일단 얼굴이 반반하지도 않고, 아니, 얼굴은 반반한가? 하여튼 돈 있는 아가씨를 꼬시려고, 어, 그러니까, 예쁘장하게 단장하고 세레나데를…… 푸하하하하하…… 그런 걸 할 수 있는 애가 아니라고. 아니, 근데 전에 로랑도 그런 소릴 하더니 콜레트까지, 얼굴 반반한 멍청이한테 다들 트라우마라도 있어?"

"카스티유 경이 저하고 의견이 좀 다르네. 제가 조심해서 다루라고 말씀드린 건 얼굴 반반한 빈털터리거든요? 멍청이는 별로 상관없어요. 그런 놈들을 차버리는 건 쉬워요. 말했다시피 멍청하니까요. 하지만 사탕발림하는 빈털터리가 얼마나 끈질긴지 모르시죠? 그놈들한테는 이게 죽고 사는 문제라고요. 하긴 카스티유 경이야 이런 걸 알 기회는 없었겠죠. 하지만 저는 살아오며 몇 무더기나 만나보아서 잘 알아요. 돈 좀 우려낼 수 있겠구나, 싶으면 그놈들은 희대의 연기파가 되어서 지긋지긋할 정도로 질척댄다니까요?"

"콜레트, 걔는 그런 애가 아니라니까?"

"아아, 진짜로 큰일이네. '걔는 그런 애가 아니야'야말로 사탕발림하는 빈털터리한테 걸린 아가씨들의 고전적인 멘트란

거 아시나요?”

“아니, 그게 참…….”

답답해진 샤를로트는 한숨을 내쉬며 다시 파이 한 조각을 먹었다. 콜레트는 분주하게 눈을 굴리며 공녀님을 빤히 봤다. 당장 필요한 인력이니 그만 만나라고 할 수는 없지만, 안이하게 미적대다가 진짜로 큰 사달이 나는 건 아닐까? 어느 쪽이 더 중요한 문제지?

귀부인다운 연애의 규범을 전수할 필요는 있지만 고리타분한 대고모님 같은 소리를 늘어놓아 공녀님의 친구 역할을 잃어버려서야 곤란하다. 콜레트가 할말을 주의깊게 고르느라 미간을 찌푸리고 있는데 샤를로트가 불쑥 말했다.

“그 얘긴 그만하면 됐어. 내가 알아서 할게. 그건 그렇고 며칠 전에 내가 물어본 거, 좀 알아봤어?”

“네?”

콜레트는 흠칫 긴장했다. 경험상 공녀께서 이런 식으로 갑자기 말을 돌리려 들 땐 난감한 요구가 튀어나올 가능성이 큰데.

“브라운센 말이야. 초대받을 수 있겠어?”

“아아, 네. 그게 좀, 알아보긴 했는데 말이죠…….”

하필 속시원한 대답을 드릴 수 없는 주제라 더욱 난감해졌다. 죽은 펠그레이브 남작의 저택을 사들인 브라운센에 대해 나름 정보력을 다해 알아봤지만 이렇다 할 만한 이력도, 저택을 사들이게 된 동기도, 하다못해 연결된 끈도 전혀 찾아내지 못했다. 나름대로 켈티카 사교계에서 빠지지 않는 인맥을 자랑하는 자신인데 대체 어찌된 셈인지 모르겠고, 브라운센은 정말로 근본 없는 날벼락부자인 모양이었다.

"조금만 더 기다려주세요. 다짜고짜 만나고 싶다고 하면 의심을 살 것 같아 안면만 겨우 있는 사람들까지 총동원해서 걸칠 만한 인연이 있나 알아보는 중인데 쉽지가 않아서요. 브라운센이라는 사람, 그 저택을 사기 전에는 빵집을 운영했다는 것이 알려진 이력의 전부더라고요. 빵집 주인이라니, 그런 사람을 누가 알겠느냐고요."

"정말이야? 빵이 맛있을 느낌의 이름이긴 하네. 그 빵집은 어디에 있었는데?"

"북부의 발렌이라던가? 발렌 사람들은 빵을 얼마에 사 먹기에 빵집 주인이 남작의 저택을 다 사들이고 그러는 거죠?"

샤를로트가 킥킥 웃더니 말했다.

"그러네. 밀가루에 이상한 걸 넣지 않았나 조사해야 될 것 같은데. 내가 할 일은 아니겠지만. 하여튼 초대받기 어렵다면 다른 길을 뚫는 수밖에 없겠네."

"다른 길이라고요? 어떻게요? 직접 가보시겠다는 건 아니죠?"

"맞는데?"

"어, 언제요?"

"내일."

공녀님을 섬기다 보면 예지력만 늘어나는 모양이었다. 콜레트는 미간을 찡그리며 입술을 깨물었다. 콜레트의 표정을 살핀 샤를로트가 웃음을 터뜨렸다.

"담 넘어 들어가겠다는 거 아니야. 우아하게 손님으로 초대받으면 제일 좋았겠지만 그럴 만한 핑계를 못 찾았으면 낮은 길을 택해볼 수도 있는 거지. 알아보니까 브라운센이 아이의 가정교사를 두 명째 내쳤다더라고. 새 가정교사가 필요하지 않을까?"

"가정교사요?"

거의 울상이 된 콜레트가 한숨을 내쉬었다.

"아아, 대공국 공녀님의 체통으로 가정교사라니. 전 지금껏 공녀님께 뭘 가르쳐드린 걸까요."

"가정교사가 뭐 어때서. 내가 어려서 본 가정교사들은 다들 괜찮은 사람들이었는데."

"그야 그랬겠죠. 하지만 문제는 가정교사 본인이 어떤 사람인가가 아니랍니다. 고용주가 어떤 사람인가가 중요하죠. 세상에는 말이죠, 상종 못 할 고용주가 아주 많거든요!"

"그런 인간이라면 적당히 무릎이라도 걷어차주면 되지 않을까?"

"공녀 연하, 대저 인간의 무릎이라는 연약한 관절은 연하의 발에 걷어차이고도 온전할 수가 없는데다가…… 그런 소란을 일으켰다가 나중 일은 어쩌시려고요. 제 입장도, 아니 대공국의 입장도 조금만 생각해주세요. 켈티카 사교계에 드나드는 누군가가 목격자가 될지도 모르고, 그런 사람과 다른 데서 마주칠지도 모르고, 그렇지 않아도 대공 전하께는 공녀님께서 켈티카에 잠시 머무르며 사교계 인맥을 쌓으실 거라고 말씀을 올렸는데 그게 사실이 되자면 적어도 한두 번쯤은 정식 연회에……."

샤를로트가 견디지 못하고 관자놀이를 짚으며 대꾸했다.

"아, 아, 그래. 알았어. 그 계획에는 아주 문제가 많군."

"제가 다른 방법을 반드시 찾아낼게요. 그러니까 가정교사 행세 같은 말씀은 부디 거두어주세요."

콜레트의 얼굴에 굳은 의지가 서리는 것을 보니 정말로 무슨 수든 만들어낼 느낌이 왔으므로 이쯤에서 손을 드는 편이 좋을 듯했다.

"알았어. 참, 내일도 늦게 들어오게 될 것 같아. 기다리지 말고 먼저 자."

"공녀님이 들어오시지도 않았는데 제가 어떻게 잠을 잘 수가 있겠어요? 빨리 에투알이 와야 마음을 좀 놓을 텐데……."

샤를로트는 건성으로 고개를 끄덕여 보였다.

“곧 오겠지. 그럼 이만 좀 쉴게.”

“그전에 잠깐만요, 공녀님. 꼭 드려야 할 말씀이 있어서요.”

“또 있어? 피곤하니까 빨리 해줘.”

샤를로트가 의식적으로 하품을 하는 걸 눈치챘지만 콜레트의 표정도 이번에는 결연했다. 샤를로트는 이틀째 호프의 저택 앞에서 추위에 떨며 두 시간을 보낸 막시민이 포도주나 한 병 마시고 자면 굳어진 몸도 풀리고 좋겠다고 판단했을 뿐이었지만 콜레트가 보기에는 적당히 보아 넘길 수 없는 중대한 조짐이었고, 지금 시각은 새벽 1시였고, 고리타분한 대고모님께서 방탕한 연애의 대가를 이길 조건이 다 갖추어진 참이었다.

“이런 건 적당한 나이에 이르렀을 때 모후께서 알려주시는 것이 제일이지만 지금은 공녀님 곁에 저밖에 없으니 저라도 최선을 다해볼게요. 공녀님, 세상에서 가장 정직하고 성실한 사내일지라도 여자 문제가 얽히면 진실 하나에 거짓을 셋씩 말하게 된답니다. 그걸 꿰뚫어 볼 줄 알아야 후회할 일이 생기지 않는 거예요.”

“아까 하던 얘기라면 충분히 들은 것 같은데.”

“아니에요. 충분하지 않았어요. 자, 기억하세요. 넷 중 셋은 거짓이라고요. 반드시 악의를 갖고 속인다는 뜻은 아니에요. 그냥 그렇게 돼요. 남자란 일단 그런 생각을 하고 나면…… 휴, 어렵네. 하여튼 젊은 아가씨라면 남자의 모든 말을 걸러 듣는 편이 안전해요."

"지금 누구 얘길 하는 건데?"

"누구라도 마찬가지예요. 예외는 없어요. 남자들을 함부로 믿으셔서는 안 돼요."

"왜 불신을 조장하는 거야? 내 주변에 여자들만 있는 것도 아니고, 에투알에도 남자가 더 많았고, 그래도 지금껏 멀쩡히 잘 지내왔는데 갑자기 뭐가 달라진 건데?"

"공녀님께서 성장하셨죠. 아주 큰 변화죠. 이젠 전에 알던 사람들도 마찬가지예요. 그간 아무리 친하게 지내고 든든하게 여겼더라도 말이죠."

샤를로트는 평소와 조금 다른 사람이 된 듯한 가신을 미심쩍게 바라보다가 불쑥 물었다.

"연애 상대가 될 위험을 피하기 위해 모든 남자를 불신하라고?"

"음, 그건 조금 다르네요. 연애는 연애고, 연애를 하든 안 하든 남자가 하는 달콤한 말에 혹할 바에는 차라리 이쪽에서 그런 말을 해주는 편이 낫다는 거예요. 내가 한 말은 내가 조절할 수가 있지만 들을 땐 다르거든요. 젊은 남자들은 아가씨 앞에만 서면 못된 의도가 없더라도 저도 모르게 뒷일을 계산하지 않고 사탕발림이며 약속의 말 따위가 막 튀어나온답니다. 아니지, 나이는 문제가 아니네요. 늙은이일지라도 마찬가지거든요. 앞으로 수년간은 남자들의 입에서 나오는 말이 어디까지 진실일까 추리하는 게임이 시작됐다고 생각하셔도 좋아요. 하지만 그리 어려운 건 아니에요. 공녀님은 영리하시니까 좀 하다 보면 저절로 착착 분류가 될 거예요."

"그래? 난 잘 모르겠는데. 웬만해선 다들 솔직한 것 같던데."

그 뒤에는 칼끝을 들이대면, 이라는 말이 생략되었지만 콜레트는 펄쩍 뛰었다.

"다들이라뇨! 이거 큰일이네. 벌써부터 나한테는 늘 솔직하다, 이 사람이 하는 말이라면 믿을 수 있다, 이렇게 여기는 남자가 있으신 건 아니겠죠?"

콜레트의 머릿속에는 미덥지 않은 탐정 녀석밖에 없었지만 샤를로트의 입에서는 엉뚱한 답이 튀어나왔다.

"음…… 로랑?"

"로랑도…… 그러니까 카스티유 경은 약혼녀가…… 아니, 하여간 다 마찬가지라고요! 예외는 없다고 했잖아요! 유부남일지라도 똑같아요!"

샤를로트가 킥킥 웃기 시작했다.

"이 얘기 다음에 로랑 오면 해줘야지."

콜레트는 답답해죽겠다는 표정으로 얼굴을 감싸쥐었다. 이렇게 될 바에는 연애는 상상도 하지 말고 모든 남자들에게 철

벽을 치라고 할걸. 논리 전개하기에는 그쪽이 훨씬 편하지. 물론 안전하기도 하고. 콜레트 자신으로 말할 것 같으면 공녀의 나이 또래에 귀족들에, 근위병에, 음악가에, 배우에 이르기까지 온갖 남자들과 연애를 즐겼지만 이런 상황에 처하면 그런 기억은 신기할 정도로 흐릿해지는 법이었다.

"공녀님, 이런 얘기는 남자들한테 해줄 만한 것이 아니고, 지금 중요한 부분도 아니고…… 그, 그러니까 제가 드리고 싶은 말씀은, 그 탐정 녀석이 공녀님한테 포도주를 갖다달라고 한 게 맞아요, 아니에요?"

"아니야."

아니라면, 하고 조금 마음을 놓으려던 콜레트의 귀에 더 심각한 말이 들려왔다.

"내가 주고 싶어서 문 앞에서 기다리라고 했어."

"……."

입을 딱 벌리고 있자니 어디선가 '몰랐습니다, 모르셨네요'라는 우스꽝스러운 노래가 들려오는 듯했다. 이 노래로 말할 것 같으면 전설 시대의 어느 왕이 공주를 탑에 가뒀지만 공주는 테라스로 나가 달빛을 받는 것만으로 요정의 아이를 갖게 되었다는 민담의 후렴구로 아이들이 누군가를 놀릴 때 곧잘 써먹곤 하는…….

샤를로트는 콜레트가 멍해진 사이 재빠르게 일어나 목욕

물을 준비해둔 욕실로 사라졌다. 남겨진 콜레트는 고민에 빠졌다. 대공국의 하나뿐인 후계이신 공녀 연하가 옆 나라 술꾼 놈팡이의 농간에 넘어가고 있는 문제와, 돌아가신 지 사 년째인 공자님의 원수를 갚으려는 연하의 뜻을 받드는 일 중 어느 쪽이 우선이란 말인가.

이윽고 정신을 차리고 보니 어느새 공녀는 침실로 들어갔고 램프도 꺼져 있었다. 콜레트는 문을 살짝 열고 들어가 난롯불에 장작을 더 넣고 침대 머리맡으로 갔다. 긴장이 풀려서일까, 열두 살 때처럼 앳되어 보이는 샤를로트의 얼굴을 한참이나 들여다보고 있던 콜레트가 나직이 속삭였다.

"저한테는 제 눈앞에 살아 계신 공녀님이 최우선이거든요."

한겨울밤의 잠복 수사

첫날과 둘째 날을 성과 없이 보내고 세 번째 날.

여느 때처럼 10시가 되기 조금 전에 클레망틴 거리에 도착한 막시민과 이스핀은 거리를 따라 올라갈수록 어리둥절해졌다. 이날 클레망틴 거리는 밀회나 추적이 어울리는 어둑한 장소가 아니었다. 그보다는 야외 무도회장이랄까.

"야, 이게 웬일이냐. 오늘 무슨 날이야?"

거리 좌우로 늘어선 저택들은 창마다 불이 환했고 거리에는 사람이 넘쳤다. 근처의 한 저택에서 일곱 명이나 되는 사람들이 한꺼번에 쏟아져 나오는 바람에 걸음을 멈춘 막시민이 혀를 찼다.

"우리 옷을 잘못 입은 거 같지 않냐."

막시민과 이스핀은 깔끔하고 단순한, 켈티카의 중류 시민다운 검정 외투 차림이었다. 화려함과 초라함 어느 쪽으로든 눈에 띄지 않는 모습이 좋겠다고 생각했기 때문이다. 반면 지금 클레망틴 거리에서 제일 흔해빠진 복장은 색색가지 화려한 드레스에 모피, 실크 연회복 따위였으므로 그들 틈새를 비집고 걷고 있는 둘의 복장은 사방의 귀족들이 '혹시 내 비서 왔나?' 하고 흘끔거리게 만드는 역효과를 발휘했다. 이스핀이 쓴웃음을 지으며 대꾸했다.

"저 사람들이 우리 손에 왜 샴페인 쟁반이 없는지 궁금해하고 있는데."

"그만큼 들이부었으면 집에 가서 잠이나 자지 샴페인은 왜 또 찾냐. 양탄자에 밤참이나 차리려고."

"밤참이라니?"

이스핀은 이게 무슨 소린가 생각하다가 깨닫자마자 푸흐흡, 하고 웃어버리고 말았다. 반면 막시민은 사실을 말한 것뿐 딱히 농담이 아니었으므로 왜 웃는지 몰라 미간만 찌푸렸다. 취기가 올라 평소보다 과장스러운 몸짓을 하는 사람들이 흔했으므로 자연스럽게 네냐플에서 보낸 마지막 밤이 떠올랐고, 그날 밤의 멍청이들이 계단참이나 정원 구석에 반납해 놓은 저녁 메뉴가 떠오른 것도 추억담이라고…… 해야 하나? 막시민은 술에 익숙했고 여건만 허락한다면 거의 무한히 마셔댔지만 그런 짓을 한 적은 한 번도 없었으므로 제 주량을 모르고 과음하는 놈들을 잘 이해하지 못했다. 왜 아까운 술을 도로 뱉고 난리야?

"인기 폭발의 비서가 된 기분은?"

"거지같네. 저놈들한테서 좀 떨어지자."

그들은 곧 25번지 근처에 이르렀다. 큰길 건너편 모퉁이에 자리잡은 문 닫힌 카페는 그간 두 사람의 단골 대기 장소였다. 그날도 익숙하게 야트막한 울타리를 넘어 들어가 야외 테이블 하나를 차지하고 앉았다. 그런데 오늘은 날씨가 제법 추워질 조짐을 보였다. 잔눈발 섞인 찬바람의 기세가 만만치 않아 둘은 금세 깃을 세우고 모자를 눌러썼다. 그런 채로 하나는 팔짱을 끼고, 다른 하나는 의자 등받이에 팔을 걸친 자세로 거리를 쏘아보고 있자니 마치 카페 주인한테 빚 대신 카페를 접수하겠다고 통보하러 온 어둠의 조직원 같은 분위기가 되었다. 막시민이 음침하게 투덜댔다.

"왜 이렇게 사람이 많은 거야."

"여기도 인기 있는 살롱이 많겠지. 하필이면 여러 군데가 열리는 날이라든가."

"이렇게 추운 날 집에서 털 담요 덮어쓰고 브랜디나 홀짝대면 될 걸 여기까지 기어나와 술을 처마셔야겠냐고."

"왜. 난 저 사람들 재밌어 보이는데. 야아, 비싼 술 먹고 거리를 헤집고 다니니까 아주 기분 죽이겠다!"

이스핀은 술도 한 잔 안 한 주제에 잘도 휜소리를 내지르며 킥킥 웃었고 사람들은 슬금슬금 카페 앞을 피해 갔다. 막시민은 애가 뭘 의도하는가 싶어 몇 번 힐끔대다가 물었다.

"깡패 노릇은 또 어디 가서 해봤냐?"

"응? 이게 깡패 노릇인가? 종일 고생고생하다가 하하호호 하며 지나가는 사람들을 보면 외롭고 슬퍼서라도 말을 걸고 싶어지는 거 아니야?"

에투알 수련병 시절, 종일 고된 훈련으로 녹초가 되어 잠시 대기하고 있는데 놀러가는 사람들이 킥킥대며 쳐다보거나 하면 꼭 누군가가 이런 말을 외치곤 했다. 동기였던 목청 좋은 클로드가 시작할 때가 많았고 상대방이 깜짝 놀란다 싶으면 여럿이 가세하곤 하던 장난이었다. 그때 이스핀은 그저 구경하며 웃기만 했는데 아마도 공녀라는 신분이 신경쓰였기 때문일 것이다. 하지만 지금 여기는 오를란느도 아니고, 누가 보든 말든 알 게 뭐람?

하지만 막시민은 그런 사정을 알 리 없었으므로 애가 추위를 이기려고 브랜디를 반병쯤 목구멍에 퍼붓고 왔나 생각하다가 물었다.

"너 지금 외롭고 슬프냐?"

"어, 그럼. 나도 살롱 가서 잘 놀 수 있거든. 엄청 잘 놀아."

막시민은 '살롱'이라는 곳에서 뭘 하며 노는지도 몰랐으므로 '아 그러세요' 하는 표정으로 어깨만 으쓱하고는 다시 앞을 봤다. 잠시 후, 맞은편 25번지 저택의 문이 열렸다. 하지만 거기에서는 살짝 취한 멋쟁이들 대신 빨간 모자를 쓴 소년 하인 한 명이 나왔다. 소년은 주위를 신경쓰지 않고 곧장 거리를 따라 내려가기 시작했다. 지켜보던 둘은 얼굴을 마주봤다.

"따라갈까?"

"아니, 잠깐 기다려."

막시민은 소년을 뒤따라가는 대신 카페 뒤쪽을 한 바퀴 돌고 돌아왔다. 그런 뒤 고개를 빼고 보니 소년은 눈길 탓인지 여전히 멀리 가지 못한 채 느릿느릿 걷고 있었다. 막시민은 울타리에 기대어 서며 말했다.

"이런 늦은 밤에 심부름이라도 보낸 거라면 뛰어갔어야 될 텐데 지나치게 한가하군. 하지만 손님을 데리러 간 거라면 너무 멀리 갔어. 누오보의 기술자라면 사람 눈을 피하려 할 텐데 거리 끄트머리까지 에스코트하러 나와달라고 했을 리 없지. 미심쩍긴 한데 일단 좀더 기다려보자. 10시 넘었지?"

"응. 뒷문 쪽으로 가볼까?"

뒷문 쪽에는 청어절임과 데보라를 보내두었다. 하지만 하인들이나 드나드는 작은 문이라 많은 기대는 하지 않았다. 막시민은 10시 반까지는 이곳에 있어보자고 했다. 이스핀이 거리를 물끄러미 보다가 말했다.

“내 생각인데, 오늘 이 거리가 특별히 붐비는 거라면 어쩌면 그자도 오늘을 택했을 가능성이 크지 않나 싶어. 주목을 피하기에 제격이잖아.”

흥청대며 지나가는 사람들은 점점 더 많아졌다. 막시민이 고개를 끄덕였다.

“그렇다면 문제의 기술자는 우리의 상상과 다른 모습을 하고 있을 것 같군.”

막시민은 다시 주위를 세심하게 살펴봤다. 이스핀의 시선도 거리를 샅샅이 훑기 시작했다. 살롱의 손님들로 부산스럽던 거리는 그들을 태울 마차들이 나타나면서 한층 복잡해졌다. 사두마차들이 대여섯 대나 줄지어 몰려오자 맞은편 집들의 입구는 마차 지붕에 가려 보이지 않게 되었다.

평소 같으면 귀족들을 태울 마차들은 문 앞에서 대기하고 있었을 것이다. 그러나 오늘처럼 여러 곳에서 살롱이 열리는 날, 고작 마차 두 대가 지나갈 너비밖에 되지 않지만 저택만은 즐비한 클레망틴 거리에는 그 많은 마차들을 수용할 공간이 태부족했다. 따라서 몇 블록 떨어진 곳에 대놓은 마차가 줄을 지어 차례로 들어올 때까지 기다릴 수밖에 없었다. 그렇다면 마차 준비가 다 될 때까지 기다렸다가 나오면 될 텐데 왜 미리 나와서 떨고 있을까? 친목이 극대화되는 살롱의 특성상 인기 있는 사람의 마차가 도착하면 배웅 겸 모두 밖으로 나오게 되어 있기 때문이겠지.

이스핀은 그런 상황을 쉽게 상상할 수 있었다. 오를리의 보르 거리 같은 곳에서 일어나는 일도 비슷했기 때문이다. 잠시 생각하던 이스핀은 벌떡 일어나 카페 테이블 위에 올라섰다. 하지만 그 정도 높이로는 마차 너머를 잘 보기 어려웠다. 막시민은 대로를 건너가려 했지만 무질서하게 세운 마차들이 이리저리 얽혀 있어서 쉽지 않았다. 겨우 빠져나가는가 했을 때 갑자기 옆집에서 십여 명이나 되는 사람들이 한꺼번에 쏟아져 나왔다. 그들의 거창한 드레스 덕택에 막시민은 향수와 부채 틈에 꼼짝없이 갇히고 말았다. 그때였다.

"마님! 어디 계십니까?"

어디선가 들려온 외침에 사람들이 한꺼번에 고개를 뺐다. 그곳의 상당수가 '마님'이었으며, 추운 길에 오래 서 있는 것이 달가운 사람은 아무도 없었기 때문이다. 내 마차가 왔나?

"마차가 준비됐습니다!"

이번에는 더 많은 사람들이 마차 틈바구니를 두리번댔다. 그때 마침 길을 막고 있던 마차 한 대가 빠져나가고 새로운 마차 두 대가 거리로 접어들었다. 외관을 보고 제 마차가 아니라고 생각한 사람들은 금세 흥미를 잃고 하던 대화로 돌아갔다.

마차들이 반쯤 빠져나갔을 무렵, 거리를 건너온 이스핀은 25번지 앞에 서 있는 막시민에게 다가가 물었다.

"봤어?"

막시민이 고개를 끄덕였다. 이스핀의 외침을 들은 사람들이 모두 거리 건너편을 바라봤을 때, 조금도 관심을 보이지 않고 계속 걸어가 마치 제 집이라도 되는 것처럼 자연스럽게 25번지의 문을 열고 미끄러져 들어간 한 사람이 있었다. 땋아 올린 머리 뒤로 해오라기 깃털을 단, 중년의 귀부인이었다.

눈에 띄는 빨간 모자를 쓴 소년 하인은 신호였다. 아마 문을 열어놓았다는 뜻이었을 것이다. 드레스 차림인 사람이 가장 시선을 덜 끄는 클레망틴 거리에서 비슷한 차림새로 인파 틈에 섞여 있던 기술자는 거리가 어수선한 틈을 타서 잠기지 않은 문을 열고 슬쩍 25번지로 들어갔다. 완벽한 계획이었다. 둘 다 놓칠 뻔했을 정도로.

"사람 눈을 피하겠거니 생각하긴 했지만 보통 용의주도한 게 아닌데. 딱 살롱이 끝나는 시간대를 택한 것 봐."

"이 정도면 아마추어 탐정한테 걸릴까 봐는 아닐 거고, 진짜로 사나운 놈한테 쫓기고 있는 모양이지. 아이언페이스도 오토마톤을 어디서 만들었는지 궁금하셨나."

"진짜 누오보 사람일 가능성이 커진단 얘기지. 베네트가 제대로 된 정보를 줬나 본데."

"그래. 이대로 누오보의 기술자를 뒤쫓아가서 숨겨진 공방을 발견하면 할아버지가 맡긴 물건도 물어보고, 너희 오빠 얘기도 물어보고, 베네트는 5000엘소를 쓰게 되고, 그래 좋아. 다 좋다 이거야. 그런데 물건을 건네받았으면 자기 작업대로 가져가든가 할 것이지 왜 여기서 고칠 작정을 한 거냐고."

하필 1월 한파가 닥치는 바람에 기온은 계속해서 떨어졌고 잔눈발은 본격적인 함박눈으로 변했다. 켈티카에서 춥다고 느껴본 적이 없던 이스핀도 코트 주머니에서 손을 빼기가 힘들었다. 그런 채로 어느새 11시 반.

문제의 귀부인은 가방 비슷한 것조차 들고 있지 않았으므로 수선용 공구를 갖고 온 것 같지는 않았고, 당연히 오토마톤을 건네받아 제 작업실로 돌아갈 줄 알았다. 그러나 아무리 기다려도 나오는 기색이 없었다. 뒷문 역시 마찬가지라는 보고였다. 데보라는 걸친 게 허술해서 동사할 지경이라 일단 돌려보내고 청어절임만 남겼는데 지금쯤 그도 얼린 청어가 되어가고 있을 터였다.

막시민과 이스핀도 이대로 더 버티다가는 동상이든 폐렴이든 하나쯤 당첨될 예감이었으므로 숨을 곳을 모색했다. 선택지가 많지도 않았다. 이 거리의 집들은 대부분 귀족들의 저택이므로 문지기며 하인들이 있다. 그렇다면?

"빈 카페가 딱이지."

야외 테이블을 점거했던 카페가 위치로 보나 뭘로 보나 제일이었다. 지키는 사람이 없는 것은 물론이고 25번지가 훤히 바라다보이도록 창도 나 있다. 둘은 아까 막시민이 한 바퀴 돌 때 봐둔 부엌 쪽 뒷문으로 갔다. 문짝에는 제법 큼직한 자물쇠가 달렸지만 이럴 때는 경첩을 노리는 편이 나았다. 이스핀이 단도로 이음매의 나무를 얼마간 긁어내더니 지렛대의 힘을 이용해 단번에 뜯어냈다. 막시민이 그제야 참견했다.

"그거 도로 붙일 순 있는 거냐."

"겉보기에는 그럴듯하다가 열자마자 툭 떨어지는 정도로는."

오, 그 정도면 충분하고말고, 라고 너무 추웠던 막시민은 생각했다. 안으로 들어간 둘은 남의 가게에 무단 침입했다는 생각에 잠시 쭈뼛대고 있었지만 약 십 분 뒤, 스토브에 불을 붙이기 위해 가진 지식과 추리력을 모조리 쏟아붓고 있었다. 양심만으로 버티기에는 지나치게 추운 겨울밤이었다. 양심을 스토브에 넣고 때도 될까 말까였다. 이 카페는 평소 장작값을 겁내지 않을 정도로 장사가 잘되는지 여기저기에서 찬바람이 술술 새어 들어왔다.

"야, 됐다!"

구왕정풍 도자기 외관에 인동 덩굴이 새겨진 스토브는 겉보기에는 예뻤지만 입구가 너무 작아서 재를 긁어내고 장작을 쪼개 넣기가 여간 까다로운 것이 아니었다. 하지만 둘 다 야영을 자주 해본 경험자라서 어떻게인가 해결이 됐다. 아니, 실은 약간 게으른 듯한 카페 주인 대신에 스토브 내부를 말끔히 청소하고 주전자의 내부를 닦고 장작까지 잘게 쪼개놓는 집요정 같은 친절을 발휘했다. 스토브에 올린 물이 겨우 끓었을 때 둘은 이 정도의 노동이라면 이 집의 차를 약간 꺼내 주전자에 넣어도 손해를 끼친 건 아니라는 결론에 도달했다.

"아아, 조금 살 것 같네."

찻잔을 감싸쥔 이스핀이 한숨을 내쉬었다. 그러는 동안에도 둘은 교대로 25번지를 관찰했는데 구석진 어느 방에서 줄곧 불이 꺼지지 않는다는 점에 주목했다. 호프는 골동품을 수선해 파는 사람답게 웬만한 공구는 구비했는지도 모른다. 하지만 기술자 입장에서는 제 손에 익지도 않은 공구로 복잡한 오토마톤을 뜯었다가 해결을 못 하면 어찌되는 거야?

물론 의심 많은 호프가 기술자를 믿지 못했을 수도 있다. 비싼 골동품을 갖고 잠적해버릴까 봐 저택 안에서 수리하라고 요구했을지도 모르지. 기술자 입장에서 그런 요구를 받아들인 건 큰돈을 약속받아서였을까? 그렇더라도 망치면 어차피 못 받는데?

"좀 이상해."

카운터에 기대어 서서 차를 조금 마신 막시민은 카페 주인이 청소하느라 뒤집어놓은 의자를 뚫어져라 보고 있었는데 늘 그렇듯 의자에 특별한 의미가 있어서는 아니었다. 이스핀은 잠시 기다렸다. 그러면서 자신도 생각을 굴려보았다. 이를테면 이런 생각이다. 오빠는 누오보 공방과 어떻게 아는 사이가 됐던 걸까? 네이도 이 점을 알고 있었을까?

네이에게 오빠는 오토마톤을 어떻게 구했느냐고 물어본 적이 있다. 네이는 자신도 모른다고 했는데 그렇다면 한 나라의 공자였던 베르나르가 직접 켈티카에 가서 공방을 수소문하기라도 했단 말인가? 또는 네이 말고 다른 협력자가 있었는데 그 사람을 네이가 모른단 말인가? 이스핀이 아는 한 베르나르와 아이언페이스 사이의 일을 아는 사람은 네이가 유일했고, 네이도 다른 심복에 대해 말해준 적은 없었다.

한편 막시민은 의자 구석에 "오스티드"라고 새겨진 장인의 서명을 보고는 문득 작년 여름의 네냐플로 되돌아갔다. 비슷한 이름을 가진 교수가 떠올랐기 때문이다. 같은 빌라를 쓰던 란지에가 그해 여름방학이 끝날 때쯤 오스틀리 교수의 연구실로 들어갔을 것이다. 모두가 기피하는 전공을 택해서, 그것도 연구생들도 괴로워하는 연구실 보조를 자청하다니. 누가 들어도 약간 미친 게 아닐까 싶은 결정이었으므로 같은 빌라의 녀석들과 온갖 추측을 나누던 도중 한 명이 제안했다.

"야! 우리 거기 구경하러 가보자. 무슨 비밀이 있을지도 모르잖아! 어쩌면 란지에는 협박을 당하고 있는지도 몰라!"

그런 뜬금없는 얘기를 꺼내는 녀석은 한 명으로 정해져 있었고 보통은 빈축을 사며 끝나곤 했지만 웬일인지 그날만은 모두가 동조해서 우르르 오스틀리 교수의 연구실로 쳐들어갔다. 교수들이 회의로 자리를 비운다는 날이라 창고인지 헛간인지 모를 연구실에는 란지에 혼자뿐이었는데 마침 자그마한 유물을 막 분해하려는 중이었다. 란지에는 흥미진진한 표정을 한 동급생들에게 재빨리 명을 내렸다. 테이블에서 세 걸음 이상 떨어져 있으라고.

그로부터 약 오 분 뒤, 란지에는 끄트머리가 온갖 형태로 변하기 때문에 단순히 '연장'이라고 불리는 다목적 공구를 내려놓고, 유물에 뚜껑을 씌우고, 루페를 벗더니 테이블을 돌아 나왔다. 그리고 말했다.

"이제 됐어."

"벌써 끝났냐?"

"아니, 포기했어."

무슨 포기를 그렇게 빨리 한담? 그런 눈빛인 동기들을 죽 둘러본 란지에가 대답했다.

"새 부품이 필요한데 난 그런 걸 못 만들어. 못 한다는 판단은 오래 걸릴 필요가 없거든. 뭔가 될 것 같을 때 오래 걸리지."

거기까지 떠올린 막시민은 의자에서 시선을 떼고 이스핀을 봤다.

“호프 말이야. 오토마톤을 전부터 고치고 싶어 했다고 했잖아. 베네트의 얘기대로라면 귀족들의 더러운 일을 처리해주는 이런 사람은 상류와 하류의 인맥을 골고루 꿰뚫고 있을 텐데, 어째서 누오보의 기술자를 이제야 만나게 된 걸까?”

“음, 기술자가 지금까지는 숨어 있다가 돈이 다 떨어져서 영업에 나서서?”

“그럴 수도 있겠지만, 이 기술자가 그간 남들이 못 고치는 물건을 넘겨받은 것치고 너무 오래 걸리는 게 미심쩍거든.”

“왜? 까다로우니까 오래 걸리는 것 아니야?”

“자기 작업실도 아닌 곳에서, 남의 공구를 들고, 그 까다로운 것을 고치려고 한 시간 넘게 씨름을 하고 있단 말이지. 못한다는 판단이라면 금방 포기하고 나왔을 텐데. 다른 기술자들이 고쳐주지 못했던 문제가 시간만 들이면 되는 간단한 것일까? 이대로는 못 고칩니다, 새 부품을 만들어 오겠습니다, 이렇게 진행되는 게 보통 아닐까?”

“…….”

이스핀은 고개를 갸우뚱하게 기울였다. 말이 되는 듯도, 안 되는 듯도 했다. 어쨌든 자신은 기계 수리 같은 것은 전혀 모른다. 막시민도 무슨 생각이 있으니까 한 얘기겠지?

“그래서 네 의견은 뭔데? 그 사람이 저 안에서 수리를 하고 있는 게 아니란 말이야?"

"아닐지도."

"그럼 뭘 하러 왔는데?"

"그냥 뜯어보려고 왔을 수도 있지."

"뜯어본다고? 잠깐, 그럼……."

이스핀도 미간을 좁혔다. 기술자는 오토마톤의 내부를 조사해보려고 접근한 것이고, 안에 아무것도 없었다면 벌써 가버렸겠지만 뭔가가 있었기 때문에 아직도 머물고 있는 거라면? 혹시 이것도 심장 조각이 든 오토마톤이어서…… 그럼 호프에게 갑자기 기술자가 접근해 온 이유도…….

이스핀의 표정이 시시각각 변하는 것을 보고 있던 막시민이 물었다.

"너도 그놈 생각 하는 거지?"

이스핀은 벌떡 일어나 카페 창 너머를 유심히 봤다. 저택 주변에는 별다른 변화가 없었다. 아이언페이스는 사람 목숨에 관심이 없다. 필요한 게 있으면 죽이고 가져가버린다. 펠그레이브 남작에게 그랬듯. 긴 시간 고요한 저택 안에서는 무슨 일이 벌어지고 있지?

"들어가봐야 하는 것 아냐? 어쩌면……."

누가 죽었을지도 모른다는 말을 하려다가 머뭇거리는데 사잇길에서 사람이 뛰어나와 누굴 찾듯 주위를 두리번거렸다.

어두워서 얼굴이 보이지 않았지만 추위에 언 듯한 어색한 몸짓으로 볼 때 아마도 냉동 청어?

막시민이 얼른 밖으로 나가 손짓했다. 이스핀도 뒤따라 뛰어나갔다. 두 사람을 알아본 청어절임이 허둥지둥 달려와 짓눌린 목소리로 소리쳤다.

"저 안에서 뭔 일이 생겼어요! 이 추위에 누가 뒤쪽 창을 활짝 열더니 주변을 살피다가 사라졌어요! 그야 창 밑에 연못이 있었기 때문이죠! 지금 아래층으로 내려간 게 틀림없어요! 곧 밖으로 나올 거예요!"

근위병과 수사관과 마차 도둑

이스핀은 지체 없이 청어절임이 나온 23번지와 21번지 사잇길로 뛰어들어갔다. 두 사람이 붙잡을 틈도 없었다. 좁은 사잇길을 막 빠져나갔을 때 누군가가 빠른 걸음으로 걷다가 이스핀의 발소리를 듣고는 뛰기 시작했다.

저자다.

이스핀은 우뚝 멈추어 서서 귀를 기울였다. 곧 발소리가 포착됐다. 맞은편 저택의 정원 쪽, 큰 나무 여러 그루가 우거진 쪽. 모습이 안 보여도 주변이 고요했기에 방향 가늠은 어렵지 않았다.

추적에 필요한 정보들이 본능처럼 떠올라왔다. 기본적으로 뛰어난 근위병이 되어야 하는 에투알에게 도망치는 침입자를 추적하는 상황이란 핵심 훈련 과제 중 하나였다. 수련병 시절부터 반복적으로 훈련해 완벽히 익힌다. 귀족들의 저택이 즐비한 거리 또한 가장 익숙한 지형 중 하나였다. 사흘째 클레망틴 거리에 오면서 혹시라도 추격전이 벌어질지도 모른다고 생각해 주변 지리도 미리 봐두었다. 아니, 실은 일이 이렇게 될 줄은 몰랐지만 지형 숙지는 작전의 기본이다 보니 어딜 가든 파악해둬야 마음이 편했다.

상대가 뛰기 시작한 시점과 거리를 가늠해볼 때 그자의 속도는 빠르지 않았다. 체력이 별로거나, 부상을 당했거나, 복장이 불편하거나. 그럴 땐 급히 따라잡으려고 서두르기보다 주변을 파악하며 움직이는 편이 좋다. 특히 또 다른 소리에 귀를 열어놓아야 한다. 주변에 협조자가 있을 가능성이 크기 때문이다. 기습할 가능성이 있다.

다만 목표는 지금 달아나고 있는 저자가 맞을 것이다. 왜냐하면 느리니까. 추적에 혼선을 주려는 한패라면 진짜를 보호하기 위해 추적자가 붙는 순간 빠르게 현장을 벗어나기 때문이다.

이스핀은 '깃털 걸음'을 활용해 소리 없이 빠르게 나아갔다. 그러면서 등뒤, 저택 쪽에서 두 가지 발소리가 각각 반대쪽으로 움직이고 있음을 눈치챘다. 기술자를 잡는 쪽이 더 중요하다고 생각했지만 저들이 위험한 자들일 가능성에도 신경이 쓰였다. 등뒤에 막시민과 청어절임, 두 사람을 두고 왔기 때문이다. 갑작스럽게 상황이 바뀌는 바람에 역할을 나누지 못했으므로 두 사람은 어쩌면 뒤따라오고 있을지도 모른다. 그들이 적들과 마주쳐서 다치거나, 인질이 될 가능성도 배제할 수 없다. 어쩌지? 이럴 때는 어떻게 하라고 했더라?

'샤를로트, 그건 종속 변수다. 말에 매달린 수레 같은 거지. 말을 잡으면 수레는 저절로 멈춘다.'

오 년 전 어느 날엔가 들었던 교관의 목소리가 떠오르고, 이스핀은 속도를 높여 한달음에 뒤쫓던 자를 따라잡았다. 목표가 나무 틈을 빠져나가자마자 달려들어 덮쳐눌렀다. 상대는 제대로 저항도 하지 못하고 엎어졌다. 그러자 예상대로 다른 두 발소리도 자신을 향해 달려오기 시작했다. 그자들이 애초에 이자를 보호하려는 것이 목적이라면 다른 무엇을 하려 했더라도 이리로 달려오지 않을 수 없겠지.

"으윽……."

기술자는 어느새 드레스를 벗어던졌는지 셔츠와 바지 차림이었다. 깃털 장식도 사라졌고 땋아 올린 머리만이 그대로였다. 도망치는 속도가 느렸던 이유도 알았다. 구두 대신 주워 신은 신발이 사이즈가 맞지 않았고, 무엇보다 이 냉혹한 날씨에 홑겹 셔츠로 뛰어나올 엄두가 나지 않았는지 어디선가 구한 두꺼운 커튼인지 담요인지 모를 것을 어설프게 몸에 감고 있었다.

이스핀은 엎어진 자의 등을 무릎으로 누른 채 천을 벗겨내고는 차디찬 손으로 뒷목을 움켜잡아 눌렀다. 흙에서 냉기가 스며오자 그자는 부들부들 떨며 몸을 비틀어 이스핀의 얼굴을 봤다. 검은 하늘과 짙어지는 눈발을 등진 이스핀이 냉담하게 말했다.

"야, 오늘 날씨 아주 끝내주네."

이스핀은 미리 준비했던 끈으로 그자의 손을 뒤로 묶었다. 몇 번 발버둥쳤지만 어림도 없자 그자가 덜덜 떨리는 목소리로 애원했다.

"제, 제발…… 차라리 빨리 저를……."

"차라리 뭐?"

몸이 얼어붙어서인지 목소리가 제대로 나오지 않아 알아듣기 힘들었다. 하지만 적이 이렇게 웅얼댈 때 잘 듣겠다고 귀를 갖다 대면 위험하다. 이스핀이 상대의 한쪽 어깨를 잡아당겨 젖히자 귀부인처럼 보이느라 바른 분이 반쯤 지워져 우스꽝스러운 얼굴이 드러났다. 여자가 반쯤 울먹대며 목소리를 돋웠다.

"잡아가시라고요! 여기서 당장 떠나야 해요. 저놈들 손에 잡히면 전 죽어요!"

저놈들이란 다가오고 있는 두 가지 발소리를 말하는 건가?

한패인 줄 알았는데 아니란 말이야?

"저들이 누군데?"

"그…… 저를 저 저택으로 가도록 한……."

호프의 저택으로 간 것이 강제를 당해서였단 말인가? 그럼 오고 있는 자들이 아이언페이스의 수하고?

이스핀은 미간을 찌푸리며 잠시 망설였다. 이런 경우의 대처법은 에투알에서도 가르쳐주지 않았다. 이 여자를 묶어둔 채로 그자들과 맞서? 그러다가 적들이 더 나타나면? 혹시 여자의 말이 거짓이라서 3대 1로 싸우게 되면? 발을 묶지 않고 내버려뒀다가 적들과 싸우는 틈을 타서 도망쳐버릴지도 모른다. 제압하기는 어렵지 않았을지라도 제압한 채로 데리고 자리를 벗어나는 것은 다른 문제였다. 여자는 살집 있는 몸매에 이스핀보다 키가 반 뼘은 컸다.

"당신, 오토마톤 기술자는 맞아?"

"네, 네."

"이름은?"

"헤, 헬레나 캄프입니다."

"쫓기고 있다 이거지? 거짓말이면 각오해."

"거짓말은 안 했는데…… 저도 하나 물어도 되나요? 그쪽은 누구시죠?"

어리둥절한 상황인 것은 둘 다 마찬가지였다. 이스핀은 질문에 대답하는 대신 상대의 뒷덜미를 잡고 일으켜 세웠다. 이 자리를 벗어나 숨을 곳이 있나 주위를 휘둘러보는데 어디선가 마차가 달려오는 소리가 들렸다. 돌아보니 텅 빈 거리를 전속력으로 달려오던 마차의 마부석에서 한 사람이 엉덩이를 엉거주춤 들고는 채찍을 흔들어댔다.

"여기요, 마님! 여깁니다!"

청어절임의 목소리를 알아들은 이스핀의 눈이 휘둥그레졌다. '마님'은 둘째 치고 재는 저런 마차를 어디서 구했담?

이스핀이 마차 쪽을 가리키자 헬레나는 자세한 설명도 안 해줬는데 냅다 그쪽으로 뛰기 시작했다. 이스핀은 뒤따라가며 주변을 계속 주시했다. 다가오던 발소리가 멈춘 것이 신경 쓰였다. 손이 묶인 헬레나가 마차 앞에 도달해 종종걸음 치자 문이 덜컥 열리며 막시민으로 생각되는 손이 헬레나를 번쩍 들다시피 안으로 끌어들였다. 이스핀은 마차를 따라 뛰면서 주변에서 다가오는 자가 있는지 확인했다. 분명히 발소리는 지워졌는데 포기한 걸까? 그렇게 쉽게?

"어서 타!"

막시민이 마차 문에 매달려 손을 내밀고 있었다. 몰아치는 찬바람에 코트 자락과 머리카락이 세차게 흩날리고 찌푸린 미간에는 힘이 잔뜩 들어갔다. 이스핀은 내민 손을 잡고 발판을 디디며 훌쩍 안으로 올라탔다. 문이 닫히자 마차가 다시

속력을 내기 시작했다.

자리에 털썩 앉은 이스핀이 그제야 몸을 부르르 떨자 막시민이 얼굴을 쳐다보지도 않고 내뱉었다.

"너 진짜, 말도 없이 맘대로 가버리지 마라."

"응. 다음부터는…… 정확한 지시를 내리고 갈게."

싱긋 웃으며 힐끔 보자 어처구니없어하는 막시민의 표정이 보였다. 하지만 그는 따지는 대신 곧 물었다.

"이 사람이 맞냐? 아까 저택에 들어갈 때는 귀부인이었잖아."

"그런 것 같네. 드레스는 무슨 사연으로 잃어버렸는지 모르겠지만."

이스핀이 맞은편을 보니 헬레나는 어느새 막시민이 입었던 코트를 껴입고 무릎 담요까지 두른 채 오들오들 떨고 있었다. 이스핀의 눈빛에서 약간의 불쾌함을 읽은 헬레나는 허겁지겁 두 손을 비벼대며 말했다.

"하, 하아, 사, 살 것 같아요. 고마워요. 진짜로 어, 얼어죽는 줄 알았어. 오, 신이시여, 감사합니다."

"신이 아니라 자비심 없이 바쁜 직업인들이거든. 그렇게 바쁜 와중에 사람 하나를 얼어죽을 위기에서 구했네."

본래 설득이 안 되면 납치하려 했지만 어쨌든 결과적으로 구한 셈이 된 듯했다. 상대가 아이언페이스의 부하들이었든,

추위였든.

막시민은 이스핀이 달려간 직후, 청어절임에게 필요한 지시를 해서 먼저 보내놓고는 25번지의 정문을 주시하며 잠시 기다렸다. 얼마 안 가 저택 좌우에 숨어 있던 두 명이 나타나 서로 신호를 주고받더니 이스핀이 간 쪽의 수풀 너머로 사라졌다. 그러고도 조금 더 기다렸다. 고작 몇 분이었지만 상당한 인내심이 필요했다. 저절로 눈썹에 힘이 들어가면서 입술이 짓씹히고 팔짱 낀 팔 안쪽으로 주먹이 꽉 쥐어졌다. 단지 추워서는 아니었다.

마침내 저택의 정문이 열렸다. 붉은 가운 차림의 늙은이가 뛰어나와 좌우를 두리번거렸다. 막시민은 뚜벅뚜벅 그를 향해 다가가 말을 걸었다.

“이 집의 주인이십니까? 저는 조금 전에 달아난 자를 추적하고 있습니다. 무슨 일이 벌어졌는지 자세한 말씀을 주시면 큰 도움이 될 것 같습니다.”

“당신은 누구요?”

“치안청 2부서 소속, 지크 바일러입니다.”

막시민이 무뚝뚝하게 말하며 고개를 짧게 숙여 보였다. 단정한 검은 코트와 큰 키, 냉철한 표정이 자기소개와 어찌나 잘 어울렸는지 이폴레트의 견장도 없이 노회한 늙은이를 단번에 설득해냈다. 물론 호프는 낭패한 나머지 어디서든 도움을 받고 싶었을 것이다.

"이폴레트로군! 잘됐어! 역시 소개만 듣고 모르는 자를 집에 들이는 게 아니었는데. 내 물건을 수리하러 온 기술자라는 자가 한 시간이나 방에 틀어박혀 있더니 갑자기 물건을 가지고 도망쳤어! 반드시 잡아서 내 오토마톤을 돌려줘야 해! 그거 아주 소중한 물건이야!"

"알겠습니다. 저만 믿으십시오. 그런데 소개를 해준 사람은 누구입니까?"

"무슨 미술품이 어쩌고 하는 모임의 간사라 했는데, 이름이 뭐였더라……. 하여간 평소 잘 알던 사이는 아니었는데 이웃의 소개라 그만 덜컥 믿었지 뭔가. 누오보 공방 출신의 기술자를 안다는 말에 혹해서 연결해달라 했지……."

이어 호프는 문제의 간사를 만난 곳이 어디였는지, 누가 먼저 오토마톤 이야기를 꺼냈는지, 문제의 오토마톤은 어디서 손에 넣었는지 등을 술술 털어놓았다. 듣고 보니 호프가 망가진 오토마톤을 손에 넣은 것은 고작 두 달 전이었다. 간사라는 자는 그후로 호프에게 의도적으로 접근한 것이 확실해 보였다.

모두 쓸모 있는 정보였지만 막시민은 점차 인내심이 바닥나서 입안이 말랐다. 호프와 만날 기회는 이때뿐이었으므로 버텼지만 속으로는 혼자 간 이스핀이 매복한 자들과 마주쳐 어떻게 될지 잔뜩 마음을 졸였기 때문이었다. 의심 많은 호프를 반복된 다짐으로 안심시키고, 내일 찾아오겠다는 약속까지 하고 나서야 겨우 놓여난 막시민은 청어절임과 약속한 대로 거리를 따라 교차로까지 올라갔고, 거기에서 청어절임이 몰고 온 마차에 올라탔다.

막시민의 설명을 들은 이스핀이 헬레나를 돌아봤다.

"당신이 오토마톤을 갖고 도망쳤다고? 어딨어?"

"저기, 그게 제 손에는 없고……."

"뭐? 호프는 분명히 당신이 갖고 도망쳤다고 하던데? 당신이 수리하고 있었던 것 맞잖아?"

막시민의 표정도 날카롭게 변했으므로 헬레나는 코트를 빼앗길세라 꽉 움켜쥐면서 웅얼거렸다.

"그 음악상자를 제가 수리하고 있었던 건 맞는데, 본래 그건 공방에 가서 부품을 갈든지 해야지 방에서 해결될 상태가 아니었어요. 처음에 설계가 잘못됐는지 내부에 마모된 톱니가 세 개나 있어서 일단 그거라도 갈아야 뭐가 될 것 같았고……. 그런데 원래 제가 지시받은 건 수리가 아니었으니까 뭐 상관은 없었는데……."

"아니면 뭘 하려고 했는데?"

"구동부를 분해한 다음 그 안에서 까만 사과씨 같은 걸 찾아내라고 했어요. 그리고 적당히 재조립해놓으라고 했죠. 호프 씨에게는 제 실력으로는 어렵겠습니다, 새 부품이 필요합니다, 뭐 그런 얘기를 해주라고 했고요."

이스핀과 막시민의 시선이 마주쳤다. 심장 조각이다.

"그래서 찾았어?"

"아뇨. 왜냐하면…… 제가 구동부를 뜯는 데 성공하자마자 갑자기 이상한 일이 벌어졌거든요. 안에서 뭔가가 폭발한 것처럼 퍽, 하면서 시커먼 반죽 같은 것이 터져 나왔는데 제 손에 다 묻고 얼굴에까지……."

헬레나는 반죽이 터져 나오는 순간 너무 놀라서 들고 있던 음악상자를 떨어뜨리고 말았다고 했다. 그런데 창밖에서 기다리기로 했던 감시자가 뛰어들더니 떨어진 물건을 낚아채어 아무 설명도 없이 도망쳤다. 그자가 복도를 내달려 밖으로 나가는 바람에 저택에 소란이 벌어졌고, 혼자 남은 헬레나는 이대로 호프에게 잡히면 끝장이라는 생각에 드레스와 구두를 벗어 벽장에 처박은 다음 다른 사람의 신발을 주워 신고 도망치려…… 했지만 너무 추운 나머지 1층에 걸려 있던 천으로 된 그림을 두르고 나왔다고 했다. 그 뒤는 이미 알고 있다시피 이스핀의 친절한 도움으로 동사 위기에서 벗어나게 됐다는 이야기였다.

이야기를 듣던 이스핀이 헬레나의 손을 잡아당겨 훑어보더니 머리카락도 만져보았다. 하지만 어디에도 반죽이 묻은 흔적이 없자 눈썹을 찡그렸다.

“아무것도 묻은 게 없잖아. 겁도 없이 거짓말을 하려고 들어?”

“아니에요. 절대 거짓말이 아닙니다. 그 반죽은 금세 사라져버렸어요. 그게 뭔지 저도 전혀 짐작이 안 가요. 그런 식으로 터지고 사라져버리는 물질은 처음 보았다고요. 대체 그런 게 왜 오토마톤 속에 들어 있는지도 모르겠고…….”

이스핀은 헬레나의 통통한 손목을 꺾을까 말까 궁리하는 것처럼 손안에서 이리저리 굴리면서 대꾸했다.

“왜인지 모른다고? 하지만 당신은 그 안에 든 뭔가를 찾으러 갔잖아. 뭔가 있을 줄 알았다는 것 아닌가? 설마 아무것도 모르는 어린애처럼 끌려갔다는 소리를 하려는 건 아니겠지? 누가 당신한테 이런 일을 시켰는데? 누가 당신을 감시했는데? 그걸 가지고 어디로 갈 작정이었는데?”

“그건…….”

술술 설명하던 헬레나가 처음으로 말을 멈췄다. 입술을 꽉 다물자 추워서 빨개졌던 뺨에 하얀 자국이 생겨났다.

이윽고 그녀가 말했다.

“말할 수 없어요. 그걸 말해버리면 아까 그자들한테서 벗어난 보람도 없이 죽고 말 테니까.”

이스핀이 팔을 확 잡아당기자 헬레나의 몸이 앞으로 쏠리며 둘의 얼굴이 가까워졌다. 거의 닿을 듯 가까운 곳에서 시선을 사납게 굴려 헬레나의 겁에 질린 얼굴을 훑어보자 막시민이 말했다.

"……그 정도 해둬."

이스핀이 손목을 놓았다. 허둥지둥 물러난 헬레나가 제 손목을 살펴보니 손자국이 문신처럼 새빨갛게 남아 있었다. 이스핀은 눈썹을 찡그린 채 등받이에 털썩 기대어 이마에 흩어진 머리를 넘기더니 말했다.

"그러네. 내가 왜 손을 쓰려 했담. 칼이 있는데."

이스핀의 손이 허리춤으로 미끄러지자 헬레나가 비명을 지르며 몸을 움츠렸다. 그러자 막시민이 자연스럽게 한 팔을 내밀어 막아주고는 타이르듯 말했다.

"내 친구는 기다리는 걸 진짜 싫어합니다. 인내심을 시험하려 들지 마십쇼. 나도 중간에서 힘드니까."

둘은 이미 익숙해진 역할 분담에 들어간 것이었지만 막시민의 의도는 그게 전부가 아니었다. 지금 이스핀은 흥분해 있었다. 그럴 법도 하다. 심장 조각이 폭발했다는 이야기를 해놓고 오빠를 납치했거나, 또는 죽였을지도 모르는 아이언페이스에 대해서는 말할 수 없다니.

하지만 중요한 증인을 확보한 이상 서두를 필요가 없었다. 이런 경우 막시민에게는 막시민의 방식이 있었다.

“뭐, 당신한테는 죽고 사는 문제라니까 캐묻지는 않겠는데 뭐 그리 대단한 비밀은 아닌 게 우리도 대략은 예상하고 있거든요. 이미 귀찮은 일을 잔뜩 당해서 말이야. 그래도 궁금한 건 하나 있군요. 당신, 이제부터 어디로 가려고 했던 겁니까? 도망쳤으면 갈 데가 있었어야 하잖습니까? 집으로 가면 금세 잡힐 거고.”

“그건…….”

헬레나가 머뭇거리고 있는 사이 조금 진정한 이스핀은 문득 마차 내부를 둘러봤다. 두툼하게 말털을 채운 좌석, 윤기가 흐르는 손잡이와 창틀이 평범한 마차로 보이지 않았던 것이다. 귀족의 마차가 아니고서야 이렇게 관리가 잘됐을까 싶어 유심히 보니 한쪽에 어느 가문의 문장처럼 보이는 무늬도 보였다. 켈티카 귀족의 문장을 알아볼 재주는 없었기에 이스핀은 문장을 가리키며 막시민을 불렀다.

“저건 뭐야?”

“난들 아냐.”

“이 마차 어디서 났어?”

“모른다. 저놈이 끌고 왔다.”

막시민은 마차 밖의 청어절임을 손가락질했다. 이스핀이 앞쪽으로 난 쪽창을 밀어 열더니 소리쳤다.

“야, 청어야! 너 이 마차 어디서 가져왔어?”

“저기…… 저쪽에 보니까 마차가 참 많더라고요?”

이건 또 무슨 소리람.

“마차가 그냥 많이 있는 게 어딨어? 무슨 비둘기떼도 아니고. 이거 혹시 귀족 소유물 아니야?”

“모르겠는데요. 하여간 그냥, 밤새 거기 서 있을 거 같은 걸로 하나 골랐으니까 날 밝기 전에 갖다 놓으면 괜찮을걸요?”

“…….”

살롱에 온 손님들의 마차를 저택에서 다 수용하지 못할 때 조금 떨어진 곳의 마구간에 맡기던 생각이 나자 얼굴에 열이 올랐다. 이 무책임한 놈이, 술에 취해 살롱이 열린 저택에서 하룻밤 자고 가게 된 어느 귀족의 마차를 끌고 온 게 틀림없잖아!

이스핀이 돌아보니 막시민은 대략 예상했던 것 같아 더 어처구니가 없었다. 와, 얘들이 귀족 무서운 줄 모르네. 켈티카 귀족들은 별로 무섭지 않은가? 오를리에서 이런 일을 벌였다가는 자칫 손목이 날아갈 판인데. 하지만 이런 말을 지금 하는 것이 맞을까?

그런 생각을 하며 막시민의 얼굴을 다시 쳐다본 이스핀은 다른 사실을 깨달았다. 뭘 해야 할지 알아차리자마자 목소리를 돋워 냅다 소리쳤다.

“야! 진짜, 너희들 이렇게 대충 살아도 되냐? 귀족이 안 무서워? 귀족들이 자기 마차를 얼마나 애지중지하는 줄 알아? 누군지도 모를 놈들이 더러운 흙발로 타고 다닌 걸 알면 이 마차 도둑놈들을 바퀴 뒤에 매달고 켈티카를 한 바퀴 돌아도 시원치 않다고 생각할 거거든? 난 지금 이 마차에서 뛰어내린 다음에 너희와의 관계를 모조리 부정해야 할 것 같은데 말이야!"

그 말을 들은 헬레나가 더럭 겁을 집어먹고 이스핀에게 손짓했다.

"저, 저도 같이 가요."

"너 때문에 이렇게 됐는데 어딜 붙는 거야?"

"저기, 이미 절 죽이려는 자가 있는데 거기다가 마차 도둑까지 돼버리면 죽을 화, 확률이 너무 올라가서 안 된단 말이에요!"

"자꾸 까불면 내가 백 퍼센트로 만들어주는 수가 있거든!"

그때 막시민이 쪽창을 쾅 닫아버리더니 몸을 부르르 떨었다.

"어휴, 추워. 코트 없는 인간의 입장도 생각해주면 안 되냐? 하여간 이스핀 네 의견은 잘 알았는데 일단 다들 내린 다음에, 마차는 얼른 갖다 놓든가 그러는 걸로 하자고. 자, 그럼 캄프 씨, 어디서 내릴 겁니까?"

"네? 내려요?"

"아까 내린다며. 당신을 내려줘야 마차를 돌려주러 갈 거

아뇨. 여기서 그냥 내려줘요? 근데 아까 그놈들이 계속 쫓아오고 있을지도 모르겠네."

말을 마친 막시민이 옆 창 너머를 기웃거렸다. 헬레나도 불안한 얼굴로 반대쪽 창 너머를 살폈지만 속도도 빠른데다 어느새 빛이 드문 길로 접어들어서 하얗게 날리는 눈발 말고는 아무것도 보이지 않았다. 막시민이 다시 말했다.

"아참, 갈 거면 코트도 도로 주쇼. 그거 사느라 쌈짓돈 꽤나 들었는데 입고 가버리시면 곤란하지 않습니까?"

조금 전까지 창이 열려 있던 마차 안은 코트를 입은 채로도 입김이 나오도록 추웠고, 헬레나는 추위를 무척 타는지 시선이 불안정해졌다. 그때 이스핀이 다시 쪽창을 열었는데 마침 매서운 바람이 밀어닥치는 바람에 헬레나는 코트를 벗을 용기를 완전히 잃었다. 이스핀이 청어절임을 향해 '말 등에 채찍 자국 남으면 말 대신 네가 마차를 끌게 될 수 있다' 같은 소리를 외치고 있는 동안 헬레나가 웅얼거렸다.

"그러지 마시고…… 저를 데려가주세요."

"데려가요? 어디로?"

"아, 아무데로나요. 그자들이 절 못 찾을 곳이기만 하면 돼요. 당신들이 절 잡아왔잖아요. 그러니까 보호해주세요. 살려주세요, 네?"

이 비슷한 대답을 유도할 작정이었으면서도 막시민은 순간 어처구니가 없었다. 켈티카 사는 놈들은 왜 이렇게 자립심이 란 게 없어? 우리가 보육원 차렸냐?

그때 이스핀이 쪽창을 향해 소리쳤다.

"슈니발트 저택! 카멜리아 거리 끝!"

"여부가 있겠습니까, 손님!"

청어절임은 태생부터 마부였던 것처럼 넉살 좋게 대답했고 창은 다시 닫혔다. 대본에도 없는 소란을 피운 끝에 어쨌든 원하던 상황을 만들어낸 배우들은 긴장이 풀렸는지 그제야 추위를 느끼고 몸을 움츠렸다.

"아니, 아가씨 아니슈? 이게 다 무슨 일이래요?"

새벽 1시경, 슈니발트 저택에 난데없이 들이닥친 마차는 수상쩍은 세 인간을 내려놓고 허둥지둥 떠나갔다. '아가씨'라 불린 사람은 문지기에게 적당히 변명을 한 뒤 뒷문으로 들어가 기다리고 있던 백작에게 침착하게 말했다.

"콜레트, 지하에 무슨 감옥 같은 거 있댔지?"

"거긴 왜요?"

"사람 하나 가두려고."

"저기, 저, 진심으로 하는 말씀이세요?"

그 감옥이란 켈티카가 지금보다 훨씬 좁아서 블루엣 강 너머가 변경이었던 시절에 이 저택을 세웠던 에르나데트 백작이 지하 요새로 쓰려고 만든 곳으로, 규모가 작아서 그후 감옥으로 용도가 변경되었다고 했다. 하지만 지금은 폐쇄된 지 백 년이 되어갔다. 탑 두 개가 모두 파괴되어 방어 거점 역할도 잃은 후 평범한 저택이 된 이곳에 그런 음산한 시설이 남아 있다는 것을 아는 사람도 거의 없었다. 콜레트는 물론이고 콜레트의 죽은 남편도, 그의 아버지도 들여다본 적이 있을까 싶은 곳인지라 열쇠도 간신히 찾아냈다.

대낮에도 가까이 가기 싫은 나선형 지하 계단을 내려가자 덩굴이 엉켜 문인지도 알아보기 힘든 입구가 나타났다. 열쇠를 쥔 콜레트는 머뭇거렸다. 귀신까지는 아닐지라도 해골이나 쥐떼라도 나오지 않을까 겁이 나는 것은 당연했다.

"전 죽을 때까지 열어보지 않을 생각이었다고요……."

하지만 다른 사람에게 시킬 수도 없는 노릇이었다. 마음을 굳게 먹고 녹이 부스스 떨어지는 자물쇠에 열쇠를 넣는 콜레트의 등에서 식은땀이 배어났다. 자물쇠를 떼어내고, 샤를로트가 발로 슥 밀자 문은 생각보다 쉽게 열렸다. 먼저 고개를 들이민 샤를로트가 횃불로 안을 비춰보더니 말했다.

"왜? 이렇게 쓸모 있게 생겼는데. 야아, 여기 좋다."

혹시나 하고 뒤따라 들어선 콜레트는 안을 조금 보자마자 손사래를 치며 뒷걸음질쳤다. 샤를로트는 감옥답게 입구가 하나뿐인 구조에 만족해서 한 말이었지만, 콜레트의 눈에는 음산하게 깨진 벽돌이나 재빨리 달아나는 뭔지 모를 검은 것들밖에 보이지 않았다.

"야, 엄청 안전한 곳 찾았어. 창문도 없더라."

막시민과 헬레나가 기다리던 마구간으로 돌아온 이스핀이 첫마디를 떼자 막시민이 대꾸했다.

"그것참 아늑하게 음침하겠군."

그러나 헬레나는 오히려 반색했다.

"진짜로 창문이 없어요? 와, 문은요?"

"문도 없길 바라슈? 아예 궤짝에 뚜껑 열고 넣어달라고 하시지."

"그러니까, 비밀 문 같은 걸로 돼 있으면 더 좋을 것 같아서요. 오래된 저택에 보면 있는…… 제가 너무 많은 걸 바랐나요? 하여튼 좋아요. 밖에다가 자물쇠도 채워주시고, 안에는 그냥 요나 한 장 깔아주시면 돼요. 진짜로, 누가 절대 못 들어오는 데였으면 좋겠어요."

헬레나는 진심으로 추적을 겁내고 있었다. 그래서 이스핀은 긴 설명을 생략하고 진짜로 감옥을 보여주었다.

"내가 우리 주인님께 특별히 부탁드려서 며칠만 공짜로 쓰기로 했다."

"와아아……."

헬레나는 안심한 건지 겁을 먹은 건지 모를 탄성을 지르더니 침묵했다. 콜레트가 열어준 문에서 다시 계단을 십여 단 내려간 곳에 위치한 감옥은 세 개의 방으로 나뉘어 있는데 그 중 한 곳에만 침대 비슷한 구조물이 남아 있었다. 입이 무거운 하인을 시켜 거기에 마른 짚을 올리고 두툼한 요를 깔아놓았다. 거미줄이 늘어진 음산한 벽이나 정체 모를 얼룩이 묻은 바닥은 청소할 겨를이 없었고, 한쪽에 화로와 요강만이 덩그러니 놓여 있었다.

"괘, 괜찮아요. 이런 곳이라면 틀림없이 그자들도 찾아내지 못하겠죠."

헬레나는 감옥 안으로 들어가 침대에 앉아보았다. 삐그덕 하는 소리가 요란하게 울리는 바람에 허둥지둥 도로 일어나고 말았지만. 어지간한 막시민도 이건 심했다 싶었는지 다시 물었다.

"진심입니까? 정말로 괜찮습니까?"

"정말로 괜찮진 않지만…… 죽는 것보단 낫죠."

헬레나의 표정은 나름 비장했다. 이스핀은 팔짱을 끼며 창살 너머로 헬레나를 쏘아봤다. 이런 끔찍한 곳을 보여주면 기겁을 할 테니까 적당히 협박을 해가며 비밀을 캐낼 수 있으리라 생각했는데 오히려 만족스럽다고 하니 다음을 어떻게 이어갈지 헷갈렸다. 이런 식이면 그냥 감옥에 처넣어주는 방법밖에 없잖아?

하지만 문제는 막시민이었다. 처음에는 늘 하던 역할 분담인가 했는데 막시민은 진심으로 사람을 이런 데에 재우면 안 된다고 생각한 것 같았다.

"이러지 말고 당신을 뒤쫓는다는 자들이 누군지 털어놓고 도움을 받는 편이 낫지 않겠습니까? 사람이 죄도 안 짓고 이런 곳에 갇힐 필요는 없다고 생각하는데요."

"죄가…… 없지는 않아요."

그제야 무슨 말이 나오려는 기색이라 막시민과 이스핀은 창살 쪽으로 한 발짝 다가갔다. 이스핀이 든 횃불이 셋의 얼굴에 붉고 검은 그림자를 드리웠다.

"돈만 받으면 될 것 같았죠. 돈이 너무 필요했거든요. 그래서 무슨 일인지 잘 알아보지도 않고 하겠다고 했어요. 가져오는 물건들이 어디서 훔친 건지, 빼앗은 건지, 신경쓰고 싶지 않았어요. 그냥 시키는 대로 분해했죠. 안에서 아무것도 나오지 않으면 50엘소. 뭔가 나오면 100엘소."

"뭐가 나왔는데? 아까 말한 그 사과씨 같은 것?"

헬레나가 고개를 끄덕이자 이스핀이 다시 물었다.

"지금까지 몇 개나 나왔어?"

"일곱 개요. 제가 손댄 것만이지만. 아무것도 안 나온 건 스무 개도 넘었을 거예요. 다 버려졌어요. 왜냐면, 제가 분해는 해도 도로 조립할 줄도 모르고…… 그래서 그 소중한 것들을…….”

듣자니 헬레나가 죄책감을 느끼는 대상은 물건, 그러니까 자기가 분해해버린 오토마톤인 것 같았다. 막시민이 말했다.

“그 물건들의 주인이 있다면야 당신한테 화가 나기도 하겠지만, 그게 아니라면 그렇게까지 큰 죄 같지는 않은데?”

“주인이 있었겠죠. 오늘도 그랬잖아요. 그 음악상자는 다시는 고칠 수 없을 거예요. 무엇보다 공방주께서 얼마나 타협 없이 엄격하게 깎아내신 물건들인데, 오토마톤 하나가 태어나기까지 어떤 정성이 들어가는데…… 다시 만들 수 없는 구왕국 시대의 아름다운 예술품들이 나 같은 만년 도제 나부랭이의 둔한 손에 다 박살이 나고…… 그걸 공방주께서 보셨으면 얼마나 분해하셨을지…….”

급기야 헬레나는 훌쩍거리기 시작했다. 이스핀과 막시민은 서로를 흘끔 봤지만 둘 다 이걸 달래줘야 할지 과몰입 그만하라고 해야 할지 헷갈려하는 표정이었다.

결국 막시민이 말했다.

“아, 그런 거군. 그래서, 어, 매우 슬픈 일이긴 한데…… 그러니까 당신은 누오보 공방의 기술자가 맞긴 하군요? 그렇죠?”

“아뇨.”

이건 또 무슨 소리야.

"아니라고? 그럼……."

"전 기술자가 된 적이 없었어요. 그저 톱니나 깎는 수준이었죠. 그래도 공방주께서 눈썰미가 있다고 칭찬도 해주시고, 오 년 정도 수련하면 숙련공 과정을 시작할 수 있겠다고 말씀해주셨는데 제가 그만…… 어린 마음에 놀고 싶어서…… 아니 남자한테 빠져서……."

멀리서 쥐가 아련히 찍찍대는 음산한 감옥에서 새벽 2시에 창살을 사이에 두고 이십 년 전 남의 연애담, 아니 연애 실패담을 듣고 있자니 귀신도 참다 못해 튀어나와 '야, 그때 그 남자를 못 차버렸으면 그만 닥쳐'라고 외칠 느낌이었다. 실은 이스핀이 귀신 대신 그렇게 외칠 뻔했지만 막시민이 어깨를 툭툭 치는 바람에 간신히 참았다.

"……감히 기술자의 이름을 칭할 수도 없는 제가 그자들을 속이고 수많은 오토마톤을 쓰레기통으로 보냈으니 저는 이런 데 갇혀서 속죄해도 충분한 인간이랍니다."

하지만 이런 얘기를 술술 털어놓게 된 이유는 속죄하고 싶은 마음보다는 여기가 안전하다고 느껴서인 것 같았다. 감옥으로 협박을 하려다가 안심을 시켜주게 되었지만 결과는 똑같은 것 같으니 뭐 상관없나.

"아아, 안타까운 사연은 잘 알았고. 그러니까 당신은 누오보 공방 출신이기는 하지만 기술자는 아닌데, 기술자인 척하고 그자들이 가져오는 오토마톤을 분해하는 일을 하다가, 호프의 저택에 가서 같은 일을 하려 했는데 실패한 틈을 타서 도망친 거다 그거죠? 그럼 다른 누오보의 기술자들에 대해서는 모릅니까?"

"제가 누오보를 나온 지가 너무 오래되어서 그 뒤로 문 닫았다는 것밖에는……."

이대로라면 알아낸 게 없진 않았지만 결국 누오보의 기술자는 처음부터 다시 찾아야 할 판이었다. 누오보 쪽을 캐는 건 포기하기로 하고 막시민이 다시 물었다.

"그럼 당신을 데리고 있던 자들 얘길 합시다. 일단, 당신이 머물던 곳은 어딥니까? 그자들이 왜 당신을 죽일 거라고 생각하죠?"

"숙소는 계속 바뀌었어요. 저를 데리고 이곳저곳을 돌아다녔죠. 주로 중부나 동부였고, 켈티카에서도 두 군데 정도 머물렀는데 하나는 로크리 구였다는 것만 알았어요. 다른 곳은 아예 어딘지 몰랐고요. 늘 밤에만 이동했고, 아닐 때는 한 발짝도 나가지 못하도록 감시당했거든요. 그리고 그자들이 '그분'이라고 부르던 사람…… 그분이 도망친 자를 촛불 끄는 것보다 쉽게 죽여버린다면서…… 실은 저 말고 다른 기술자도 있었지만……."

"죽였습니까?"

헬레나의 얼굴이 일그러졌다.

"그래요. 그 사람들은 저보다 재주도 있었고…… 그리고 양심도 있었던 사람들이었죠. 그래서 도망치려 했던 거겠죠. 직접 보진 못했어요. 하지만 그자들 말로는 결국……."

그렇게 두 명이 죽었고, 가장 실력이 떨어지는 헬레나만 남게 되었다고 했다. 헬레나가 추적을 두려워하는 것도 충분히 이해가 갔다. 잠시 침묵이 흐르다가 이스핀이 물었다.

"그분을 본 적이 있어?"

"아뇨. 결단코 없어요. 저라면 보는 것만으로도 죽어버렸을지 몰라요. 그자들조차 그분을 무서워했다고요. 실수하면 자기들도 죽여버릴 거라고 믿고 있었고요. 그런데 말이죠, 그자들이 하는 말이……."

헬레나의 목소리가 낮아졌다.

"그분의 행방을 지금 모른대요. 나타나지도 않고 연락도 없고, 그런 지 거의 한 달이래요. 무슨 일이 생긴 것 같다고 생각하던데, 그래선가 더 초조해하더라고요. 그 소릴 엿듣고부터 저는 지금이 도망칠 기회구나 하고 생각했죠. 운만 좋으면 그분이 돌아오기 전에 자취를 감출 수 있을지도 모르고……. 물론 도망치다가 죽기 쉽다는 건 알았지만, 이대로 끌려다니다가 쓸모가 없어지면 어차피 죽여버릴 것 같았거든요. 항상 두려움에 떨면서 갇혀 지내고 끌려다니고…… 도저히 견딜 생활이 아니어서……. 그런데 당신들이 나타나줘서 이렇게 안전한 감옥에 들어오게 됐으니 얼마나 다행인지 모르겠어요…….”

소식

잔눈발 날리는 오전, '베네트의 각종 중개 및 알선—귀찮은 일 해결해드립니다'의 대표 오토 베네트는 수상쩍은 손님을 맞았다. 그는 다년간의 영업으로 사람을 잘 보는 편이었다. 산책 나온 체하고 있지만 실은 지갑이라도 떨어뜨린 사람처럼 짧은 거리를 반복적으로 배회하다가 문에 매달린 간판을 '영업중'으로 돌려놓자마자 불쑥 들어왔다면 숨기고 싶은 급한 사정이 있는 경우가 보통이 아니겠는가?

"사람을 찾고 있습니다."

하지만 손님은 바쁠 거 하나 없다는 태도로 천천히 의자를 당겨 베네트 앞에 앉았다. 베네트는 상대의 얼굴을 봤다. 비쩍 마르고 안색이 나쁘며 눈가에 그늘이 지고 입가는 쓴웃음에 특화된, 필사적으로 공부란 걸 해보았으나 고단한 삶은 그리 나아지지 않았으려나 싶은 남자였다. 나이는 이십 대 초반. 태슬 달린 부츠에 챙이 말려 올라간 둥근 모자는 시골 장원에서 갓 올라온 듯한 분위기가 났다. 얌전하게 자른 단발과 살짝 처진 순한 눈매까지 합쳐 볼 때 대도시의 빵값을 들으면 기절해버리는 부류 같지만 닳고 닳은 중개업자 앞에서도 머뭇대지 않는 걸 보면 의외로 높은 분의 일을 돕는 사람일지도 모른다.

거기까지가 베네트의 첫인상이었다. 상대가 다음 말을 꺼내기 전까지였지만.

"플레상스 경이라는 분인데, 뛰어난 실력을 가졌다는 소문이 자자하더군요. 그런데 당신의 중개를 통해서만 만날 수 있다는 말씀을 들었습니다. 멀쩡한 직업 탐정이 왜 꼭 그래야 하는지는 모르겠지만 아마도 수줍음이 많은 모양이죠?"

그렇게 말하며 살짝 작아지는 한쪽 눈을 보자마자 베네트는 판단을 총체적으로 수정했다. 이자는 샌님이 아니다. 이 상황을 겁내고 있지 않다. 힘이 있거나, 힘있는 뒷배가 있거나 둘 중 하나다. 게다가 사교계 물 먹어본 사람다운 시니컬함까지.

"아, 예, 손님. 그게 부득이한 사정이 있어서 말씀입니다. 그분께서는 조용한 일상을 원하시는데 워낙 마술 같은 통찰력을 가진 분이라 찾는 사람은 많고, 그래서 저 같은 사람을 거치지 않으면 필연적으로 삶이 번잡해지고 말거든요. 또한 그분의 날카로운 지성을 유지하기 위해 꼭 필요한 사색의 시간을 시시한 의뢰로 어지럽혀서는 곤란하겠고요. 손님께서도 중개를 원하시는 거라면 순서가 다소……."

"아, 무슨 뜻인지 알겠습니다. 양탄자 깔린 계단을 흙발로 딛고 올라오지 말라."

젊은 남자는 미리 준비해 오기라도 한 것처럼 안주머니에서 금화 한 개를 스르륵 뽑아내어 테이블 위에 얹더니 손끝으로 밀었다. 그러자 베네트의 허리가 쭉 펴지며 눈이 흥미롭게 빛났다.

"아이구, 이런 고상하신 분을 보았나. 자 그럼, 어떤 용건으로 플레상스 경의 비상한 능력을 필요로 하시는지요?"

"그야 그분과 직접 대화하는 편이 더 간단할 듯하군요."

"물론 그렇습니다만 말씀드렸다시피 저는 약간의 비서 역할을 겸하고 있어서 그분께 미리 개요를 말씀드리고 허락을 받아야만……."

"아아 그런가. 그럼 이렇게 전해주시면 될 겁니다."

책상물림 같던 깡마른 젊은이가 천천히 입꼬리를 끌어올렸다. 미소는 아니었고, '까다롭게 구네, 귀찮게'라고 말하기 직전의 군인 같은 표정이 된 그가 말했다.

"잃어버린 동생을 찾고 있습니다. 검은 머리에 칼을 좀 잘 씁니다."

같은 날, 망한 카페 3층 305호의 문짝에는 "금일 휴업"이라고 적힌 종이가 나붙어 있었다. 탐정과 조수 한 명이 대낮까지 늘어져 자고 있었기 때문이다. 사람들은 실망스럽게 종이를 들여다보다가 '쾌차하슈' 같은 글귀를 써놓고 사라졌다. 일찍 온 몇 명이 문짝을 걷어차는 바람에 데보라가 "금일 휴업" 밑에 "건강 문제로"라는 글귀를 추가해놓은 까닭이었다.

청어절임은 빌린 마차를 제자리에 갖다 놓았다. 거리에서 그 마차와 다시 마주치지 않는 한 들킬 우려는 없다고 했다. 하룻밤 사이 말들이 자신을 너무 좋아하게 되어서 얼굴을 핥으러 올 가능성이 있다나.

헬레나는 진짜로 그 감옥에서 하룻밤을 보냈다. 아침이 되자 빗자루와 걸레 따위를 달라 해서 청소도 직접 한 모양이었다. 오후에 이스핀이 다시 들렀지만 헬레나의 결심은 단호했다. 이 감옥이야말로 죄 많은 자신이 여생을 보내기에 가장 좋은 장소라면서.

뭐? 여생이라니, 누구 맘대로? 감옥은 공짜인 줄 알아? 갑자기 팔자에도 없이 지하 감옥에 죄수를 처넣은 백작이 된데다 죄수 시중까지 들게 된 사람은 생각 안 해? 가문의 옛 기록을 뒤져봤더니 그 감옥에서 죽어간 사람들의 끔찍한 이야기가 소설 빰치게 자세하던데 밤중에 하나씩 읽어줘서 복수하려다가 내 꿈에까지 나올까 봐 안 하고 있는 거야…….

그리하여 단호한 결심을 한 사람이 또 한 명 탄생했다. 콜레트였다.

"그러니까 공녀님의 목표는 누오보 공방 출신의 기술자였다는 거죠? 그런데 대신 저 여자가 걸려들었고, 그 결과 저는 소름 끼치는 감옥을 도로 연 사악한 백작이 됐고 말이죠. 제가 알아보니까 제 전, 전, 전대 슈니발트 백작께서 그곳에 사람 셋을 죽인 살인자를 가뒀던 것이 마지막이더라고요? 그놈은 거기서 팔 년이나 갇혀 있다가 한겨울에 폐렴으로 죽었나 보던데 그런 전통을 이어가게 될까 겁나서 화로 세 개에 이불 다섯 채를 갖다 쌓은 제 기분을 아세요? 수백 년 된 귀신들도 신이 나서 기어나왔는지 어젯밤에는 밤새 악몽을 꾸었고……. 하아, 그러니까 전 이 문제를 빨리 해결해야겠어요. 그 누오보인지 뭔지의 진짜 기술자를 찾아내어서, 저 망한 연애담 부인을 여기서 내보내고 말겠어요. 들어보니까 거기 무슨 공방이 아니라 막장 연애의 산실이던데. 뭐래, 기본이 오각 관계야."

듣자니 콜레트도 감옥에 내려갔다가 문제의 연애 실패담을 한 시간이나 듣게 된 모양이라 이딴 얘기를 끝까지 듣고 만 자신에게까지 화가 잔뜩 나 있었다. 그 여파로 공녀를 따라다닌다는 탐정 놈팡이도 더더욱 불신의 눈길을 살 전망이었다.

콜레트는 정말로 뭔가를 알아냈다. 살롱이 열린 다음 날, 따뜻한 차를 가지고 방으로 찾아온 콜레트는 살짝 감기 기운이 있어서 집에 머물던 공녀에게 추운 밤에 돌아다니지 말아달라고 잔소리를 늘어놓고는 곧 누오보의 이야기를 꺼냈다.

"미술품과 관련된 모임은 한둘이 아니어서 일단 그쪽의 큰손을 두 분 초청해서 열심히 비위를 맞춰봤죠. 그랬더니 재밌는 얘기들이 많이 나왔네요. 본래 공방이 문을 닫은 건 공방 주인 베니토 누오보가 아파서였다고 해요. 하지만 그것도 말이 안 되는 것이 전성기에는 거느린 도제들만 쉰 명은 됐다고 하거든요? 또 자식들도 있었고 말이죠. 그중 누구라도 공방을 물려받으면 될 텐데 그러지 않고 잘되던 사업을 접어버렸다니 좀 믿어지지가 않죠. 그 뒤로 켈티카 외곽구에 있었던 공방 건물도 오랫동안 비어 있었다는데 이젠 뭐, 건물도 무슨 방적소인가에 팔렸고 캄프 씨 말마따나 그 많던 도제들도 다 사라져서 정식으로 명맥을 이어받은 사람은 없다고 하지만…… 세상에는 충분히 많은 돈만 있으면 죽은 개도 짖게 할 수 있다는 말이 있지 않겠어요?"

콜레트가 눈을 사르르 내리뜨는 것을 보니 제법 자신만만한 건인 듯했다.

"그래서, 돈을 좀 썼더니 뭐가 되살아났어?"

"뭐, 그게 제 돈은 아니지만요. 제 살롱에 자주 오곤 하는 매들로 자작 댁 아드님이 알고 보니 누오보의 오토마톤을 하나 갖고 있었다는데 작년부터 제대로 작동을 안 했대요. 그래서 고쳐줄 사람이 없나 여기저기 알아봤는데 누오보의 것은 워낙 정교하기로 유명하니까 시시한 실력으로 손댔다가 망칠까 무서워서 나서는 사람이 없었나 보더라고요. 그만하면 포기했어야 했는데 자꾸 오토마톤의 인기가 오르니까 미련이 남아서 금화를 한 줌씩 더 꺼내봤던 모양이죠? 그랬더니 웬걸, 텅 빈 줄 알았던 낚시터에서 입질이 오더라나요. 제가 이걸 알게 된 사연도 재밌는 게 바로 어제, 새로 초청한 분들이 우쭐해진 나머지 며칠 뒤에 열린다는 특별한 강연 이야기를 슬쩍 비췄는데, 한마디 끼고 싶어 좀이 쑤시던 소자작이 자기도 거기에 간다고 말해버린 거예요. 그 소릴 들은 귀부인들이 깜짝 놀라지 뭐겠어요? 그게 사실은 아무나 갈 수 있는 행사가 아니었던 거죠. 딱 냄새가 나는데 그걸 그냥 흘려 넘기면 공녀님의 콜레트가 아니지 않겠어요?"

어지간한 애호가들이 아니면 초대받지 못한다는 강연에 매들로 소자작이 가게 된 이유가 바로 입질이 왔다던 누오보의 기술자 때문이었다. 그곳에서 만나자고 제안해 왔다는 것이다. 마치 고객도 이 정도 급은 맞추어야 하지 않겠느냐는 것처럼.

한 번 속았던 샤를로트는 반신반의하며 고개를 갸웃했다.

"진짜로 누오보의 기술자래?"

"음, 아직 만나보진 못했다지만 소개해준 쪽에서는 확실하다고 했답니다. 본명은 모르고 '톱니'라는 별명만 알려줬다는데, 저한테도 소개시켜달라니까 절대로 안 된다지 뭐예요. 분위기에 휩쓸려 얘기를 꺼낸 거지, 사실은 그쪽에서 반드시 비밀을 지켜달랬다면서 입을 안 열고 버티는데 제가 무려 세 시간에 걸쳐 살살 꼬드겼네요. 저한테도 돌아가신 아버지와의 소중한 추억이 담긴 오토마톤이 있는데 몇 년 전에 멈춰버려서 꼭 수리하고 싶다고 털어놓으면서 말이죠. 아아, 정말이지 피곤해서, 조금만 더 버텼다가는 걔하고 사귀자고 해야 할 지경이었다니까요. 천만다행으로 돌아가신 아버지 어쩌고 하며 눈물을 글썽대니까 넘어가서 입을 열어주었네요."

"역시. 이런 건 콜레트만 해낼 수 있다니까."

공녀와 가신은 검지 끝을 톡톡 맞대며 웃었다. 오래전 샤를로트가 빨간 드레스의 꼬마 공녀님이었던 시절에 둘만의 비밀이라는 뜻으로 만들었던 동작이 세월이 흘러 끄트머리만 남은 것이다. 콜레트의 어머니는 대공의 모후를 섬겼던 시녀였다. 어머니를 따라 궁에 오곤 하던 콜레트가 할머니를 찾아온 샤를로트를 만났던 것이 샤를로트가 세 살, 콜레트가 열다섯 살이던 무렵이었다. 콜레트는 그때도 재치가 넘치는 소녀여서 어린 공녀와 놀아주려고 재미있는 놀이를 이것저것 고안했었다.

'톱니'와 매들로 소자작이 만나기로 한 곳은 '팬지 파빌리온'이라는 예술품 애호가 모임이 주최하는 강연. 날짜는 엿새 뒤. 강연장에서 자신을 주시하다 보면 접근해 오는 '톱니'를 발견할 수 있을 테니 거기부터는 알아서 대화를 잘 풀어나가 보라고 소자작은 말했다. '톱니'가 워낙 신분 공개에 민감하게 굴다 보니 직접 소개하는 것은 불가능한 모양이었다. 그리고 무엇보다, 그 강연에 초대받을 수 있어야 하겠지만.

"강연 장소는 어디야?"

"그랑도프 호텔 12층이라고 해요."

샤를로트가 깜짝 놀라며 되물었다.

"12층이라고? 건물이 몇 층짜린데?"

"12층이 최상층이에요. 놀라셨죠? 저도 그게 지어졌을 때 엄청 놀랐답니다. 높이도 높이지만 그걸 다 짓는 데 글쎄, 오년밖에 안 걸렸다지 뭐겠어요. 두 달 전쯤에 완공됐는데 한동안은 갑자기 무너질까 봐 사람들이 호텔 앞을 지나다니지 않으려 했다고 해요. 원래 더 높게 지으려다가 왕성의 가장 높은 탑보다 더 높으면 폐하의 심기를 거스를까 봐 줄였다고도 하고요. 구경 삼아서라도 한 번쯤 가보실 만한 곳이죠. 외관도 그렇고 실내 꾸밈도 무척 근사하답니다."

평민들 입에서까지 그랑도프 호텔 이름이 튀어나오던 이유를 그제야 알 법했다. 어떻게 그렇게 높은 건물을 그렇게 빨리 지었담? 오랜만에 오를란느 공녀로 되돌아간 샤를로트가 불만스럽게 중얼거렸다.

"켈티카의 발전상이 눈부시네. 조금 걱정스럽게 말이야."

"저도 그게 신경쓰여서 살짝 알아봤는데 설계가 비밀이라서 속내를 모르긴 해도 그 건물에는 마법의 힘이 들어간 것 같다고들 하더라고요. 건축 기술을 제법 아는 사람들도 믿어지지 않는다고 하거든요. 기술보다는 돈이라는 측면에서요. 굳이 마법을 동원해서 짓자면 안 될 건 없겠죠. 하지만 마법사들의 몸값이 좀 비싼가요? 그런 돈을 들이고 무너질 위험까지 감수하느니 같은 돈으로 땅을 더 사서 넓게 짓는 편이 낫잖아요?"

"하지만 이렇게 화제가 되고 있잖아. 그걸 원했던 게 아닐까?"

"그랬을까요? 그랬다면 안타깝게도 건물주는 건물을 올리는 도중에 노환으로 저세상 사람이 되어서 영광을 누려보지도 못했네요. 상속인은 너무 어려서 건물주의 재산을 관리하던 어느 단체가 운영을 대신 맡고 있는 실정이에요. 하지만 아시다시피 그런 단체가 호텔 같은 걸 제대로 운영할 리가 없잖아요? 그래서 식당과 3층까지의 객실 몇 개만 제대로 굴려가고 나머지 공간은 이런저런 행사에 빌려줘서 간신히 채우고 있나 보더라고요. 다시 말해 큰 적자 상태인 건데, 1층의 식당 '캐롤린즈'만은 아주 정평이 있다죠. 저도 가봤는데…… 켈티카 식당치고 제법이더라고요."

오를란느 음식에 자부심이 있는 콜레트가 점잔을 빼며 저렇게 말하는 걸 보면 진짜로 훌륭한 모양이었다. 샤를로트가 고개를 끄덕거리다가 어둑해져가는 창밖을 보고는 가신의 눈치를 슬쩍 살폈다.

"응. 나도 그 평 들어본 것 같네. 수고 많았어. 이제부터 그 강연장에 들어갈 방법을 궁리해보자. 그래서 말인데 나 잠시만 나갔다 올게."

"아니, 공녀님. 감기 기운도 있는데 어딜 가세요? 그리고 곧 저녁 드실 시간이거든요? 이미 준비가 다 됐을 텐데……."

"맛있는 거야? 이따 돌아와서 꼭 먹을게. 한 시간 정도면 돌아와."

어느새 일어나 모자를 집어드는 공녀가 어디로 갈지는 묻지 않아도 뻔했다. 별수없이 새로 주문한 털 망토를 꺼내 둘러주며 일찍 돌아오시라고 신신당부하고, 나가시는 모습을 창밖으로 지켜보고, 부엌으로 내려가 밤놀이 나간 마르셀리에트 아가씨의 밤참 준비까지 명령한 뒤 콜레트는 제 방으로 돌아왔다. 어느새 밖은 캄캄해져 있었다. 저녁을 방으로 가져오게 할까, 식당에 이미 불을 피워놓았으니 그냥 내려갈까 궁리하고 있는데 덧창을 톡톡 두드리는 소리가 났다. 흠칫 놀라 돌아보니 나직한 목소리가 들려왔다.

"연하께선 평안하신가요."

아노마라드 귀족인 슈니발트 백작을 찾아와 공녀의 안부를 물을 사람들은 하나뿐이었다. 덧창을 조금 열자 검은 망토 자락이 펄럭이는 너머로 한 뼘짜리 창틀에 요령 좋게 걸터앉은 사람의 옆얼굴이 보였다. 여기는 2층이고 벽은 매끈하며 주위에는 거머잡을 덩굴 같은 것도 없다. 하지만 상대가 고개를 돌리자 콜레트는 어떻게 그럴 수 있었는지 의문을 품지 않았다. 조안느 드 도벨. 그녀는 에투알이다.

조안느가 창 안쪽으로 고개를 살짝 기울이자 콜레트도 고개를 까딱, 하는 것으로 인사를 대신했다. 임무중인 에투알에게 그 이상의 예의는 사치스럽다.

"마담 도벨, 오랜만입니다. 어서 안으로 들어오세요. 켈티카에는 언제 도착하신 건가요?"

"어제요. 백작께도 평안이 있길. 그리고 죄송하지만 초대는 사양할게요. 아직 공녀 연하께 인사 올릴 때가 아니라서."

"조금 전에 나가셨는데, 보셨나요?"

"저희의 일이죠."

간단한 대답이었지만 콜레트는 캐묻지 않고 안도의 한숨을 내쉬었다.

“한결 마음이 놓이네요. 그간 얼마나 마음을 졸였는지. 부디 잘 살펴봐주세요. 그나저나 오늘밤 쉬실 곳은…….”

“걱정 마세요. 저희끼리 알아서 합니다.”

“그렇겠지요. 참, 틸랑드 군에게 안부 전해주세요.”

“네. 찾아뵙고 인사드리지 못해 송구합니다만 이해해주시리라 믿습니다.”

에투알 3분견대가 일하는 법을 잘 아는 콜레트는 더 권하지 않고 고개를 끄덕였다. 조안느는 귀족 출신인지라 둘 다 적당한 예의를 차린 것뿐이었다.

“실은 여쭤볼 게 있어서 늦은 시각에 실례를 무릅쓰고 올라오게 되었네요. 그 탐정 말씀인데…….”

낮은 속삭임이 오가고, 콜레트도 몇 마디를 했다. 이윽고 조안느가 고개를 끄덕였다.

“그럼 그렇게 알고 있도록 하죠.”

조안느는 손을 내밀어 덧창을 직접 닫았다. 딸깍, 하는 소리에 이어 휵, 하는 바람 소리가 나자 콜레트는 괜히 궁금해져서 도로 덧창을 살짝 열어보았다. 이미 그곳에 사람은 없었다.

8

장

UNFORESEEN

그랑도프

그랑도프 호텔은 최근 떠오르는 번화가인 물굽이 언덕 기슭에 있었다. 켈티카의 전통적 번화가인 참수 광장, 또는 귀족들의 성이 즐비한 동안東岸과도 상당히 떨어진 곳이었다. 몇 년 전만 해도 이쪽에서 유명한 시설이라고는 기껏해야 마차를 주문 제작하는 카로체리아 정도였다고 했다.

그런 곳에 최근 새롭다 할 만한 것들은 모두 생겨나는 중이었다. 유리로 지은 대형 온실이 생겼고 인공 수로를 갖춘 공원이 만들어졌다. 켈티카 안이라면 사흘 안에 배달해준다는 우편 사무소도 생겼다. 기존에 있던 대극장보다 세 배쯤 크다는 극장도 한창 지어지는 중이었다.

이 모두는 갑작스러웠지만 왜 이런 일이 일어나는지 깊이 생각해본 사람은 드물었다. 폐하의 어느 총신이 세금을 넉넉히 빼돌렸나 보지. 어느 높으신 분께서 참수 광장이 꼴 보기 싫어진 모양이지. 이유를 궁금해하지 않아도 될 만큼 이야깃거리는 충분했다. 물굽이 언덕에 또 이상한 것이 생겼다더라, 이번에는 12층이나 되는 여관, 아니 호텔이라더라, 호텔이란 건 여관과 뭐가 다른 거냐, 12층이나 걸어 올라가다가 발목이 부러진 인간은 없다더냐. 12층까지 어떻게 올라가는지 직접 가서 확인해본 사람은 드물었다. 호텔 정문 앞을 지키고 선 문지기가 먼발치에서만 봐도 서슬이 퍼렜기 때문이다.

이스핀은 켈티카에 막 도착했을 때부터 소문의 그랑도프 호텔을 구경해보고 싶었지만 지금까지는 한가롭게 구경 다닐 여유가 없었다. 그렇다고 그날이 오늘인가 하면 그 또한 아닐 듯했다. 그랑도프 호텔 맞은편 사거리 모퉁이에 선 이스핀은 호텔을 올려다보다 말고 중얼거렸다.

"저 위에 올라가서 내려다보면 근사하겠다."

"현기증 날 것 같은데."

곁에 선 막시민은 아까부터 미간을 찡그린 채 생각에 잠겨 있었다. 그는 이스핀보다 반시간 먼저 이곳에 왔다. 온 김에 옷깃을 깔끔하게 털고 모자를 고쳐 쓴 다음 슬쩍 입장을 시도해보았으나 입구에서 바로 밀려나는 좌절을 겪었다. 화려하게 차려입은 손님들이 다가올 때면 새털처럼 부드럽게 비켜서 절을 하던 문지기는 막시민의 앞을 슬쩍 막아서며 '숙박을 원하시는지, 또는 숙박객과 약속을 하셨는지'를 물었고, 식당을 이용하려 한다고 하자 '예약을 하셔야 한다'며 조금씩 거리로 밀어냈다.

차림새가 깔끔한 정도로는 입장할 수 없단 말이지.

지금의 위치로 건너온 막시민은 호텔에 드나드는 사람들을 관찰해보았다. 몇몇은 막시민처럼 문지기의 질문을 받았지만 또 몇몇은 간단한 인사만으로 통과했다. 장기 투숙객이나 식당에 뻔질나게 오는 사람들이겠지. 새로운 얼굴로 승부하려면 비단 드레스에 모피를 걸치고 보석과 금붙이 서너 가지쯤은 휘감아야 자연스러운 미소를 날리며 통과할 자격이 주어지는 것 같은데.

그러고 있는 동안 이스핀이 왔다. 이날 둘은 '팬지 파빌리온'의 강연에 자연스럽게 숨어들 방법이 있을지 조사해볼 작정이었다. 하지만 이대로라면 강연이 개최되는 12층은커녕 로비 구경도 못 해보고 돌아가야 할 처지였다.

"저 문지기가 호텔에서 제일 열심히 일하는 사람이래."

"그래. 그런 것 같더라."

어차피 안에 들어가지 못한 사람이 관찰할 수 있는 직원도 문지기뿐이었다. 이어 이스핀은 흐음, 하고 여전히 비서 정도로 보이는 자기 옷차림을 내려다보더니 의외로 소심한 의견을 냈다.

"내부는 어렵더라도 외관이라면 좀 구경해도…… 되지 않겠어?"

그 정도야 못 하게 하겠냐. 둘은 다시 길을 건너가 동쪽 모서리 뒤쪽의 거리에서부터 천천히 산책하듯 걸어갔다. 줄지어 선 마차들을 지나쳐 모퉁이를 돌자 파사드가 나타났다. 연한 하늘빛이 도는 대리석 기둥들이 수직 삼 층 높이로 솟아올랐고, 달걀 껍데기 빛깔의 벽이 부드러운 물결을 그리며 뻗어갔다. 버터크림처럼 굽이치는 회랑 벽을 따라 걷자니 주변의 모든 사람들이 케이크를 둘러싼 장식 인형이 된 듯했다.

정문의 웅장함은 그중 절정이었다. 서로의 어깨에 올라선 곡예사 셋도 한꺼번에 통과할 높다란 아치 현관은 세 개의 문으로 나뉘어 있었다. 세 걸음 깊이의 아치 면에는 포도 수백 송이와 포도 잎 사이를 날아다니는 작은 천사들이 빼곡히 새겨져 있었다. 둘은 시골뜨기처럼 눈을 크게 뜨고 정문을 바라봤다. 다행히도 그들과 비슷한 일을 하고 있는 커플이 주변에 서넛 있었다.

"저 포도들 때문에 포도송이 호텔이라고도 불린다는군. 안쪽 어딘가에는 포도주 통이 무슨 벽지 발라놓은 것처럼 쌓여 있다던데."

막시민이 자기 관심사를 말하다 말고 문득 옆을 보니 빨이 살짝 상기되고 눈이 반짝거리는 이스핀의 얼굴이 눈에 들어왔다. '진짜로 멋지다, 들어가보고 싶다'라는 감상이 생생하게 드러나서 막시민은 조금 어처구니가 없어졌다. 얘가 이렇게 천진한 표정을 짓는 건 또 처음 보네.

그렇다 해도 너무 오래 서 있으면 문지기의 관심을 끌 테고, 이런 식으로 기억되어봤자 좋을 일은 없었다. 둘은 호텔에 들어갈 생각은 없었던 행인들처럼 자연스럽게 파사드 끝까지 걸어간 뒤 지금의 자리로 되돌아왔다. 강연장을 염탐한다는 계획은 시도도 못 해보고 폐기됐지만 이스핀은 기분이 좋아 보였다.

막시민이 말했다.

"슬슬 돌아갈까."

"잠깐만 있어봐. 조금만 더 보고."

"이렇게 먼 데서 쳐다본다고 무슨 수가 생기냐."

"그렇진 않지만 멋지고 예쁜 걸 보면 기분이 좋아지잖아."

막시민의 얼굴에 '뭐야, 이 단순한 논리는'이라고 적혀 있었으므로 이스핀은 피식 웃기만 하고 다시 호텔을 쳐다봤다. 막시민도 호텔을 봤지만 물론 기분에는 아무 변화가 없었다. 그에게 저 호텔은 정보를 캐내야 할 수수께끼 같은 존재로 외관은 어떻든 중요한 것이 아니었다. 심지어 문전박대를 당한 입장이 아닌가.

"보기만 해도 된다니 편리하네."

"응, 심지어 공짜잖아. 너 공짜 좋아한다면서 이런 공짜는 별로야?"

"……알았다. 공짠데 실컷 봐라."

막시민은 이해할 수 없는 세계를 빨리 포기하기로 하고 며칠째 고민중인 문제로 되돌아갔다. 저길 어떻게 들어간담.

단순히 호텔에 들어가기만 하려면 식당을 예약하거나 호텔에 투숙하는 방법이 가능할 것이다. 둘 다 돈을 조금, 아니 많이 쓰면 된다. 돈이 가장 쉬운 방법일 때도 있다니 세상 오래 살고 볼 일이지만 어쨌든 거기까진 그렇다 치고, 강연장에 들어가는 것은 돈으로도 안 된다. 단순히 로비에 입장하는 것조차 까다로운 호텔의 12층까지 올라가야 하며, 또한 팬지 파빌리온과 같은 폐쇄형 모임이 개최하는 행사는 적당히 사칭한 신분으로 숨어들기 어렵다. 꼭 고위 귀족이어야 하는 건 아니지만 서로 웬만큼 안면이 있는 사이들일 테니 가짜는 들통날 위험이 크다. 결국 진짜 신분을 가진 사람이 필요하단 얘기다.

막시민과 이스핀은 어제부터 이 이야기를 충분히 나눴다. 그러나 대책이 없다는 점에서는 둘 다 똑같았다. 이스핀에게도 나름 사정이 있었다. 이스핀에게 이 정보를 알려준 콜레트는 두세 다리만 건너면 팬지 파빌리온의 초대장을 가진 누군가를 쉽사리 찾아냈을 테고 잘 구슬려 이스핀을 슬쩍 딸려 보내는 것도 어렵지 않았을 것이다. 하지만 이번에는 그런 도움을 기대할 수 없었다. 콜레트가 이스핀이 직접 강연장에 들어가는 것을 강경히 반대했기 때문이다. 귀족들이 잔뜩 오는 행사에서 단 한 명이라도 샤를로트 공녀의 얼굴을 알아본다면 어찌한담?

콜레트의 주장이 근거 없는 우려는 아니었다. 오를란느 출신이면서 켈티카에서 살아가는 콜레트처럼 양국의 사교계를 모두 드나드는 귀족은 이쪽에도 있었다. 친척을 따라 오를리에 들렀던 누군가가 샤를로트를 먼발치에서 봤다든가 할 가능성은 얼마든지 있었다.

"오를란느의 공녀 연하께서 타국의 가짜 귀족 따위를 연기하는 모습을 켈티카 귀족들에게 들키다니, 그런 망신을 당할 위험은 100분의 1의 가능성일지라도 절대로 감수할 수 없어요. 아시겠죠?"

하지만 막시민에게 그런 사정을 설명해줄 수는 없었다. 사실상 설명할 필요도 없었지만. 대신 팬지 파빌리온에 대해서는 이런저런 정보를 최대한 모아 왔다. 남부에서 시작된 예술품 애호가들의 사교 모임이고, 남부 귀족들이 주요 회원이고, 중심은 루치아니 다 벨로치 남작부인이라는 사람이라 했다. 비록 남작부인이지만 예술품 수집으로 제법 이름이 있다는 부유한 노부인이다.

막시민의 고민은 그 지점에서 시작되었다. 그는 이 노부인을 알고 있었다.

물론 일방적으로 아는 거지만, 어쨌든 알고 있었다. 물론 만난 적은 없으며 앞으로도 없겠고 저쪽에서는 이쪽의 이름인들 들어볼 일이 없겠지만…….

"그런 관계를 아는 사람이라고 할 수 있어?"

"없지. 그런데 내가 이 부인에 대해서 본의 아니게 쓸데없는 걸 많이 알고 있어서 말이야."

"어떤 걸 아는데?"

"그러니까 뭐부터냐, 일단 삼 년 전부터 고관절염이 심해져서 걷지 못하게 됐고, 그래서 연회든 행사든 직접 참석하는 경우는 없어졌고, 필요할 경우 대리인으로 신임하는 교수, 그 뭐냐, 굿랜드 교수라는 사람을 보내곤 하는데 그 교수는 지금 켈티카까지 올 상황이 안 돼. 왜냐하면 작년 여름에 웬 남의 집 부인과 불륜 사건을 일으켰다가 혼쭐이 나서 스리슬쩍 잠적했거든. 그렇기 때문에 켈티카에서 주최되는 행사들은 고고미술학 아카데미라는 곳이 맡아서 진행하게 됐고, 이자들은 행사는 알아서 잘 치르겠지만 거기 올 법한 손님들의 얼굴까지는 잘 모를 거라는 거야."

막시민으로부터 이런 이야기가 술술 흘러나오자 이스핀이

신기한 표정을 했다.

“너 그렇게 말하고 있으니까 진짜 탐정 십 년 차 같다.”

“그러나 안타깝게도 한 달 차고, 그리고 마지막으로, 이 부인의 이름을 물려받은 녀석을 안다.”

막시민이 사거리 모퉁이에 선 채 생각을 거듭하도록 만든 원인이 바로 그 녀석이었다. 막시민은 어떤 일이 될 것 같은지 안 될 것 같은지 판단이 빠른 편이었다. 될 것 같다 싶으면 자세한 계획도 순식간에 떠올랐다. 하지만 문제의 녀석이 엮이면 거의 반드시 예측 불허의 사태가 터진다는 것을 이 년간의 경험으로 알게 됐기에 이번에는 선뜻 결정할 수가 없었다.

그 녀석의 이름은 루시안 칼츠. 네냐플 입학 동기이자 같은 빌라를 써온 룸메이트이며, 다름 아닌 루치아니 다 벨로치 남작부인의 손자다.

막시민이 남작부인의 시시콜콜한 사정을 알게 된 이유도 물론 루시안 때문이었다. 작년 여름, 여러 친구들과 루시안의 집에 초대받았던 시기에 하필 굿랜드 교수의 불륜 사건이 터지는 바람에 모든 사람들이 하루 종일 그 화제만 떠들어댔고, 분위기에 잘 휩쓸리는 루시안은 여기저기에서 얻어들은 이야기를 친구들에게 신바람나게 해주었다. 그 결과 막시민은 그 교수가 벨로치 남작부인을 어떻게 만나게 됐고 어떻게 부인을 구워삶아 신임을 받게 됐고, 그후 어떤 혜택을 누렸고, 고고미술학 아카데미와는 어떤 관계인지 온갖 뒷사정을 한 시간에 걸쳐 이야기할 수 있는 지식을 갖게 됐다. 시시하고 지루한 화제라고 생각했지만 초대된 자의 예의로 들어둔 덕택이다. 그보다는 고급술을 실컷 마시게 해준 예의였다고 해야 할까.

루치아니 다 벨로치 남작부인의 이름을 듣자마자 막시민이 떠올린 계획은 다음과 같았다. 먼 네냐플에서 세 번째 유급을 피하고자 학업에 여념이 없던 남작부인의 소중한 손자분께서는 방학을 맞아 기분도 전환할 겸 켈티카에 오셨다가 방학 숙제에 도움이 될 것 같은 문제의 강연을 들어보고 싶어졌다. 물론 초대장은 없지만 그건 그분이 켈티카에 머물고 있지 않았으므로 당연한 일이다. 강연 시작 시간보다 조금 늦게 도착하실 예정이지만 그렇더라도 좋은 자리를 마련해두어야 하지 않겠는가? 아참, 친구도 한 사람 함께 올 예정이다.

그렇게 자리가 마련되고 잠시 후 막시민이 등장한다. 루시안이 초대한 학교 친구 역할인 막시민은 초대장이 없으니만큼 루시안이 올 때까지 밖에서 기다리겠다고 점잖게 처신한다. 이윽고 입장이 끝나고 강연은 시작되지만 루시안은 도착하지 않고, 친구라는 신사는 밖에 계속 서 있다. 상대가 루시안의 친구인 만큼 괜찮은 가문의 자제를 세워두고 있다고 생각한 입장 관리인은 시간이 흐를수록 초조해질 것이다. 그러다가 그냥 들여보내주면 좋고, 아니라면 적당히 날조된 쪽지가 그즈음에 도착한다. 갑자기 바쁜 사정이 생겨서(오랜만에 수도에 행차한 부잣집 아들에게는 수많은 일정이 있기 마련이다) 못 오게 된 루시안이 친구에게 자기 대신 강연을 듣고 자세한 내용을 전해달라고 했다는 내용이면 대충 될까.

물론 아카데미 사람들이 루시안 칼츠라는 사람을 조금이라도 안다면 씨알도 안 먹힐 이야기겠지만 그 사람들은 이 동네 귀족들도 잘 모른다고 하니까. 주최자 노부인의 손자인 네냐플 학생이라면 학구적인 젊은 신사일 것 같잖아?

그런 식으로 그럴싸한 시나리오를 떠올리는 데는 십 분도 걸리지 않았지만 그후로 막시민이 계속 고민하고 있는 이유는 단 하나, 이 이야기에 루시안이 등장한다는 점 때문이었다. 물론 직접 등장하는 건 아니다. 지금쯤 남부의 쾌적한 저택에서 한가롭게 지내고 있을 녀석이 켈티카에 나타날 가망은 전혀 없다. 루시안이 제 집에 앉아서 켈티카까지 문제를 일으킬 수 있다면 그 녀석도 일종의 마법사라고 해야 할지 모른다. 그런데 비록 마법 과목은 모조리 낙제했을지라도 이런 종류의 마법이라면 어쩐지 잘해낼 느낌이 든다.

하지만 그건 그저 느낌일 뿐, 심지어 루시안은 켈티카를 싫어했다. 아버지인 칼츠 씨는 본래 아들을 켈티카에 있는 학교에 넣고 싶어 했는데, 누가 뭘 꼭 해야 한다고 하면 죽어도 하기 싫어지는 루시안은 '켈티카 가기 싫어'를 입에 달고 다니다가 놀랍게도 네냐플 입학이라는 기적을 이룩하여 잔소리에서 성공적으로 벗어난 바 있었다. 칼츠 씨도 네냐플이라면 흠, 켈티카에 있지 않더라도 인정할 만하지, 하고 생각했으므로 부자 간에는 평화로운 타협이 성립되었다.

이런 좋은 조건에도 불구하고 이 시나리오는 왜 거슬리는가. 합리적인 근거는 없다. 분명 없지만, 단지 루시안이라는 이름이 등장하는 것만으로도 어쩐지 예상 밖의 사태가 터질 것만 같은 예감을 지울 수가 없다. 막시민이 이 년간 겪어본 바로 루시안의 이름은 마치 혼란을 부르는 토템 같은 존재였기 때문이다. 루시안의 이름을 써먹어서 이딴 짓을 해도 될까. 과연 아무 일도 없을까.

새삼 생각해봐도 근거 없는 두려움이었다. 마치 "폭풍우!"라고 외치면 폭풍우가 밀려올 것 같다는 수준의 원시적인 미신이 아닌가. 게다가 직접 와서 확인해본 결과 그랑도프 호텔 12층에 적당한 신분을 가장해 들어간다는 계획이 훨씬 더 불가능해 보였으므로 맑은 하늘에 루시안이라는 날벼락이 칠 가능성은 슬슬 포기해도 될 듯했고…….

막시민은 여전히 호텔을 먹잇감처럼 요모조모 뜯어보고 있는 이스핀을 불렀다.

"그만 가자."

"이제 결심이 섰어?"

"뭐?"

막시민이 어리둥절한 눈빛을 보내자 이스핀이 명랑한 웃음을 터뜨렸다. 호텔 구경에 넋을 놓은 줄 알았는데 자신이 쓸데없는 고민을 마무리하도록 기다리고 있었던 건가?

"너 내가 무슨 생각 하는지 알았냐?"

"아니?"

"그럼 결심이 섰느냐는 건 뭔 소리냐?"

"이번 일에 네 친구분 이름을 써먹을까 말까 궁리하고 있었을 거 아냐. 결론은 나왔는데 뭔가가 마음에 걸렸던 거잖아. 그런 문제가 생각만으로 해결된 걸 보면 필요한 건 단지 결심이었네. 그렇지?"

"……."

이런 식으로 속을 읽힐 때마다 말문이 막히곤 하는 막시민을 내버려두고 이스핀은 거리 저편으로 관심을 돌렸다. 행인들 사이로 미심쩍은 사람이 알은체를 하며 다가오고 있었던 것이다. 품이 넓은 긴바지에 조끼, 서지 코트라는 부잣집 심부름꾼 같은 차림새의 남자였는데 가까워지고 보니 아는 얼굴이었다. 청어절임이잖아.

"부르셨습니까, 나리?"

넉살 좋게 인사까지 하는 것이 영락없는 하인 모습이라 막시민은 갑작스러운 연극에 초대된 사람처럼 뜨악한 표정이 됐다.

"넌 왜 이 꼴이야?"

청어절임은 곁에 선 이스핀을 흘끔대며 히죽히죽 웃었다.

"그야 중대한 임무를 맡아야 하니 적절한 옷차림을 갖추도록 하라고 이쪽 나리께서 저에게 30엘소라는 큰돈을 쥐여주고는 뒷거리 옷집에 보내셨기 때문이죠. 이만하면 되겠습니까? 어떠세요?"

아까 이스핀이 늦게 도착했던 이유가 이것 때문이었던 모양이었다. 이스핀은 턱을 괴며 청어절임을 위아래로 훑어보더니 한쪽 눈썹을 찌푸렸다.

"옷은 웬만큼 됐는데 머리가 문제네. 너무 텁수룩해. 좀 자르자."

"아이고, 이발소에 가라굽쇼, 나리? 그런데 옷값이 어떻게나 비싼지 벌써 주머니가 달랑달랑하는뎁쇼?"

변신에 능숙한 인간답게 어느새 말투도 능청스러운 하인이었다. 그러는 꼴이 어쩐지 거슬린 막시민이 이스핀을 돌아봤다.

"하인은 왜 필요한 거냐? 강연에 하인은 입장이 안 된다며."

"고고미술학 아카데미라는 곳에 편지 보낼 거 아니야? 네 친구라는 칼츠 씨, 부자라며. 그럼 부잣집 하인처럼 차려입은 사람을 보내야 진짜 같겠지."

"내가 뭘 하려고 했는지는…… 아니, 됐다. 편지는 보내려던 거 맞는데, 여기 근처에 무슨 최신식 우편 사무소가 있다지 않았냐? 사흘이면 닿는다던데."

"사흘 멋지네. 그런데 부자들은 그런 거 안 써. 그냥 하인 보내지."

확신 어린 말투에 막시민이 미심쩍은 표정을 짓자 청어절임이 거들었다.

"그 말씀이 맞죠. 귀족 나리들 눈에는 놀고먹는 하인이 저택에 수두룩한 것처럼 보이거든요. 누군지도 모르는 배달부한테 편지를 맡길 일이 없죠."

이스핀이 청어절임을 힐끔 봤다.

"웬일로 너랑 나랑 의견이 같고 난리지. 그나저나 이발소는 어디 있는데?"

"오는 길에 하나 봐뒀지요."

청어절임이 앞장서고 둘도 뒤따라 큰길을 따라 내려갔다. 호텔 위로 해가 비스듬해지는 시각이었다. 그랑도프 호텔 근처에는 새로 들어선 가게가 많아 최신 유행을 구경하는 재미가 있었다. 그런 거리를 걷다가 안쪽의 좁다란 골목으로 접어든 세 사람은 이윽고 2층에 있다는 이발소 간판 앞에 멈춰 섰다. 이발 및 면도. 15엘소.

청어절임이 "우와, 번화가라 그런가 되게 비싸네"라고 중얼거리자 이스핀이 말했다.

"그러네? 야, 사무실로 가자. 내가 대충 잘라줄게."

"네? 직접 잘라주신다고요?"

청어절임은 저도 모르게 제 목을 쓰다듬으며 목에 뭐가 걸린 듯한 소리를 냈다. 이스핀이 한쪽 입꼬리만 올리며 씩 웃었다.

"너 내가 날붙이 다루는 솜씨 알지? 그까짓 머리쯤이야."

"아니 저기, 제가 잘라야 하는 건 머리카락이지 머리가 아닌뎁쇼……."

반짝이는 놀이터의 두 사람

대망의 강연일.

새파랗게 화창한 날이었다. 게다가 휴일이었다. 거리에는 사람이 넘쳐날 예정이었다. 그랑도프 호텔 앞은 말할 것도 없을 것이다.

어제, 벨로치 남작부인의 켈티카 대리인인 고고미술학 아카데미에 다녀온 청어절임은 칼츠가에서 온 하인이라고 하자 사람들이 허둥지둥하던 이야기를 낄낄대며 해주었다. 점잖던 사람들의 눈빛 속에 갑자기 돌개바람이 몰아치더라나. 당장 내일 진행되는 행사에 갑자기 주최자의 손자라는 귀빈이 온다니, 이게 무슨 날벼락이야!

막시민이 눈을 한 바퀴 굴리며 감상을 말했다.

"그 녀석이라면 어딜 가든 날벼락으로 대접받아 마땅하다."

날짜에 여유를 두지 않고 하루 전에 청어절임을 보낸 이유도 실은 그것 때문이었다. 일찌감치 전갈을 했다면 틀림없이 가장 좋은 특별석과 거창한 예우를 준비할 테고, 어쩌면 내빈에게 인사말이라도 하는 순서가 마련될지도 모른다. 하지만 이쪽에서는 문제의 루시안 칼츠를 지참할 예정이 없었으므로 그런 준비를 하게 되면 저쪽도 곤혹스럽고 이쪽도 난처해진다. 그러므로 청어절임은 이스핀이 그럴듯하게 만들어준 대사를 그대로 읊었다.

"도련님께서 좋은 자리나 의전은 필요 없다고 전하라 하셨습니다. 원체 그런 것을 좋아하지 않는 소탈하고 격의 없는 도련님이시기도 하고요. 친구분의 호기심 때문에 갑작스러운 방문을 결정하신 터라 아카데미의 여러분께 폐를 끼치는 일은 피하고 싶다고 거듭 말씀하셨습니다. 친구분께 강연을 구경시켜드리고 지인 몇 분과 인사만 나눈 뒤 조용히 돌아가실 예정이므로 주최 측 외에는 방문을 알리지 말아달라는 각별한 당부 또한 계셨습니다. 좌석도 눈에 띄지 않는 곳으로 해달라는 분부이십니다."

사교계의 인물이 아닌 아카데미의 회원들은 루시안 칼츠를 만나본 적이 없었다. 벨로치 남작부인의 손주가 열두 명도 넘는데다 그중에서도 칼츠 가문은 본거지가 남부여서 어떤 인물인지 소문으로도 전해 듣지 못한 모양이었다. 다만 귀족이 아니다 보니 예절에 얽매이지 않는다는 주장은 납득하기 쉬웠을 테고, 청어절임이 보기에도 대략 말귀를 알아들은 것 같더라고 했다. 그런데 뜻밖으로 그들은 이런 질문을 해왔다.

"같이 오신다는 친구분은 어느 가문의 자제분이신가?"

눈치로 반평생을 보내온 청어절임은 뭔가 어마어마하게 느껴지는 대답을 해야 하는 시점이라고 판단했다.

"아, 막시밀리앵 드 플레상스 경께서는 네냐플에서도 이름난 수재이시고, 어, 또, 어느 위대한 대마법사님의 수제자이시기도 하죠."

칼츠가의 하인 역할을 맡은 청어절임에게 모시는 도련님이 어떤 분인지 최소한의 설명을 하지 않을 수 없어 네냐플 이야기를 꺼내고 만 것이 패착이라면 패착이었다. 막시민이 네냐플 학생임을 알게 된 청어절임과 데보라는 같은 소식을 처음 들은 코츠볼트의 농부들이 보였을 법한 반응을 눈앞에서 보여주었다. 말 그대로 입이 딱 벌어졌달까.

"우와……."

그후로 데보라는 자신은 마법사가 아니라고 말하기 시작했으며 청어절임은 한층 고분고분해졌는데 그야 아무리 똑똑하다 한들 탐정보다는 마법사가 겁나기 마련인 것이다. 어쩐지 마법으로는 꺼져가는 잿불도 되살리기 싫어하는 것 같긴 하지만. 그리고 확실히 말해두지만, 막시민은 그들 앞에서 쥬스피앙의 이름을 꺼낸 일이 단 한 번도 없었다. 그런데도 웬 대마법사가 등장하게 된 것은 순전히 청어절임 이놈이 제멋대로 스토리텔링에 골몰한 탓밖에 없었다.

이런 식으로 지나치게 밝혀진 신분 때문에 슬슬 심볼리온의 추적이 걱정되었지만 이미 엎질러진 물이었다. 필요한 일을 해치우고, 그리고 5000엘소도 갚고 빨리 사라지는 수밖에 없었다.

또 하나 필요했던 일은 식당 예약이었다. 그날 길 건너 모퉁이에 서서 오랫동안 관찰한 결과 그랑도프 호텔의 정문을 실랑이 없이 통과하는 가장 좋은 방법으로 선정되었기 때문이다. 즉, 약간의 찻값을 들이면 이스핀까지 자연스럽게 들어갈 수 있다. 물론 이스핀은 강연장에 가지 않을 예정이었지만 혹시 모를 돌발 사태가 벌어질 경우 탐정 나리를 낚아채어 사라질 수 있도록 1층에 머무르는 것은 나쁘지 않은 계획 같았다.

그리하여 데보라를 제외한 세 사람이 호텔에 들어가 한바탕 연극을 벌일 준비는 끝났다. 강연이 시작된다는 오후 4시보다 조금 일찍 도착하기 위해 마차도 여유 있게 불러두었다. 이스핀만 도착하면 출발인데 웬일인지 늦어지는 중이었다.

네냐플산 수제 코트를 차려입은 멀끔한 신사, 그리고 머리가 지나치게 짧은 부잣집 하인으로 변신한 막시민과 청어절임이 어쩐지 긴장한 채로 마주앉아 시계를 흘끔대고 있을 때였다. 상대적으로 여유롭던 데보라가 혹시나 하고 창밖을 내다보았다가 갑자기 소리를 질렀다.

"우와!"

"왜 그래?"

나머지 둘도 창가로 다가갔지만 그들은 별다른 문제를 발견하지 못했다. 두 사람의 눈에는 그들이 불러둔 마차, 어느 귀족의 것으로 보이는 고급 마차, 그리고 거기서 방금 내린 듯한 파란 드레스의 귀공녀밖에 보이지 않았기 때문이다.

어느새 입구로 달려가 문까지 열어놓은 데보라가 재촉했다.

"빨리 내려들 가봐요!"

"뭐야? 뭔데?"

데보라가 몰아대는 바람에 뭔가 문제라도 생겼나 싶어 막시민과 청어절임은 서둘러 계단을 내려갔다. 먼지 쌓인 플로레좋을 통과해 거리로 나와 두리번대던 둘은 곧 그 자리에 세워놓은 조각상들처럼 얼어붙었다. 흰 레이스와 자수로 장식된 담청색 드레스에 연갈색 담비 숄을 두르고 청록색 모자를 비스듬하게 쓴 귀공녀가 그들을 빤히 보고 있었는데 얼굴이…… 이스핀을 닮았네.

"야, 너 이거 뭐야?"

간신히 정신을 차린 막시민이 그따위 첫마디를 던지자 이스핀이 코웃음으로 응수했다.

"그럼 그랑도프 호텔의 식당에 가면서 내가 뭘 입고 올 거라고 생각했는데?"

옆에서 청어절임이 더듬거리며 말을 받았다.

"그게, 물론 그렇긴 하지만, 그렇다고 이렇게까지……."

……할 필요는 있었다. 며칠 전 호텔을 처음 구경하러 갔던 날 내부도 볼 수 있으리라고 기대했던 이스핀은 그날 입었던 옷으로는 정문을 통과하지도 못한다는 것을 깨닫고는 낙심해서 호텔을 드나드는 사람들의 차림새를 면밀히 봐두었다. 이 정도로 힘주어 차려입으면 이름이 페터 바우어일지라도 매끄럽게 통과할 수 있고말고.

옷차림뿐이 아니었다. 미리 불러둔 마차가 떠나가는 것을 본 두 사람이 놀라 허둥지둥 손을 뻗는데 이스핀이 제지했다.

"그럴 필요 없어. 내가 돌려보낸 거니까. 우린 이걸 타고 갈 거야."

"이걸?"

"넌 귀족이 전세 마차 타고 나타나는 것 봤니?"

이것이란 물론 이스핀의 뒤에 세워진 근사한 마차였다. 얼굴이 비치는 게 아닐까 싶을 정도로 매끄럽게 손질된 검은 외관에 빨갛게 칠한 축과 살대, 파란색과 보라색, 금색이 어우

러진 화려한 좌석을 보건대 이만하면 까다로운 문지기 선생도 달려오며 절을 하려다가 앞구르기를 할 것 같았고…….

다시 말해 눈에 확 띄는 마차였다. 귀족들 중에서도 최신 유행에 민감한 사람들이나 선택할 법한 마차를 턱 하니 몰고 나타나다니. 문전박대의 원한이 그렇게 깊었냐고.

"이런 건 어디서 집어 왔냐?"

"빌렸어. 빨리 타."

시간이 없었으므로 어물어물 마차에 오르려 하는데 이스핀이 손을 내미는 시늉을 해 보이며 막시민을 쳐다봤다. 이게 뭐더라…… 하고 미심쩍은 표정을 지으려던 순간, 전생의 기억인가 싶은 장면이 불쑥 떠올랐다. 오래전 네냐플로 처음 떠나던 날, 그때까지만 해도 거슬리는 감시꾼이었던 티치엘이 마차에 오르려 하자 아르님 소공작이 자연스럽게 손을 잡아 주던 장면이었다. 그때 자신은 티치엘이 거창한 드레스를 입은 것도 아닌데 왜 부축해줘야 하는지 모르겠다고 생각했는데 그건 출발 직전에 티치엘이 만들어 온 괴상한 맛의 약을 삼켜야 했기 때문에 치밀었던 악감정 때문이었을지도 모르고…….

"……."

그날의 기억이야 어떠했든 이스핀이 굳이 이런 걸 시키는 이유쯤은 알아차릴 머리가 있었다. 지금부터 우린 이쯤은 자연스럽게 해내야 하는 곳으로 간다는 거겠지. 막시민은 신경질적으로 눈을 몇 번 깜빡이고 나서 한 발짝 물러나 손을 내밀었다. 이스핀은 가볍게 미소로 응답하려 했으나 막시민의 얼굴을 보자마자 폭소가 터지려 해서 시선을 돌리고 말았다. 비록 동작은 비슷했을지 몰라도 갈색 쥐를 막 사람으로 바꿔놓은 듯 어색한 표정만은 감춰지지 않았기 때문이다. '이 정도면 적당한 인간 팔걸이가 된 거 같으니 정체는 캐묻지 마쇼.'

하지만 이스핀은 웃음을 터뜨리지 않았고 뒤따라 탄 막시민도 마찬가지였다. 이어 청어절임까지 일생일대의 엄숙한 표정으로 올라타고 나자 문이 닫히고 마차는 출발했다. 3층에서 목을 빼고 구경하던 데보라만이 배를 잡고 웃어댈 자유가 있었던 유일한 사람이었다.

"드레스는 돌아가신 노마님의 옷장에서 살짝 빌려 온 건데 너무 힘이 들어가긴 했지만 내 몸에 맞을 만한 게 이것밖에 없더라고. 그리고 마차는, 내가 섬기는 분께서 유행에 휩쓸려 마련하셨던 건데 금세 취향이 바뀌는 바람에 팔아버릴 생각으로 창고에만 두셨다나 봐. 그래서 반나절만 빌리기로 했어. 가문의 문장도 이미 떼어버려서 딱 좋았지. 마부는 전세 마차 모는 사람 중에 하나 구했고."

"그런 걸 비서한테 잘도 빌려주네요. 엄청 신임을 받으시나 봐요."

청어절임이 고개를 갸웃대자 이스핀이 턱을 까딱거렸다.

"뭐…… 내가 예전에 그분의 목숨을 구해드린 적이 있거든."

"아! 그렇군요. 그럴 만했네."

청어절임이 보는 이스핀은 남의 목숨을 열둘쯤 구해줬다가 다시 아홉쯤 위기에 빠뜨릴 재주가 충분했으므로 그런 사연이 놀라울 것은 없었다. 막시민은 대충 둘러대나 보다 했지만 사실 이스핀은 예전에 콜레트가 슈니발트 백작과 결혼하기로 했을 때, 아니 이미 결혼해버린 채로 오를란느에 돌아왔을 때 분노한 구혼자의 음해에 휘말려 나라의 중대한 비밀을 누설했다는 누명을 쓰고 감옥에 갈 뻔한 것을 구해준 적이 있었다. 이어 분노한 멍청이에게 적당한 혼처를 소개해주자 문제는 해결되었다.

창밖으로 최신식 상점들이 하나둘 나타나기 시작했다. 금색 글씨를 새긴 간판들이 스쳐가고 신년을 알리는 알록달록한 깃발들이 나부낀다. 왕의 은총을 뜻하는 작은 종을 매단 측백나무 가지들이 입구마다 꽂혀 있다.

반들반들 고운 내장재에 푹신한 좌석은 천상의 감촉이고 승차감마저 안락한 마차에 앉아 그런 풍경을 내다보자니 모든 상점의 물건들이 선뜻 살 만해 보이고, 차려입고 거리를 걷는 사람들은 아랫사람인 양 만만해 보인다. 청어절임은 별 생각 없이 신나하는 얼굴이었지만 막시민은 어딘가 모르게 굳어져서 평소 같지 않았다. 다른 사람 노릇이야 한두 번 해본 것이 아니니 새삼 겁을 먹을 것도 없을 텐데, 이 마차와 이스핀이 차려입은 근사한 드레스가 일으킨 앙상블이 그의 평정을 어지럽힌 까닭이었다. 이건 진짜 귀족의 분위기였다. 왕실에 드나들 법한 고위 귀족 말이다.

이번 시나리오를 구상했을 때까지만 해도 막시민이 설정한 자신의 역할은 루시안의 친구인 중산 계급의 신사 정도였다. 플레상스 경 역할을 제법 해보았으므로 그 정도까지는 무리가 없을 듯했다. 하지만 이스핀의 생각은 달랐던 모양이다. 이왕 그랑도프 호텔에 입장할 거라면 애매한 신분으로 미심쩍은 눈길을 끌기보다 당당히 드나들 만한 사람으로 분장하는 편이 오히려 기억에 남지 않는다는 건데, 나름 옳은 구석이 있는 판단이었다. 그리고 이스핀은 곁에서 구경한 것만으로도 진짜 귀족 노릇을 잘해낼 자신이 있는 듯했다.

하지만 막시민은 달랐다. 일단 사교계를 구경한 경력도 없다. 조슈아의 친구로 지냈어도 귀족다운 예절을 보여야 하는 자리에서 만난 일은 한 번도 없었다. 아니, 한 번은 있지만…… 그건 조슈아가 아니었지.

멀리 호텔의 파사드가 보이기 시작할 무렵 이스핀이 말했다.

"별거 없어. 내릴 때 손이나 잘 잡아주면 돼. 나머진 내가 알아서 할게."

막시민은 대꾸 없이 어깨만 으쓱해 보였다. 어떻게든 되겠지. 내릴 때가 되어가자 평소처럼 적당히 완벽을 포기했지만 자신이 긴장했음을 이스핀이 눈치챘다는 것만은 거슬렸다. 공작 가문의 성에서도 부스스한 머리로 하품이나 하며 걸어 다니던 주제에 새삼스럽게 뭐가 어쨌다는 거야. 그렇게 생각하면서도 무심코 다시 이스핀의 옆얼굴을 보게 된다. 새파란 보석 꽃잎을 두른 앵초 두 송이가 흰 목덜미에 그림자를 드리운 채 흔들리고 있다.

마차가 정문에서 조금 떨어진 곳에 섰다. 느긋한 오찬을 즐긴 사람들이 돌아갈 시각이었으므로 들어가는 마차는 많지 않고 나가는 마차만 줄을 이었다. 들고 나는 마차의 동선을 구분해놓은 것 또한 처음 보는 광경이었다.

매끄러운 찰칵, 소리와 함께 문이 열렸다. 막시민은 숨을 한번 들이쉰 다음 먼저 내려 손을 내밀며 이스핀을 올려다봤다. 이번에는 여유를 되찾아 침착한 얼굴로. 그런데 마차 밖으로 몸을 내미는 이스핀을 본 순간 또 다른 감각이 흠칫 몸을 휘감았다.

조금 전, 마차 안에 함께 있던 때까지만 해도 드레스만 입었다 뿐 평소와 똑같은 이스핀이었다. 체크 망토를 입었다가, 하늘색 치마를 입었다가, 비서 복장을 했다가, 드레스를 걸친

다 해서 다른 사람으로 바뀐다는 생각은 없었다. 넝마 코트와 곰팡이 핀 모자도 개의치 않던 사람답게 포장 속의 사람을 알아보는 눈썰은 있다고 생각했다.

그러나 지금 막시민의 손을 잡고 마차에서 내려선 이스핀은 달라졌다. 이런 말이 가능하다면, 다른 사람이었다. 드레스에 어울리는 모습이 되었지만 주변의 귀부인들과 비슷하느냐 하면 그것 또한 아니었다. 기품 있고 고상하고…… 그런 모습은 다른 귀족들에게도 있을 것이다. 그러나 어느 귀족도 지금의 이스핀처럼 '너는 나를 보아야 하지만, 감히 말을 걸 수는 없다'는 느낌은 아니었다. 그야 당연한 일이다. 여기는 엄숙한 자리도 아니고 전쟁터도 아니다. 다들 한가롭게 쉬거나 식사를 하러 왔을 뿐이다.

이스핀은 그렇지 않았다. 물론 그들 셋이 놀러온 것은 아니었지만 그렇다고 이 호텔을 정복하러 온 것도 아니지 않은가? 하지만 이스핀의 표정이며 움직임에서는 격전 끝에 막 굴복시킨 성을 둘러보러 올라온 지휘관의 미처 덜 가신 살기 같은 것이 감돌았다. 누가 섣부른 말을 꺼낸다면 지나치게 빠르게 생사를 결정해버릴, 절반 정도의 전투태세랄까. 지붕 위에서 검을 뽑아 들고 쏘아보던 때처럼.

막시민은 조금 당황하면서 생각했다. 귀족 노릇을 하기로 했다고 누구 목을 베러 온 것도 아닌데, 얘도 뭔가 헷갈린 것 아니야?

동시에 이런 생각도 했다. 귀족의 비서에게 이런 일이 가능한가? 이런 위압감이 흉내로도 만들어진다고?

"고마워요."

그때 평소보다 낮고 부드러운 이스핀의 목소리가 귀를 스치고 손이 가벼워졌다. 내려선 이스핀은 잠시 주위를 살폈는데 사람들이 자신의 존재를 알아차릴 만큼뿐이었다. 이어 느리지도 빠르지도 않은 걸음으로 기둥들을 지나쳐 우윳빛 대리석이 깔린 정문을 향해 걸어갔다. 오후 3시의 태양이 만든 기둥 그늘이 얼굴에 빛과 그림자를 번갈아 드리웠다.

다른 귀족에게 인사를 하고 있던 문지기는 저도 모르게 이스핀을 봤다. 주변에 있던 다른 귀족들도 무심코 그쪽을 돌아보게 되었다. 물론 그들은 이스핀을 알지 못했지만 어쩐지 알아봤어야 할 듯한 기분에 사로잡혀 머뭇거렸다. 연회의 주인이 나타나면 순식간에 분위기가 바뀌는 것을 수없이 경험해본 귀족들이었기 때문이다.

"저분은 누구시죠?"

"글쎄, 전에 어디서 뵌 듯도 합니다만……."

이스핀은 그들이 인사를 건넬 틈을 주지 않고 문지기 앞을 지나쳐 호텔 정문을 통과했다. 문지기는 뭘 물어볼 생각도 하지 않고 그저 정중히 절을 했다.

압도적인 로비가 그들을 맞이했다.

정말 마법 같은 일이네. 막시민은 속으로 혀를 차며 생각했다. 이스핀과 동행하자 호텔의 그 누구도 그들을 의식하거나, 미심쩍어하거나, 신분 확인차 말을 걸어오지 않았다. 그저 자연스러운 이곳의 일원이었다.

"그럼 잠시 후에 뵈어요, 슈발리에."

입구를 통과한 뒤로 묘하게 위압적이던 분위기가 사라진 이스핀은 식당 앞에 멈춰 서더니 약혼 사이인 귀족들처럼 가볍게 뺨을 맞대고는 막시민이 흠칫하기도 전에 돌아서서 안으로 들어갔다. 시종 역할을 맡은 청어절임은 하인 대기실로 가고, 혼자 남은 막시민은 잠시 허공을 보고 있다가 불쑥 쓴웃음을 지었다. 모든 상황이 뭐랄까, 너무 연극 같아 어딘가 현실감이 없게 느껴졌다. 구름 위로 반 뼘쯤 떠오른 채 걷고 있는 기분이랄까.

눈앞에는 팔십 개의 초와 삼백여 개의 크리스털이 매달린 샹들리에가 눈에 띄는 것만도 열두 개. 장밋빛과 우윳빛, 연갈색 대리석이 둥근 모자이크를 이루며 겹겹이 깔렸고, 흰 랑브리lambris에 아로새겨진 조각에는 모두 금을 입혔다. 천장과의 경계를 장식한 과일과 꽃, 이삭 그림은 은은한 진줏빛을 띠었다. 창마다 드리운 열푸른색의 두툼한 커튼에 새겨진 핀

치새들은 곧 날아갈 듯 정교했다.

귀족일지라도 처음 왔다면 경탄의 눈길로 두리번거릴 정도로 모든 것이 어딘가 비현실적인, 상상 속에서 튀어나온 아름다움을 자아내는 곳이다. 귀족들이 잘 꾸민 제집을 두고도 여기 와서 놀고 싶게 만들자면 이 정도는 해야 하겠지만 막시민은 약간 현기증을 느꼈다. 너무 달콤한 크림을 입에 넣었을 때처럼.

혼자 남아 처음 온 사람 티를 내고 있자 금세 웬 직원이 막시민 근처로 와서 말을 걸까 말까 하며 머뭇거리는 것이 느껴졌다. 그리고 막시민도 이런 상황을 빠져나가는 가장 유용한 방법을 쓸 줄 알게 되었다. 막시민은 품에 손을 넣었다가 빼더니 그자의 주머니를 툭 건드렸다.

"넣어둬."

뭔가가 주머니 안으로 미끄러져 들어가자 직원은 당연히 팁이겠거니 생각하며 표정을 싹 바꾸고 환영하는 미소를 지었다.

계속 멍하니 서 있으면 저런 자들만 접근해 올 것이 뻔했으므로 막시민은 12층으로 보내준다는 장치를 찾아 걷기 시작했다. 그러나 머릿속은 조금 전의 잔상으로 어지러웠다. 동시에 한 가지만은 분명하다고 느꼈다. 이제 받아들여야 했다.

이스핀은 귀족일 것이다.

지금까지도 이스핀이 평민 같진 않다고 생각해왔지만 확신은 없었는데, 그 이유는 막시민이 지금껏 진정한 의미의 귀족을 가까이에서 대해본 적이 없었기 때문이다. 그가 알고 지낸 몇몇 귀족들은 좋은 의미에서 귀족답지 않았다. 만약 그들이 오늘의 이스핀 같았다면 그들과 편안히 어울리는 것은 불가능했을 것이다. 그리고 물론, 어제까지의 이스핀도 그랬다.

하지만 이번에는 귀족이 어떤지 잘 모를지라도 상관없었다. 막시민처럼 예민한 관찰력을 가진 사람이라면 알 수밖에 없었다. 많은 사람을 발밑에 두어본 자만이 뿜어내는 특유의 압박감을. 이스핀의 이 모습이 가면이라면 지금까지 본 어떤 얼굴보다 어울리는 가면을 썼다고 해야 할 것이다. 이게 가면인지 지금까지가 가면이었는지 헷갈릴 정도로.

막시민의 추론은 옳았지만 그가 몰랐던 점도 있었다. 이 가면은 귀족으로 태어난다고 저절로 손에 넣어지는 것이 아니었다.

조금 전의 이스핀이 유독 위압적으로 보인 이유는 악의가 우글대는 붉은 카펫 위를 비틀대지 않고 꼿꼿하게 지나가기 위해 직접 만들어 두른 갑옷이기 때문이었다. 오를란느 사교계에서 어린 공녀를 만만하게 보고 덤벼 오던 자들을, 하나하나 칼로 찔러 승부를 내라고 했다면 차라리 쉬웠으리라. 그러나 그들 또한 장차 다스려야 할 자였기에 날카로운 날붙이도,

혀도 쓰지 않으면서 덤비지 말라는 신호를 전달하는 법을 익혀야만 했다. 그런 것이 처음부터 잘되었을 리 없다. 단지 거대한 연회장을 가로질러 걸어가는 것만으로 누구의 눈길을 끌고, 누구의 인사를 받고, 누구는 무시하고, 누구는 감히 말을 붙이지 못하게 하기 위해 몇 년이나 태도와 눈빛, 표정, 몸짓을 갈고닦았다. 품위 있는 몸가짐 밑에 에투알로 훈련받으며 획득한 살기가 깔린, 독특한 배합의 가면이 만들어질 때까지.

다만 누군가가 알았다면 웃음을 터뜨릴 만한 사실은 이 순간의 이스핀이 고작 호텔 문지기에게 무시당하지 않겠다고 결심했을 뿐이라는 점이었다. 오랜 훈련의 결과 나이프를 쥐자 저도 모르게 최적의 각도로 찔러 넣고 만 것처럼. 상대는 빵인데. 문지기는 깨닫지도 못하는 사이에 오를란느 공녀로부터 일생일대의 황송한 대우를 받은 셈이었다.

사람들이 삼삼오오 모여 선 곳을 발견한 막시민은 저기가 문제의 '상층행 캐비닛'이라고 생각하고는 다가갔다. 사람들 틈을 기웃거려보니 열린 문 안쪽에 장롱 두 짝보다는 좀 큰 공간이 있는 듯했는데 저게 어떻게인가 해서 사람을 위층으로 보내준다는 거지? 12층까지 걸어서 올라가고 싶은 사람은 없을 테니까.

잠시 후, 기묘한 소음과 함께 캐비닛의 안쪽 문이 열렸다.

문 너머에는 테두리에 금빛 에나멜 세공을 두른 꽃무늬 의자 두 개가 놓여 있었다. 막시민은 의아해졌다. 그냥 거실 한쪽에 놓이곤 하는 그런 의자 아닌가?

그때였다.

"막군! 거기 있었구나!"

막시민은 소리가 들려온 쪽을 미처 돌아보기도 전에 눈을 크게 떴다. 옷차림만으로 쫓아낼 사람을 찍어내는 이 비현실적으로 우아한 홀에서, 누가 쳐다보든 말든 큰 소리를 내고 심지어 저런 이름으로 그를 부를 사람은 이 세상에 단 한 명뿐이었다. 그 사실을 깨닫자 등골이 서늘해지며 머리끝까지 쭈뼛해졌다. 대체 무슨 일이 벌어진 거지? 자신이 소환하고 말았단 말인가? 날벼락을, 단지 이름을 부르는 것만으로?

막시민은 몸을 홱 돌려 그쪽을 봤다. 빠른 걸음으로 다가오는 목소리의 주인공을 보자 그렇지 않아도 머리를 어지럽게 하던 비현실감은 두 배가 되었다. 자신도 모르는 사이에 마법을 부리기라도 한 기분이었다. 모자 속에서 종이꽃이나 꺼내려 했는데 토끼가…… 아니, 이름만 준비했는데 사람이 튀어나왔네?

하지만 현실이었다. 모자에서 튀어나온, 아니 눈앞에서 싱글거리고 있는 젊은이는 담비 털이 트리밍된 겨울용 펠리스 안쪽에 진한 남색의 매끈한 새틴 코트, 흰 브로케이드 조끼,

최신 유행의 시폰 플리츠 크라바트를 맨 완벽한 상류 계층의 귀공자, 루시안 칼츠였다.

친절한 난장판

"너 여기서 뭘……."

"놀랐지? 그치? 우와, 내가 막군을 놀라게 했다! 내가 어째서 나타났는지 궁금하지? 궁금해죽겠지? 맞혀봐라?"

루시안은 기대에 찬 얼굴로 키득키득 웃어댔다. 자신의 장난이 적중했을 때면 늘 그렇듯 흥분해서 눈, 코, 입이 한시도 쉬지 않고 바쁘게 움직인다. 겉모습만 보자면 이 호텔과 누구보다 잘 어울릴 귀공자이지만 입만 열면 놀이터에서 마주친 아홉 살짜리이고, 무엇보다 남들이 쳐다보든 말든 신경도 쓰지 않는 대범함에 막시민이 오히려 살얼음판을 걷는 기분이었다. 어쨌든 막시민은 남들의 이목을 끌지 말아야 할 이유가 있었으니까.

"난 모르겠다. 내가 기우제를 지낸 것 같다는 사실 말고는."

막시민이 이러한 마술을 부리게 된 데는 그로서는 상상할 수 없었던 이유가 있었다. 그가 교수들의 도움으로 플레상스 경이 되어 네냐플을 떠난 후로 벌어졌던 일들은 이러했다.

막시민이 갑자기 사라지고 교수들은 물론 쥬스피앙조차 아무 정보를 주지 않자 친구들, 그러니까 티치엘과 보리스와 루시안은 막시민에게 뭔가 위험한 일이 벌어졌다고 판단했다. 그들의 첫 번째 행동은 조슈아를 찾아가는 것이었다. 조슈아라면 뭔가를 알고 있거나, 모른다 해도 막시민의 안전을 위해 소공작이 가진 돈과 권력을 충분히 써주리라고 확신했기 때문이다.

그러나 그들은 연극 연습을 위해 어디론가 떠났다는 조슈아를 찾아내는 데 실패했다. 대신 막시민이 심볼리온의 수배자가 됐다는 뜻밖의 소식을 접하게 되었다. 놀란 세 사람은 서둘러 네냐플로 돌아왔지만 네냐플은 이미 전교생을 내보낸 채 폐쇄되어 있었다. 그리고 짐도 제대로 챙겨 나오지 못한 셋을 건져 가기 위해 한 사람이 기다리고 있었다. 쥬스피앙이었다.

"여기로 돌아올 줄 알았지."

세 사람은 쥬스피앙의 힘으로 어딘지 모를 풍경 좋은 산비탈의 오두막 같은 곳으로 단숨에 보내졌다고 했다. 어찌나 고급스러운 마법이었는지 눈 한번 깜빡이고 나니 낡아빠진 오두막 안에 둘러앉아 있었다는데 흔한 어지럼증조차 없어서 순간 이동이 아니라 환각이나 꿈이 아닌가 헷갈렸을 정도였다. 다행히도 그들은 셋이었기에 서로에게 꿈이 아닌지 물어볼 수가 있었다. 나중에 보리스는 사후 세계가 아닌가 의심했다고 말했다.

쥬스피앙이 그들을 납치하다시피 한 이유는 심볼리온의 마법사들이 막시민을 알 법한 학생들을 찾아내기 위해 네냐플 근처를 맴돌고 있었기 때문이다. 대마법사께서 굳이 직접 납신 것은 그들 중에 사랑하는 딸 티치엘이 있었기 때문이겠지만, 실은 좀더 중대한 이유가 있었다. 귀책이었다. 쥬스피앙 자신도 그 점을 명확히 인식하고 있었다. 비록 말은 이렇게 했지만.

“빌어먹을 낙제왕 놈에게 너무 근사한 구경을 시켜주는 바람에 귀찮은 일이 잔뜩 생겼지만, 나름 소득도 있어서 말이야. 아주 쓸데없는 짓은 아니었다.”

그 오두막에서 셋은 드디어 막시민에게 무슨 일이 생겼는지 알게 되었다고 했다. 과연 쥬스피앙은 어디까지 알고 있는가? 막시민은 그 점이 몹시 궁금했지만 루시안은 “넌 다 알지?”라는 말로 중요한 설명을 생략하더니 근사하게 낡아빠진 오두막은 야영 여행에 제격이었고 다 같이 장작을 모으러 산

비탈을 돌아다닌 사연과 저녁에는 감자 수프와 감자 부침을 만들어 먹었는데 맛이 좋았고 양이랑 개도 몇 마리 있으면 양치기 놀이를 할 수 있을 것 같아서 부탁해봤는데 거절당했다 등등의 이야기만 신나게 늘어놨다. 쥬스피앙이 애들을 데리고 왜 그런 놀이를 했는지 의아했지만 처음 만났던 때를 떠올리니 어쩐지 알 것도 같았고…….

"……그러더니 우리한테 이대로 한 달쯤 여기서 사는 건 어떠냐는 거야. 난 바로 좋다고 했지! 하지만 보리스는 사양하더라고. 그리고 나도 다시 잘 생각해보니까 티치엘이 없으면 곤란할 것 같았어. 티치엘을 데리고 가버리면 대마법사님이 우리한테 신경도 안 쓸 거 아니야?"

뭔가 중간에 많은 설명이 생략된 듯한 결론이었지만 루시안은 늘 그렇듯 핵심만은 놓치지 않았다. 그래, 네 말이 맞다. 쥬스피앙이 티치엘을 데려가고 나면 거기 남은 너희 둘은 겨울옷에 넣어둔 동전 두 개처럼 잊히는 거지. 설득에 실패한 쥬스피앙이 팔짱을 끼고 노려보며 구시렁대는 모습이 안 봐도 보이는 듯했다. 가만히 보면 여자애 하나, 남자애 둘이 모이면 영 다루기 힘들더란 말이야. 내용물은 바뀐 것 같지만, 하여튼.

"그럼 달리 갈 데를 골라보든가. 집은 말고. 평소 안 가던 곳으로. 심볼리온 놈들은 이미 너희 셋을 찾고 있어. 지난번에 마주쳤을 때는 너희를 몰랐지만 이제는 아니거든. 물론 그 놈들이 너희를 납치하거나 해치지는 않겠지만 너희 머릿속에는 정보란 게 있지. 그리고 그놈들은 마법사야. 성벽이나 창칼 따위로는 놈들을 못 막는다. 지금 필요한 건 그놈들과 마주치지 않는 거야. 대략 이 방학이 끝날 때까지는."

막시민은 문득 쥬스피앙의 집을 생각했다. 자신도 한때 그 안에서 안전하게 지내지 않았던가? 그때 루시안이 막시민의 생각을 읽은 것처럼 말했다.

"우리가 좋은 생각을 못 해내니까 티치엘이 '그냥 우리집으로 데려가면 안 돼요?'라고 했거든? 와, 대마법사의 집에 놀러갈 기회였는데! 하지만 대마법사께서 안 된다고 하시더라고. 이유도 안 가르쳐주고 그냥 안 된대. 내가 억울해서 친구가 초대해줬는데 왜 못 가냐고 막 물어보니까 엄청 귀찮아 했는데 결국 알아내긴 했어. 보리스 때문이래. 보리스의 검말이야. 그걸 집에 못 들여놓는대."

뭔가가 궁금할 때의 루시안은 평소보다 백 배로 집요해지는데 이번 일로 쥬스피앙조차 이길 정도임이 판명되었다.

"하여튼 대마법사님은 우리가 여기서 지내지 않을 거면 일단 흩어져야 한다고 했어. 그래야 마법사들이 우릴 찾기가 힘들다나. 보리스는 자긴 어딜 가든 별문제 없으니 그냥 아무데나 보내달라고 그러더라고? 우와, 완전 멋지지. 하지만 난 그렇지 못하니까 켈티카로 가는 게 제일 좋다는 결론이 났어. 켈티카에 있으면 마법으로 사람을 못 찾는다나? 그리고 내가 갑자기 사라지면 우리 엄마 아빠가 너무 놀랄 거 아니야. 그래서 난 집으로 하인을 보낸 다음에 켈티카로 가고, 보리스는 좀 시차를 두고 천천히 켈티카로 오기로 하고, 티치엘은 뭐, 대마법사님이랑 같이 갔지."

그렇게 출발한 루시안이 켈티카에 도착한 지는 대략 이레가 되어간다고 했다. 칼츠 저택이 아닌 다른 거처를 택한 것까지는 좋았다. 하지만 루시안은 누군가의 감시 없이 은둔 생활을 해낼 수 있는 성격이 아니었고, 사흘 정도는 어떻게 버텼지만 그사이 나가도 괜찮은 이유를 열 가지쯤 개발한 다음 나흘째 밤부터는 친구들도 만나며 놀았다. 그리하여 루시안이 켈티카에 왔음을 알게 된 사람들이 생겼고, 소문은 알음알음 퍼져 어젯밤 어느 가문의 하인이 칼츠 저택을 찾아오는 상황이 벌어졌다. 루시안이 팬지 파빌리온의 강연에 간다는 소식을 전해 들었는데 거기서 만날 수 있겠느냐는 전갈을 갖고서.

하지만 칼츠 저택의 하인들은 지시받은 그대로 대답했다.

"도련님은 켈티카에 계시지 않습니다."

당황한 심부름꾼은 전갈만을 남기고 돌아갔다. 다음날 루시안은 그 전갈을 전해 받았지만, 내용을 보고는 어리둥절해졌다. 내가 그랑도프 호텔에서 열리는 강연에 친구를 데리고 가기로 했다고?

"그런데 거기에 막시밀리앵이라는 이름이 적혀 있는 거야! 네냐플 다니는 친구 막시밀리앵! 그게 누구겠냐고! 난 여기 오면 널 만날 수가 있다는 걸 바로 눈치챘지. 얼른 옷 차려입고 오는 동안 완전 신났잖아. 켈티카에 온 뒤로 재밌는 일은 하나도 없었는데 드디어 재밌는 일이 생겨서! 왜냐면 나 너한테 해줄 얘기 엄청 많거든! 지금도 했지만 그거 말고도 아주 많아!"

막시민은 목소리를 낮추라고 손짓하며 나직이 말했다.

"……야, 쥬스피앙 님의 말대로라면 넌 여기 와서 날 만나면 안 되는 것 아니었냐."

"어, 그것도 그렇긴 한데 그래도…… 내 도움이 필요하니까 내 이름 쓴 거 아니야? 말만 해! 다 도와줄게! 그나저나 여긴 뭘 하러 왔는데?"

"……."

심볼리온의 추적을 피하기 위해 흩어진 주제에 심볼리온이 노리고 있는 장본인을 만나겠다고 달려오다니. 대체 왜 켈티카까지 와 있는지 알긴 하느냐고 따지고 싶었지만 막시민은 말을 삼켰다. 루시안의 부주의함에 화를 내기에는 친구들이 사방팔방 흩어져 이런 불편을 겪게 된 것부터가 자신 탓이었다. 그런데도 "말만 해! 다 도와줄게!"라고 하는 녀석한테 왜 이렇게 생각이 없냐고 화를 낼 만한 뻔뻔스러움은 막시민에게도 없었다.

물론 쥬스피앙이 이 상황을 알았다면 펄펄 뛰었겠지만 원하는 것이 있으면 어떻게든 이유를 만들어내고 마는 루시안을 상대로 어떤 행동은 해도 되고 어떤 행동은 하면 안 되는지 일일이 목록이라도 적어주셨어야 했는데 잠깐 만나봐서 거기까지는 모르셨겠죠……라고 한때 쥬스피앙을 이긴 전적이 있는 막시민은 생각했다. 동시에 다른 부분이 신경이 쓰였다. 쥬스피앙에게 이번 일에 대한 책임이 있긴 한데, 막시민 한 명을 심볼리온에 끌려가지 않게 하기 위해 네냐플 교수들에 이어 쥬스피앙까지 발 벗고 나설 정도란 말인가? 스승들의 하해와 같은 은혜에 눈물이 앞을 가리……는 문제가 아니라 여기에는 막시민이 모르는 다른 심각한 문제가 섞여 있는 게 아닐까?

그리고 사정을 들어보니 루시안이 진짜로 달려오지 않았더라면 거짓말도 들통날 뻔했다. 루시안이 켈티카에 멀쩡히 와 있음을 아는 사람들이 강연장 곳곳에서 출몰해 말이라도 걸어왔다면? 일이 이렇게 풀릴 것은 계산에도 없었기에 막시민은 등골이 서늘해지는 것을 느끼며 생각했다. 앞으로 루시안의 이름을 함부로 써먹는 것은 진짜로 자제하자고. 루시안의 이름을 불러 루시안을 소환한 꼴이 아닌가.

어쨌든 계획은 전면 수정이 불가피했다. 등장시킬 예정이 없던 루시안이 나타났으니 주최자의 손자 자격으로 당당히 들어가 한 자리 차지하고 앉으면 될까? 하지만 간만에, 그것도 남의 눈이 신경쓰이는 자리에서 마주치고 보니 루시안을 계획대로 움직이게 한다는 것은 망아지를 데리고 티 파티에 가는 거나 다름없는 과제임이 실감났다. 위대하신 쥬스피앙께서도 이 녀석을 켈티카까지 가게 할 순 있었어도 놀러 나가지 못하게 하지는 못했던 것이다.

"어, 그렇게 말해줘서 정말 고맙다. 자세한 설명을 할 시간이 부족한데 일단 난 여기서 어떤 사람을 만나야 돼. 그러려면 강연장 안에 들어가야 하고, 들어가자면 네 도움이 필요하지. 그런데 날 도와주자면 기억해야 될 게 몇 가지 있어. 첫째로 여기서는 날 막시밀리앙 드 플레상스라고 불러야 된다. 네 친구인 건 맞고, 또……."

"우와! 이제 막군 이름이 소공작보다 더 멋있어!"

"……."

둘이 몇 마디를 더 나눴을 때 막 10층에 도착한 캐비닛이 텅, 소리를 내며 흔들렸으므로 막시민은 하던 말을 멈추고 턱과 목과 어금니에 저도 모르게 힘을 주었다. 이 상층행 캐비닛이라는 시설의 정체는 마법으로 일시적으로 무게를 줄인 캐비닛을 케이블로 끌어올리는 것이었다. 캐비닛 안의 꽃무

늬 의자에 앉아 있는 동안 지나치게 가벼워진 캐비닛은 흔들흔들하며 10층까지 올라가 멈췄고, 밖에서 문을 열어주면 나오면 되었다. 다시 말해 캐비닛을 매단 쇠줄인지 밧줄인지 모를 것에 목숨이 매달려 있지만 보이지도 않고 손쓸 방도도 없다는 뜻이다. 이러한 방식은 막시민의 취향과 조금도 맞지 않았다. 대체 뭘 믿고 이런 걸 타지? 갑자기 마법이 풀리지는 않나?

이걸 위해 호텔에 마법사가 상주하고 있다는 것도 놀라웠지만 그렇게 비용을 들인 주제에 올라가는 데 거의 십 분이나 걸린다는 것도, 그래놓고 10층까지만 간다는 것도, 그래서 다시 두 층은 걸어서 올라가야 한다는 것까지, 모든 면에서 이상한 시설이었다. 10층에서 멈춘 이유는 8층 가는 사람의 편의도 조금 생각했기 때문일지도 모르지만 막시민의 관점으로는 처음부터 호텔을 12층까지 만들지 않으면 모든 문제가 깔끔히 해결된달까.

그런 것을 거만한 귀족들이 아무 불만도 없이 타고 다닌다는 것이야말로 최대의 수수께끼라는 생각을 하며 캐비닛 밖으로 나왔을 때 루시안이 물었다.

"어땠어?"

"뭐가? 네 얘기?"

"아니, 이 캐비닛. 엄청 멋지지 않아?"

막시민은 방금 타고 온 캐비닛과 비슷한 속도로 고개를 돌려 루시안을 봤다.

"너, 이게, 마음에, 든다는 거냐?"

"응! 신기하잖아! 걸어서 올라갈 필요도 없고! 흔들흔들하는 것도 재밌고! 우리 바깥 풍경도 내다보자. 아참, 12층이 더 높으니까 전망도 더 좋겠지?"

이런 관점 차이는 어디서 발생하는 걸까. 돈? 자신감? 안전 불감증? 심지어 루시안은 당장 12층으로 뛰어 올라갈 기세였으므로 막시민은 친구의 팔을 붙들었다.

"안 돼. 여기서 기다려. 강연이 시작될 때까지는 눈에 띄면 안 돼."

"왜?"

"주최 측이 널 보면 뭘 시키고 싶어서 좀이 쑤시지 않겠냐? 이를테면 개막 연설이라든가."

루시안이 순간 입을 딱 벌리며 두 주먹을 부르쥐었다.

"아, 맞다! 저번에도 그런 일이 있었는데. 나 그런 거 절대 못 해. 완전 웃음거리였다고. 그런 거 시키면 여기서 뛰어내릴 거야."

"어차피 내 계획은 시작한 다음에 들어가는……."

그때 루시안은 막 창문을 발견했으므로 막시민의 말을 끝까지 듣는 대신 창가로 달려갔다. 바로 탄성이 터졌다.

"우와!"

망아지 고삐를 쥔 초보 기수 같은 기분으로 한숨을 내쉰 막시민이 뒤따라가 곁에 서자 루시안이 소곤거렸다.

"뛰어내리는 건 취소야. 엄청 끔찍하게 죽을 거 같아. 하지만 그렇다고 연설을 할 순 없어. 어쩌지. 그냥 10층에 숨어 있으면 안 되나."

막시민은 몸을 기울여 유리창 너머를 흘끔 봤다. 하지만 캐비닛에서 느낀 현기증이 되살아나는 느낌이라 도로 한 발짝 물러서고 말았다. 창은 그리 크지 않았지만 이 높이의 유리창치고는 너무 널찍하고 깨끗해서 바깥의 어마어마한 풍경이 지나치게 생생해 보였다. 켈티카를 가르며 흐르는 블루엣 강은 실개천인가 싶고 복잡한 거리며 집들은 세밀화 같고…… 저멀리 불쑥 솟은 성은 혹시 비취반지 성일까?

막시민도 이 풍경이 아름답다고 느끼지 않은 건 아니었다. 하지만 이곳까지 그들을 보내준 캐비닛의 흔들림이 준 불안감이 머리에 남은 까닭에 풍경조차 일렁이는 느낌이었다. 막시민의 관점으로 그 캐비닛은 장롱에 갇힌 채 낭떠러지로 내던져지는 기분을 체험시켜주는 십 분짜리 고문 도구였기 때문이다. 그가 '여긴 튼튼한 기둥으로 떠받쳐져 있다, 이건 추락하지 않는다'고 스스로를 타이르고 있는 사이에 루시안은 제멋대로 결론을 내렸다.

“그래, 생각이 바뀌었어. 우리 도로 내려가서 간식이나 사 먹자. 생각해보니까 강연은 원래 재미없잖아.”

막시민은 기가 막혀서 처음으로 루시안을 째려봤다.

“야, 내가 저 안에서 만나야 할 사람이 있다고 말 안 했냐?”

그러고 있는 동안 캐비닛이 차근차근 운반해 온 사람들이 밀물처럼 몰려왔다가 12층으로 사라져 갔다. 10층이 한산해지자 막시민은 시계를 꺼내 확인한 다음 말했다.

“그래, 알았다. 넌 내가 들어갈 수 있도록 바람만 잡은 다음에 집에 가라. 어차피 네가 진짜로 나타날 줄도 몰랐고. 원래 네 이름만 빌려서 친구라고 하고 안에 들어가려 했던 거야.”

루시안이 킬킬 웃더니 말했다.

“내 이름이 막군한테 쓸모도 다 있고, 괜찮네? 근데 이왕 여기까지 왔는데 그냥 집에 가긴 싫어. 강연 끝나고 나올 때까지 기다려야지! 참, 막군은 어디서 지내? 나 놀러가도 돼?”

막시민은 초점 잃은 눈빛으로 탐정 사무실을 이 녀석에게 들키면 끝장이라는 생각을 했다. 위대한 쥬스피앙이시여, 이 쓸모 있고 선량한 녀석이 저와 심볼리온을 꼭 만나게 해주고 싶은 것 같은데 어찌하면 좋겠냐고요.

“내 이름은 말이다…….”

“아참, 막시밀리앵이었지. 근데 그거 너무 길다. 참, 그 뒤는 뭐였지? 플레이트?”

이런 식이다 보니 막시민은 강연장에 들어가지 않겠다는 루시안의 결정이 차라리 잘됐다고 생각했다. 강연이 끝난 다음에 어딘가에서 만나자고 약속하도록 하자. 물론 거기에 자신은 나타나지 않을 거지만……. 조금 미안하긴 해도 어쩔 수가 없구나, 평지풍파의 루시안이여.

그리하여 4시가 조금 넘은 시각, 루시안은 드디어 계단을 올라가 12층으로 갔다. 연회장으로 들어가는 입구가 정면에 보였고, 문은 활짝 열려 있었지만 두꺼운 커튼이 쳐져 있어 안은 보이지 않았다. 초대받은 손님들은 이미 모두 들어간 뒤였다. 안내인처럼 보이는 사람이 혼자 남아 무료한 표정으로 입구를 닫을 시각을 기다리고 있었다.

친구에게 부탁받은 역할을 성실히 해내기로 작정한 루시안은 눈을 반짝이며 안내인에게 다가갔다. 안내인은 그 기세에 다소 위축된 표정으로 절을 했다.

"안녕하세요! 여기서, 뭐더라, 하여튼 강연이 열리는 것 맞죠?"

굽혔던 허리를 편 안내인은 기묘한 눈빛으로 루시안을 쳐다봤다. 왜냐하면 그의 상식으로는 이곳에서 개최되는 격조 높은 행사를 그런 식으로 부르는 것은 주최 측의 품격을 심각하게 손상시키는 행동이었기 때문이다. 초대된 손님이라면 설마 그런 예절을 모를까? 하지만 루시안이 입은 코트가 제법 근사했으므로 그는 면박을 주는 대신 편리한 우회책을 택했다.

"초대장을 보여주시겠습니까?"

루시안은 해맑게 대꾸했다.

"없는데요?"

"아쉽지만, 이곳에는 초대받은 분들을 위한 자리만이 마련되어 있습니다."

은은한 미소에 담긴 거절의 뜻 따위는 아랑곳 않고 루시안은 마주 웃어 보이며 말했다.

"아, 그래요? 하지만 초대받고 안 오는 사람이 분명히 있을 텐데. 어디든 그렇잖아요? 특히 강연이란 건…… 참, 그런데 뭐에 대한 강연이죠?"

처음 계획대로 했다가 연설대로 끌려갈 것이 가장 무서웠던 루시안은 주최자의 손자임을 알리는 대신 자력으로 입장 자격을 획득하려는 사람 같은 질문을 던졌는데 그거야말로 자부심 높은 안내인이 기다렸던 질문이었다.

"고매하신 예술 후원자이신 루치아니 다 벨로치 남작부인께서 이끄시는 팬지 파빌리온의 주최로 고고미술학 아카데미가 직접 주관하는 이번 행사는 아카데미의 종신회원이시자 힐스토우 학교의 교수이시고 저명한 미술품 및 유물 수집가이신 레몰린 경께서 '후기 가나폴리의 궁정 조각 양식과 남부 건축 사조의 유사점 및 재현과 변형'을 주제로…….”

중간쯤부터 내용을 듣고 있지 않았던 루시안은 상대가 말을 맺자 열 살 때부터 익혀온 '아하, 이제 정확히 알았네요' 하는 표정을 지어서 '뭔 소린지 전혀 모르겠다'를 감추고는 고개를 끄덕였다.

“그렇군요. 말씀대로라면 그 아카데미의 창설을 위해 총액 대비 1할의 기금과 83점의 가치 높은 미술품을 기꺼이 기증하신 저희 아버지를 생각할 때 제게 초대장이 오지 않은 이유를 납득하기가 조금 어렵군요. 안 그래요?”

루시안은 어려서부터 아버지의 말투를 외워서 흉내내면 가끔 근사한 효과가 발생하곤 한다는 것을 체득하고 있었는데 이번만큼 적절한 순간은 흔치 않았을 것이다. 안내인은 눈에 띄게 당황했다. 지나가다 들러본 참견꾼이 아니라고? 그는 허둥지둥 명부를 꺼내 들며 고개를 조아린 채 물었다.

“죄송합니다. 존함을 알려주시면 한 번 더 확인해보겠습니다.”

“루시안 칼츠.”

안내인은 경력이 짧은 젊은 학사였고, 잔뜩 긴장한 나머지 벨로치 가문과 칼츠 가문의 관계를 즉시 떠올리지 못한 채 진땀을 흘리며 명부를 뒤졌다. 보통 서너 개의 단어로 이뤄진 귀족들의 거창한 이름들 틈에서 그토록 쉬운 이름은 금방 발견되는 것이 당연했지만 물론 그런 이름은 없었다. 안내인은 결정권이 있는 사람을 불러야 하는 상황이라고 판단했다.

"정말 죄송합니다. 잠시만 기다려주십시오."

안내인은 서둘러 커튼을 젖히고 연회장 안으로 사라졌다. 루시안은 발을 까딱거리며 기다렸다. 이윽고 커튼 너머에서 나온 사람은 또 다른 안내인, 그리고 루시안이 잘 아는 얼굴이었다. 아버지와 오랫동안 거래해온 세빌랭 후작부인의 비서 노릇을 하는 조카딸이다. 그녀가 호들갑스럽게 소리쳤다.

"어머나! 진짜 루시안 도련님이었네요. 여기까지 웬일이신가요? 언제 켈티카에 오셨어요? 고모님께서 안에 계신데 도련님을 뵈면 정말 반가워하실 거예요!"

신원이 확인되자 초대장의 유무는 의미가 없어졌다. 루시안은 그들을 잠깐 기다리게 하고는 조금 떨어져 있던 막시민에게 돌아가 의기양양하게 말했다.

"됐어! 이제 들어가자. 근데 아는 사람이 있나 봐. 가서 인사만 하고 다시 나와야지."

"그러냐."

그때까지만 해도 그 정도의 계획 변경은 대세에 큰 지장이 없을 것처럼 느껴졌다. 안내인이 커튼을 밀어 열었고, 두 사람은 연회장으로 들어갔다.

안으로 들어간 막시민은 생각했다. 뭔가 이상하다.

연회장 앞쪽에 단상이 꾸며져 있고 그쪽을 바라보도록 의자와 테이블이 열을 지어 놓인 것을 보면 강연 비슷한 것을 할 것처럼 생기기는 했다. 자리가 고작 사십 석 정도밖에 안되긴 했지만. 팬지 파빌리온의 회원만 해도 여든여 명, 아카데미의 회원은 백여 명이 넘는다고 들었는데.

그런 건 의문의 시작에 불과했다. 모인 사람들의 면면은 더욱 뜻밖이었다. 학구적인 주제를 내건 강연장이라고는 믿기 힘들 정도로 차림새며 거동이 최상류층들인 사람들이 가득했다. 문제의 강연이 고리타분하게 들리는 제목과 달리 흥미진진하기로 소문이 났다 치자. 그렇더라도 고작 강연이라는 타이틀을 걸고 이런 귀빈들을 행차하게 할 수 있다고? 이런 자들은 엉덩이가 무척 무거운데?

물론 강연은 뒷전이고 사교가 본 목적일 수도 있지만, 보아하니 열심히 사교를 즐기는 것 같지도 않았다. 그보다는 뭔가를 기대하며 기다리는 모습에 가까웠다. 무엇보다 막시민이 이곳에 온 이유인 누오보의 기술자 '톱니'가 이런 사람들 중 하나란 말인가? 정체가 무엇이기에 이런 곳에서 약속을 잡을 수가 있지?

주변을 대략 훑어봤지만 이 사람이구나 싶은 사람은 없었다. 물론 톱니가 어떻게 생겼는지, 성별도 나이도 아무것도 모르지만 만약 자연스럽게 우아한 자태로 어울리고 있는 저 사람들 중 하나가 톱니라면 그는 엄청난 연기력을 가졌거나, 또는 정체를 감추고 기술자로 취직한 귀족이거나 둘 중 하나일 것이다.

그렇다면 매들로 소자작은 어떨까? 이 사람이 어떻게 생겼는지는 대략 전해 듣고 왔다. 하지만 이곳에서 중키에 갈색 머리, 체격도 얼굴도 평범한 젊은 남자란 마치 빵집의 디너롤 같은 존재인지라 이 사람일까 싶은 인물이 무려 다섯 명이나 되었다. 그러나 그들 중 누구도 낯선 사람과 첫인사를 나누거나, 그런 사람을 찾기 위해 두리번거리는 기색이 없었다.

대체 이 인간들은 어디에 있는 거야. 오긴 했냐? 일면식도 없는 너희 둘의 만남을 구경하러 여기 들어오느라 별별 짓을 다 했는데 정작 너희는 점심 디저트가 늦게 나왔다고 지각할 작정은 아니겠지?

막시민은 자신이 품은 의혹에 루시안이 도움을 줄 수 있는지 알아보려 했지만, 그가 주변을 두리번대는 사이에 대기 줄이 생성되어서 그럴 수가 없었다. 안내인은 루시안을 못 알아봤을지 몰라도 안에 있는 사람들은 아니었다. 오랜만에 켈티카에 온 루시안은 모여든 사람들에게 입에 발린 찬사를 들으며 부모의 안부를 일곱 번 답하고 네냐플 생활은 어떤지 열두 번 설명하는 중이었다.

루시안이 최근 들어 앳된 태가 많이 사라지고 겉보기만으로는 꽤 멀쩡한, 심지어 호감 가는 젊은 신사가 된 건 사실이었다. 하지만 막시민이 보기엔 저 녀석의 입에서 언제 어처구니없는 말이 튀어나올지 몰랐으므로 쓸데없이 아슬아슬한 구경거리였다. 막시민이 걱정해봤자 별 의미는 없겠지만. 개막 연설쯤이나 되면 모를까, 잡담하다가 말실수를 할까 봐 긴장하면 루시안이 아니지.

또한 루시안은 막시민과 달리 이곳의 분위기에 아무런 의문도 품지 않은 듯했다. 루시안에게 이곳에 모인 사람들이 강연을 들으러 온 게 맞는지, 그리고 혹시 매들로 소자작이라는 사람을 아는지 물어보자면 최상류층의 우아한 대화를 무례하게 자르고 끼어들어야 할 판이었다.

"사람들의 생활이 편리해질수록 예술은 더욱 필요한 법이라고 아버지께서는 늘 말씀하셨거든요. 이런 날을 위해서 미술품을 수집하는 게 아니냐고도 하셨죠."

"그래도 83점이나 되는 컬렉션을 기꺼이 기증하시다니 대단하시네요."

"그 정도는 아버지께서 소장하고 계신 것에 비해 그리 많은 것도 아니라서요."

그즈음 샴페인과 머랭, 아몬드 프랄린, 마지팬 따위가 놓인 쟁반을 든 안내인들이 나타나 돌아다니며 행사 시작을 알렸다. 사람들이 자기 자리로 흩어지자 막시민은 샴페인을 홀짝이며 루시안에게 다가가 물었다.

"야, 뭘 83점이나 공짜로 줬다고?"

"아, 몰라. 83점이 아니면 38점인가."

그런 것쯤 틀려도 루시안의 인생에는 아무 지장도 없었다. 막시민도 그런 걸 물어봐야 할 필요는 없었지만 자기 것이 아닐지라도 돈을 낭비하는 얘기에 쓸데없이 민감해서 어쩔 도리가 없었다.

"근데 너 혹시 매들로 소자작이라는 사람 아냐?"

"아니, 모르겠는데?"

소자작은 켈티카 사람일 테니 루시안과는 안면이 없을 가능성이 컸다. 여기서 루시안을 알은체하는 사람들도 루시안을 안다기보다 칼츠 부부를 아는 사람들이었다. 그때 안내인이 다가와 둘을 막 새롭게 추가된 뒷자리로 안내하고는 번호가 붙은 팔찌를 채워주었다. 인원 확인용인가? 그런 건 알 바 아니었고 막시민은 막 가려는 안내인을 붙들고 물었다.

"궁금한 게 있는데요. 오늘 초대되신 분들은 모두 참석하셨습니까?"

"그렇진 않습니다. 보통 열 분 중 한두 분께는 부득이한 사정이 생기기 마련이지요."

"그럼 혹시 매들로 소자작께서 오셨는지 확인해줄 수 있겠습니까? 그분을 뵈어야 하는 사정이 있는데."

"죄송합니다만 원장님께서 이미 명단을 가져가셔서요. 급한 사정이시라면 원장님께 가서 여쭙겠습니다. 성함이 어떻게 되십니까?"

막시민은 귀찮다는 듯 미간을 찡그렸다.

"아니, 그렇게까지 할 필요는 없습니다. 제가 찾죠."

자리가 뒤쪽이라 사람들을 살피기에는 좋을 듯했다. 내부는 지나친 난방으로 조금 더웠으므로 루시안은 펠리스를 벗어 내려놓았다. 이어 둘은 나란히 앉았는데 막시민이 이런 곳에 올 법한 귀족 한량의 자세를 흉내내고 있자니 머랭을 물고 있던 루시안이 킥킥 웃어대며 속삭였다.

"너 그러고 있으니 꼭 우리 아버지 같아!"

"넌 비유가 왜 그따위냐?"

"그럼 뭐라고 하지? 아, 그래. 꼭 나 같아!"

"그냥 닥칠래?"

그때 또 다른 안내인이 다가와 루시안에게 허리를 굽히며 말했다.

"실례합니다, 칼츠 도련님. 세빌랭 후작 영애께서 도련님이 오셨다는 소식을 들으시고 꼭 드리고 싶은 말씀이 있으니 잠시 별실로 와주십사 부탁하셨는데 괜찮으실는지요?"

"세빌랭 후작 영애께서? 이상하네. 나랑 얘기하고 싶어 할

리가 없는데."

후작부인은 루시안을 어려서부터 귀여워했지만 또래인 그 딸은 무척 새침해서 인사 이상의 대화를 나눠본 적은 없었다. 루시안의 지나치게 솔직한 대꾸를 들은 안내인의 표정에 당혹감이 나타났다. 그 표정을 본 루시안은 갑자기 벌떡 일어나며 말했다.

"저렇게까지 말하는데 잠시 갔다 와야겠다. 그럼 이따가 봐!"

루시안은 안내인을 따라 가버렸다. 원래 헤어질 예정이긴 했지만 너무 쉽사리 가버리는 바람에 막시민은 조금 어처구니가 없었다. 사람들과 얘기하다 보니 밖으로 도망칠 기회는 이미 놓쳤고, 상대가 누구였든 강연보다 지루하진 않을 거라고 판단했기 때문인가. 그게 아니면 세빌 어쩌고 영애가 미인이거나…… 아니, 역시 전자다. 열두 살짜리 같은 정신세계에 미인이 다 웬 말이냐.

어쨌든 막시민의 의혹을 풀어줄 유일한 인물은 떠났다. 나머지는 막시민과 눈이 마주칠 때마다 미심쩍은 눈빛을 애써 감추는 자들뿐이라 '당신들, 혹시 매들로 소자작이라고 알아?'라고 물으면 의자째로 자빠져버릴 것 같은 느낌이 강하게 들었다. 그다음에는 갑자기 말을 걸어 놀라게 하는 사람을 처벌하는 법이 신설될 테고 깨진 뒤통수의 대가로 종신형과 교수형을 한꺼번에 선고하려나.

예전의 막시민이라면 어디에서 어떤 꼴을 하고 있든 이런 생각의 방해를 받지는 않았을 것이다. 하지만 오늘은 어찌된 셈인지 의기소침한 생각이 끊이지 않고 꼬리를 물었다. 이스핀이 드레스를 입고 나타났을 때부터 뭔가가 삐걱대기 시작해 마차 안에서, 입구에서, 로비에서, 상층행 캐비닛에서, 그리고 이곳에서도. 눈앞에 펼쳐진 가짜처럼 근사한 세계와, 거기에 속한 체해야 하지만 실제로는 그러지 못하고 있는 빌려 입은 자아상은 거듭해서 불협화음을 일으켰다.

주머니에서 찾아낸 동전을 써보겠다고 과감히 들어간 상점은 지나치게 황홀한 것으로 가득했던가. 반짝이는 사탕 하나의 가격표를 읽고는 차마 동전을 꺼내 보이지도 못하고, 그렇다고 나가지도 못하고. 주인이 눈빛으로 말을 건네 온다. 얘야, 그 동전은 너한테 전 재산일지 몰라도 그걸론 그리 많은 걸 살 순 없단다.

잠시 후, 단상에 한 사람이 나타나 인사를 했다.

"안녕하십니까, 예술을 애호하시는 고매하신 귀빈 여러분. 잠시만 주목해주십시오."

사람들의 잡담 소리가 뚝 그쳤다. 모든 사람이 단상을 주시했으므로 막시민도 단상을 흘끔 봤다. 그러나 늘 그렇듯 모든 사람이 보고 있는 것을 자기까지 봐야 할 필요는 없다고 생각했으므로 시선을 좌우로 굴리다가 연단 오른쪽에 마련된 테이블을 발견했다. 적당한 유물이라도 보여줄 작정일까?

그다음으로는 단상 뒤쪽에 쳐진 두꺼운 커튼 뒤에서 두 사람이 나타났다 사라졌다 하는 것을 눈치챘다. 행사장 뒤편의 누군가와 신호를 주고받는 듯했다.

단상에 선 사람은 연노랑색 코트를 차려입은 늙수그레한 남자를 소개하고 있었다. 프란시스코 레몰린 교수라나 뭐라나. 마지막으로 막시민은 뒤를 돌아보았다. 그리고 한 남자와 눈이 마주쳤다.

하나, 둘, 셋.

약 삼 초 뒤, 막시민은 눈을 몇 번 깜빡거렸다. 보통 이렇게 되면 둘 중 하나가 눈을 돌리지 않던가? 심지어 상대는 먼저 막시민을 보고 있었던 듯했다. 사내치고 체격이 빈약하고, 곱슬거리는 블론드가 흘러내려 눈언저리를 가리고 있다. 안내인처럼 입은 걸 보니 안내인일 테지만 아닐 수도 있었다. 왜냐하면, 태도에 공손함이라고는 없었다. 공손하기는커녕 이 안의 모든 사람을 한 계단 높은 곳에서 샅샅이 훑어보고 있던 기색이었다. 그중에서도 특히 막시민을 흥미롭게 보고 있었다.

착각이 아니라면.

그런 느낌은 빠르게 사라졌다. 상대는 고개를 까딱여 표면

적인 예의를 갖추더니 연회장을 빠져나갔다. 자연스럽게, 크리스털 화병에서 풀려 미끄러지는 비단 리본처럼.

막시민은 자신이 방금 본 것을 확신할 수 없었다. 그러기에는 상대와의 거리가 제법 멀었다. 하지만 직감이 그에게 속삭여 왔다. 뭔가가 상황을 엉뚱한 방향으로 이끌어 가고 있다. 누군가가, 완전한 계획을 가지고 있다. 여기 앉은 모두가 그자가 그린 그림의 일부다.

떠나기 직전, 그자는 자신에게 미소를 보냈다. 마치 '잘해봐. 쉽진 않겠지만'이라고 말하는 것처럼.

그렇다면 자신은?

막시민은 자리에서 일어났다. 모두 여기 앉아 있길 원한다면, 그런 그림이라면, 누구 하나쯤은 일어나야지. 안 그래?

막시민은 성큼성큼 행사장 뒤편으로 갔다. 조금 전의 안내인이 사라진 쪽으로 가보니 별실 쪽으로 이어지는 통로였다. 별실은 여럿이었고 누군가가 사용중일지도 몰랐으므로 일일이 열어보고 다녔다가는 틀림없이 오해를 살 것이다.

통로에서 돌아선 막시민은 자리로 돌아가 루시안이 벗어둔 펠리스를 집어 들었다. 행사장 왼쪽, 칵테일과 간식을 마련해둔 테이블로 가자 직원 한 명이 멀거니 앉아 있다가 벌떡 일어났다. 막시민이 말했다.

"칼츠 상단 쪽에서 중요한 귀빈이 한 분 더 오실 것 같으니

칵테일 한 잔 더 부탁합니다. 뒷자리라도 상관은 없다고 하시지만 오를란느산 럼을 넣은 '발롱 데스트렐레' 칵테일을 특별히 주문하셨다고 하니 잘 준비해주십시오."

직원은 뭣도 모른 채 알았다고 대답하고는 서둘러 준비실로 사라졌다. 저자는 한동안 돌아오지 않을 것이다. 발롱 데스트렐레인가 뭔가 하는 칵테일은 방금 전에 막시민이 머릿속에서 발명했으니까. 칵테일 이름은 그간 외울 정도로 읽은 플레상스 경의 일지에 적혀 있던 단어를 아무거나 활용했다.

막시민은 루시안의 펠리스를 여미는 핀을 빼내서 주머니에 넣어버린 다음 자수 부분이 뒤쪽으로 가도록 돌려 걸쳐 안내인들의 검은 케이프를 흉내내고는 그 자리를 차지했다. 행사장 쪽을 보자 단상에 선 레몰린 교수가 인사말 후 약간의 농담을 지껄이는 중이었고, 사람들의 웃음소리가 간간이 퍼졌다.

반짝이는 잔과 색색 가지 사탕들 뒤에 숨어 곳곳에 선 안내인을 하나씩 주시했다. 비슷한 옷을 입긴 했지만 누구도 조금 전의 그자는 아니었다. 굳이 얼굴을 확인하지 않아도 알 수 있었다. 움직임부터가 달랐다.

그러고 있자니 점차 청중 가운데에도 미심쩍은 사람들이 눈에 띄었다. 첫 번째는 귀부인이었다. 공작색 드레스에 대낮치고는 목선을 시원하게 드러내고, 샴페인빛 광택이 도는 모피를 둘렀다. 나이는 많이 잡아도 사십 대 중반. 그녀는 뒤를 자꾸 돌아보았다. 뭔가 변화를 기대하는 것처럼. 또는 나타날 일행을 찾는 것처럼.

두 번째는 이국적인 분위기로 차려입은 젊은 남자였다. 머리카락 일부를 땋아서 그렇게 보이는 듯도 한데 저런 머리 모양이 어디의 풍습이라고 했더라? 어쨌든 앉은 자리로 보아 이자는 꽤 우대받는 손님이었다. 그러나 그는 초조해 보였다. 왜?

세 번째는 수수한 회색 코트의 중년 남자였다. 막시민 말고는 누구도 그를 눈에 띄는 자라고 생각하지 않았을 것이다. 맨 뒤, 모퉁이에 앉은 그자는 막시민과 의도가 똑같았다. 회장을 조감할 수 있는 위치를 택해 사람들을 부지런히 관찰하고 있었다. 그러나 그는 칵테일과 간식 뒤에 앉은 막시민을 배경 그림으로만 인식했다. 막시민이 여기에 앉은 이유가 그것이었다. 관찰하기 좋되, 관찰당하지 않는 위치.

행사가 시작된 지금 뭔가를 기다리는 자들은 왜일까. 아직 시작되지 않은 무대가 있단 말인가?

교수가 새로운 사람을 불러냈다. 그자들은 천을 씌운 상자를 조심스러운 걸음으로 들고 와 옆 테이블에 올려놓았다. 교수는 천 끄트머리를 잡은 채 기대에 찬 눈빛의 사람들을 둘러보더니 쓸데없는 옛날이야기를 늘어놓기 시작했다. 오늘 모임이 성립되도록 도와주신 국왕 폐하와 귀족 한 무더기와 날씨와 우연과 시대의 흐름과, 어제 먹은 쇠고기와 작년에 돌아가신 어머니를 어려서 삼 년간 돌봐주신 고모할머니 등등이 등장하는 중이었다.

막시민이 다시 단상 뒤를 봤을 때 왼쪽 끝, 커튼 한 겹이 움직였다. 그 뒤로 희끄무레한 뭔가가 비쳤다가 사라졌다. 얼굴 전체도 아닌 이마 일부와 머리카락, 그리고 한쪽 눈. 그러나 막시민은 놓치지 않았다. 그자다.

그때 교수의 목소리가 커졌다.

"……그럼 그 첫 번째를 공개하겠습니다. 발다르장의 은제 회중시계입니다. 870년 작, 벨가노의 서명이 뒷면에 새겨져 있습니다."

순간 어리둥절한 나머지 현실로 돌아온 막시민은 눈썹을 올렸다. 이게 무슨 소리지?

"……원숙기의 작품답게 정밀한 세공을 자랑하지만 뚜껑 손잡이와 뒷면에 미세한 생활 흠집이 남아 있다는 것을 감안하여 상대적으로 낮은 가격, 2만 엘소부터 시작하겠습니다."

뭘 하는 거야? 강연이 아니었어?

아니었다.

잠시 멍해져 있던 막시민은 곧 상황을 파악했다. 이것은 특별히 초대된 고객만 참여할 수 있는 비공개 경매였다. 고미술품, 골동품을 주로 다루는 분위기다. 그러면 그렇지. 이런 손님들이 고작 강연을 듣자고 몰려들 리가 없지.

동시에 그는 자리로 돌아갈 수 없게 됐음을 깨달았다. 물건 소개가 끝나고 경매가 시작되자 아무도 자리를 떠나지 않았지만 그건 이유가 아니었다. 관찰하기 좋은 자리에 앉은 결과 막시민은 비공개 경매의 진행 규칙을 금방 알아봤다. 근사하게 차려입은 신사 숙녀들은 금액을 입에 올리지 않았고 팔찌를 낀 손으로 가벼운 손짓만 해서 자신의 의사를 표시했다.

손끝 한 번 튕기면 500엘소, 두 번 흔들면 1000엘소, 한쪽 손바닥을 펴 내밀면 5000엘소. 이런 와중에 벌떡 일어나 자리로 걸어가 앉는 엄청난 일을 저질렀다간 10만 엘소쯤 부르게 되는 거 맞지?

심지어 이 경매는 진행 속도도 상상을 초월하게 빨랐다. 보증된 특급 물건만 나오는 경매인지, 설명이 끝나면 다들 생각은 하는 건가 싶을 정도로 빠르게 금액을 올렸고 몇 초만 한눈을 팔았다가는 바로 낙찰 선언이 떴다. 기회를 놓치지 않으려고 모든 사람이 눈에 불을 켜고 눈앞을 주시했다. 다른 사람이 뭘 하는지 신경쓸 겨를 따윈 없었다. 신나게 돈을 쓰느라 바빠서.

하지만 이런 데 쓸 돈이 없는 막시민만은 경매장 곳곳에서 작은 변화가 반짝, 나타났다가 사라지는 것을 보았다. 커튼 뒤를 막대 같은 것이 스쳐간다. 낙찰을 선언하는 순간, 누군가가 의미 없는 손짓을 한다. 계속해서 새로운 경매품을 가져오던 사람이 웬일인지 다른 사람으로 바뀐다. 그는 장갑을 끼었으나 또 다른 장갑을 주머니 안쪽에 끼워두고 있다. 정체 모를 소음이 왼쪽에서 한 번, 오른쪽에서 한 번 난다. 다섯 번째 경매품이 나왔을 때 처음의 귀부인이 다시 뒤를 돌아본다…….

순식간에 열 번째 입찰까지 진행되는 동안 막시민은 생각했다. 여기서는 무슨 일인가가 벌어지고 있다. 지금껏 본 것이 모조리 착각이고 증명할 수 없는 직감뿐이라 해도 이 정도까지 뚜렷한데 빗나갔던 적은 없다.

하지만 상관없잖아. 본래 초대되지도 않았던 자신은.

그는 예정에 없이 나타난 불청객일 뿐이다. 이 행사가 경매인 줄도 몰랐다. 이 행사가 경매를 가장한 거대한 음모처럼 느껴지든 말든, 그게 자신과 상관이 있을 이유는 없다. 혹시 그 음모가 톱니가 이곳을 약속 장소로 지정한 이유와 관계가 있을지도 모르지만, 자신이 거기까지 개입할 순 없고…….

그런 생각을 하다가 막시민은 자신에게 물어보았다.

정말 그게 전부야?

착각이라고 치부하기에는 미심쩍은 무언가가 막시민의 직감을 붙들고 있었다. 이곳에서 무슨 일인가를 벌이려 하는 자들이 다른 누구도 아닌, 막시민을 의식하고 있다는 착각. 단지 몰래 숨어 들어온 쥐새끼를. 그래서 막시민은 어처구니없는 억측을 해보았다. 저들은 사실 심볼리온의 마법사들이고, 도망자를 찾느라 절치부심한 끝에 단지 막시민을 낚아보겠다고 이 거창한 연극 무대를 차린 거라면?

그러는 가운데 새로운 경매품이 탁자 위로 올라왔다. 작고 손때 탄 장미목 상자 두 개였다. 교수는 상자 하나를 살짝 들어 뚜껑에 새겨진 이름을 사람들에게 보였다. 누오보.

"오늘의 하이라이트입니다. 보시다시피 경이로운 오토마톤 장인으로 알려진 누오보의 이름이 새겨져 있습니다. 누오보의 재능을 고스란히 물려받은 맏딸 로잘린다의 작품으로, 가장 유명한 숲 시리즈에 속하는 오토마톤 권총 중 두 정입니다. 완벽히 작동합니다. 누오보가 제작한 오토마톤은 백여 점에 이르지만 스물일곱 살에 눈을 감은 로잘린다가 남긴 작품은 모두 합쳐도 스무 점이 되지 않지요. 희소성 때문에도 가치가 있지만, 로잘린다의 작품이 오토마톤 수집가들 사이에서 유난히 인기를 끄는 이유가 그것만은 아닐 겁니다."

뭐라고?

막시민은 눈을 크게 떴다가 간신히 팔걸이를 꽉 쥐며 놀란 표정을 감추었다. 로잘린다 누오보의 오토마톤? 저건 '혈관'을 넣었다던 권총이 아닌가? 그게 왜 여기 있어?

이스핀의 오빠는 혈관을 넣은 권총들을 신중하게 고른 사람들에게 선사했다고 했다. 풍파에 흔들려 소장품을 내다 팔아야 할 일이 없는 가문, 기념품을 소중히 간직하긴 하지만 지나치게 열광해서 사방에 자랑하지도 않는 품위 있는 인물들이었다. 그런 계산은 적중하여 대륙 곳곳의 자물쇠 달린 서랍들 속으로 빨려 들어간 숲 시리즈는 그후 한 번도 매물로 나오지 않았다. 심지어 누가 갖고 있다는 소문조차 들려오지 않았다. 그중 단 하나만은 고물이 되어 막시민의 수중에 굴러 들어왔다가 오스틀리 교수의 상자 속으로 들어갔지만.

아무리 상류층만을 위한 비공개 경매라고는 하지만 그런 것이 두 정이나 한꺼번에 나오다니, 도저히 믿기 힘들었다. 여기 이스핀이 있었다면 단상으로 뛰어나갔을지도 모른다. 저것들을 찾기 위해 사 년이나 노력했지만 실마리 하나 없었다 했는데 저들은 무슨 수로 손에 넣었지? 귀족들의 사교 모임인 줄 알았던 팬지 파빌리온이 수사 조직이라도 된단 말인가? 아니면 고고미술학 아카데미가?

막시민이 그런 생각에 빠져 있는 가운데 설명은 계속 이어졌다.

"로잘린다 누오보의 작품에는 독특한 색채가 있습니다. 다리가 불편하여 일생의 대부분을 집안에서만 보내야 했던 그녀는 자신의 오토마톤에 상상 속의 숲을 표현하려 시도했습니다. 아름다운 낮의 숲과 음산한 밤의 숲, 모두가 그 안에 있었습니다. 그중에서도 다섯 정의 권총 시리즈는 흥미롭고 탄복할 만한 걸작품입니다. 이 권총들에는 각각 이름이 붙어 있는데 제작 연대순에 따라 '아침 숲', '카나리아', '여름의 피', '완전한 정오', '밤의 숨'이라고 부릅니다. 오늘 경매에 나온 것은 그중 '카나리아'와 '여름의 피'입니다. 그럼 보실까요."

교수가 상자를 열었다. 흰 장갑을 낀 채 들어올린 권총은 멀어서 어떻게 생겼는지 잘 보이지 않았지만, 막시민의 기억 속 고물처럼 한 손에 감춰질 정도로 작았다.

"금을 씌워 압도적인 화려함을 자랑하는 총신을 먼저 살펴보십시오. 더블 배럴 총구에는 진주가 둘러져 있지요. 방아쇠 위쪽을 장식한 다이아몬드는 하나하나가 8분의 1캐럿에 이릅니다. 길로쉐 에나멜의 우아함을 간직한 몸체에는 1캐럿이 조금 안 되는 루비가 박혀 있습니다. 그야말로 여름의 핏방울이지요. 그럼 방아쇠를 당겨볼까요."

방아쇠를 당겼으나 총소리는 나지 않았다. 대신 총구에서 붉고 노란 깃의 새가 튀어나와 날개를 파득대며 지저귀기 시작했다. 그 소리가 얼마나 진짜 같았는지 사방에서 감탄하는 소리가 일어났다. 울고 싶어질 정도로 귀엽고 우아한 광경이었다. 자세히 보고 싶은 사람들이 몸을 들썩거리자 교수가 말했다.

"여러분이 계신 자리에서는 잘 보이지 않을 것을 압니다.

그러므로 잠시 후에 다섯 분씩 나오셔서 살펴보는 시간을 갖도록 하겠습니다."

이런 일이 익숙한지 사람들은 안내에 따라 차례로 일어나 무대에 올랐다. 직원 두 명이 교수 좌우에서 테이블을 지켰고, 사람들은 한 발짝 떨어진 곳에 서서 물건을 살펴봤다. 한숨이 나올 정도로 아름답고, 정밀하고, 재치 있고, 쓸모없는 물건이었지만 그걸 보는 사람들의 표정은 상기됐다. 갖고 싶어서, 자랑하고 싶어서, 아무런 실용적 이유도 없이 제 방 침대에 앉아 방아쇠를 당기고 키득거리고 싶어서. 또는 자물쇠 달린 진열장에 넣고 죽을 때까지 바라보기만 하려고.

그들의 우아한 열정과 전혀 다른 긴장감에 사로잡힌 막시민은 손바닥이 축축해질 지경이었다. 막시민과 이스핀이 만나게 된 이유가 저 권총들이었다. 지금까지 플레상스 경이 갖고 있었던 한 정을 쫓느라 갖은 노력을 기울이고 있었는데 갑자기 엉뚱한 곳에서 두 정이 튀어나왔다. 저걸 어떻게 한다? 경매에 뛰어들어 사들여?

하지만 그런 돈이 어딨냐고.

얼마일지는 모르지만 하여튼 없다. 그렇다고 저것들을 낚아채어 도망칠 수도 없고, '이보세요 그 권총 당신들 거 아닙니다. 사실은……' 하면서 끼어들어 경매를 중지시키려 하면 그냥 쫓겨날 뿐이겠고.

여기서 놓치면 어디서 다시 찾아낼지 알 수 없는데, 그런 것을 누군가가 가져가게 내버려둬? 그 사람이 누군지만 기억해두면 될까? 하지만 여기에서 낙찰받은 사람이 그걸 계속 간직한다는 보장은 없지 않나. 누구한테 선물할 생각이거나, 아니면 부탁을 받고 나왔을 수도 있고…….

무엇보다 사건을 의뢰받은 탐정으로서 놀라운 우연으로 문제의 권총들과 마주쳤는데도 돈이 없어 구경만 해야 한다는 것이 기가 막혔다. 물론 탐정이 돈이 많아야 할 이유는 없지만, 그래도 이 소식을 들으면 이스핀의 반응이 어떨까.

답답해진 나머지 막시민은 저 쓸데없이 눈을 반짝이는 인간들한테 왜 이딴 걸 갖고 싶어 하느냐고 대토론을 벌이고 싶은 심정이었다. 솔직히 귀엽지만 어쨌든 당신들한테는 쓸모가 없잖아. 가나폴리 사람들처럼 대가리에 구멍을 내지도 못하잖아. 자살하고 싶은 날 방아쇠를 당겨봤다가 튀어나온 새를 보고 어처구니가 없어 웃다가 살아남는다면 조금쯤 쓸모가 있으려나?

그사이 맨 뒷줄 사람들까지 무대에 나왔다가 들어갔고, 교수가 경매 시작가를 알렸다.

"지난번에도 최고의 인기를 누린 끝에 한 정에 12만 엘소에 낙찰된 바 있는, 로잘린다 누오보의 오토마톤 중에서도 최고의 작품 숲 시리즈 두 정 세트, 8만 엘소부터 시작합니다."

지금까지 나온 중 최고의 시작가였다. 하지만 더 놀라운 건 그다음부터였다. 잠깐 사이 여기저기에서 손짓이 난무하고 가격은 쭉쭉 치솟았다. 모두가 이것만 노리고 왔던 것처럼. 입찰가 20만 엘소를 찍는 순간 막시민은 소시민다운 판단으로 이스핀일지라도 이런 돈은 없을 거라고 멋대로 결론을 내리고는 망설임을 접으며 속으로 악담을 퍼부었다. 자살 방지용 권총에 20만 엘소를 쓰려는 분들께서는 그냥 빨리 자살하는 편이 낫지 않냐. 자살로 이렇게 큰 돈을 벌 기회도 별로 없는 것 같은데.

그때 뒤쪽에서 한 명이 척척 걸어왔다. 루시안이었다.

서 있는 사람은 그 녀석 혼자였지만 일생 눈치 같은 것을 배울 필요가 없었던 루시안은 남들이 쳐다보든 말든 제자리로 가서, 심지어 앉지도 않고 두리번거렸다. 경매를 진행하던 교수가 루시안을 흘끗 바라봤지만 루시안은 그쪽을 보지 않았다. 대신 양손을 펼쳐 보이며 말했다.

"막시민이랑 내 펠리스랑, 다 어디 갔지?"

동시에 교수가 말했다.

"자, 21만 엘소가 나왔습니다."

어딘가에서 다른 귀부인이 손짓을 했다. 한 번 더 가격이 올랐을 때 루시안은 어깨를 으쓱대다가 옆 사람을 불렀다. 손짓으로.

"여기 있던 제 일행 못 보셨나요?"

그리고 교수가 말했다.

"23만 엘소입니다. 자, 24만 5천, 24만 5천 있습니까? 아, 있군요. 24만 5천입니다."

루시안은 그 말에는 귀도 안 기울이고 이번엔 저만치 선 안내인을 불렀다. 손짓으로.

"여기 잠시만요."

그리고 교수가 또 말했다.

"25만 엘소."

몇 사람이 루시안을 흘끔거렸지만 아무도 참견하지 않았다. 그야 경매의 불문율인 것이다. 남의 입찰에 참견하지 않는 것.

막시민만 쓸데없이 부들부들 떨며 그 광경을 바라보고 있었다. 경매에서 한번 부른 금액을 취소하는 일은 없다. 루시안에게 저런 예술품이 필요할 리도 없다. 자살하고는 전 세계에서 가장 거리가 멀 것 같은데다, 무엇보다 숨쉬듯이 물건을 망가뜨리는 놈이니까. 허리 높이에서 떨어뜨려서 망가지는 물건은 한 달 이상 소지한 적이 없단 말이다!

루시안이 저걸 손에 넣는다면 다른 사람 손에 들어가는 것보다는 추적하기에 좋겠지. 하지만 막시민 때문에 일없이 이런 곳에 오게 된 루시안이 관심도 없을 물건에 돈까지 쓰게 하는 건 괜찮은가? 그런 식으로 갈피를 잡기 힘든 의문에 빠진 막시민은 달려 들어가 '이 미친놈아!'라고 외치며 뒤통수를 한 대 때리는 상상을 해보았지만 그랬다간 막시민이 26만 엘소에 자살 방지용 권총을 취득하게 될 것 같았고…….

곧, 권총의 운명을 알리는 선언이 들려왔다.

"44번 고객분께, 25만 엘소에 낙찰되었습니다."

루시안은 제 번호가 불리자 그제야 무슨 일인가 하고 무대 쪽을 쳐다봤다. 저 자식, 이 순간까지 자신이 경매장에 와 있다는 건 알았을까? 생각해보면 강연인 줄로만 알고 잠깐 앉아 있다가 별실로 불려갔었잖아?

루시안은 사태의 심각성을 알기나 하는지 뒤늦게 다가온 안내인에게 자기 펠리스의 행방을 물어보고 있었다. 경매는 끝이 났다. 막시민이 루시안에게 가려고 일어섰을 때였다. 무대에서 비명이 울렸다.

"으헉!"

모든 눈이 무대로 쏠렸다. 교수는 상자를 든 채 벌벌 떨고 있었다. 조금 전 들고 있던 '여름의 피' 곁에 놓여 있던 두 번째 상자, '카나리아'가 들어 있어야 할 상자였다. 첫 줄에 앉았던 사람들이 우르르 일어섰다. 무슨 일이 벌어진 거지?

가까이 간 사람들의 눈이 경악으로 커졌다. 누군가가 외쳤다.

"사라졌어!"

교수는 덜덜 떨다가 상자를 바닥에 떨어뜨리고는 반사적으로 '여름의 피'가 들어 있는 상자를 움켜잡았다. 고상하게 앉아 있던 신사 숙녀들이 너도나도 일어나 무대로 몰려들기 시작했다. 믿을 수 없는 사실을 제 눈으로 확인하고 싶어서 예의조차 잊고 서로를 밀칠 기세였다. 안내인들이 달려와 교수를 에워쌌지만 몰려드는 사람들의 수에 비하면 터무니없이 적었다. 교수는 땀을 흘리며 '여름의 피'가 든 상자를 껴안은 채 외쳐댔다.

"제발! 물러나주십시오! 제발!"

먼저 달려왔던 손님들은 그나마 텅 빈 상자를 보았다. 하지만 그것조차 곧 안내인의 품으로 사라졌기에 나중에 온 자들은 정말로 무엇이 사라졌는지 분명히 알 수가 없었다. 카나리아가 사라졌다, 여름의 피도 사라졌다, 교수도 사라졌다, 전혀 다른 것이 사라졌다, 작은 부속이 사라진 것뿐이다, 서로 다른 소리를 하는 사람들의 틈바구니에서 혼란은 가라앉을 줄 몰랐다.

반면, 구석에 웅크린 교수가 소중하게 껴안고 있는 물건을 방금 25만 엘소나 들여 낙찰을 받은 당사자만은 멀찌감치 선 채로 뭐가 뭔지 모르겠다는 표정이었다. 막시민이 다가오자 루시안이 고개를 갸웃거리며 물었다.

"야, 강연 벌써 끝난 거야?"

무대 뒤의 전투

그랑도프 호텔 1층의 식당 '캐롤린즈'는 로비와 또 다른 세상이었다. 귀족들조차 그곳에 들어오면 제 옷차림을 다시 한번 훑어보게 되었다. 크리스털 공예의 일인자로 알려진 알미잔 공방에서 4236개의 크리스털을 박았다는 전무후무한 초대형 샹들리에가 제일 먼저 방문객의 시선을 압도한다. 두툼하게 깔린 희고 검은 양탄자, 분홍색 줄이 드문드문 박힌 우윳빛 대리석 벽과 흰 브로케이드 커튼, 거대한 아치를 그리는 다섯 개의 창, 금빛 에나멜 격자를 두른 기둥들.

마름모꼴 격자마다 장미 모양 크리스털이 피어나 현란한 빛을 뿜어내는 이곳에 앉아 있으면 웬만한 옷이나 보석은 오히려 빛이 바랬다. 그러므로 캐롤린즈에 올 생각이면 실내 장식을 이길 만큼 화려하거나, 아니면 차라리 단순하고 고상한 옷차림을 택하는 편이 낫다 했다. 적절한 옷을 걸쳤다고 생각하지 않는 사람들은 기둥 아래를 피했다.

이스핀은 그런 기둥 아래에 아무렇지도 않게 앉아 있었다. 그 자리가 마침 비어 있어 행운이라고 생각하면서. 작고 섬세한 크리스털 장미 수백 송이가 피어 있는 기둥은 종일 구경해도 질리지 않을 듯했지만 이스핀은 십 분 정도 실컷 뜯어본 다음 시선을 주변으로 돌렸다. 누군가가 자신을 보고 있는 기분이 들었기 때문이다.

누굴까.

주변이 잘 보일 위치를 택했지만 식당이 워낙 넓고 중간중간에 기둥들이 있어서 내부가 한눈에 들어오지 않았다. 하지만 시선이 느껴진 것을 보면 숨었더라도 곧 나타날 것이다. 이스핀은 찻잔을 든 채 고개를 살짝 기울이며 모자 속으로 시선을 감추었다.

손잡이가 보석으로 된 은주전자에 담은 차와 커스터드 크림을 곁들인 토피 푸딩을 시켜놓고 우아한 귀공녀가 되어 앉아 있는 이스핀을 누가 의심쩍게 여길 이유는 없었다. 만약 있다면 처음부터 이스핀을 알아본 자일 것이다. 누가 그럴 수 있을까? 아이언페이스의 부하들?

바이올린 삼중주가 은은히 흐르는 가운데 저만치에서 트롤리를 밀고 지나가는 급사의 바퀴 소리, 새로 들어온 사람들의 구두 소리와 나직한 감탄사, 달그락거리는 찻잔 소리와 웃음, 사락대는 옷자락, 그런 틈에서 희미한, 그렇지만 익숙한 쇠 부딪히는 소리가 귓속으로 미끄러져 들어온다. 잘그랑.

검이다.

소리가 난 쪽을 쏘아보았지만 하필 아치형 기둥에 가려져 보이지 않았다. 저쪽이 입구와 가까우므로 섣불리 움직이면 도망쳐버릴 것이다. 잠시 생각하던 이스핀은 급사를 불러 메모지를 청하고는 뭔가를 적어 건넸다.

"요즘 내 주변을 맴도는 신사분께서 부끄러움도 모르고 또 저 기둥 뒤에서 엿보고 있는 것 같군. 그분에게 이걸 전하도록."

네 번 접힌 쪽지를 내밀면서 약간의 팁을 얹었다. 급사가 정중히 고개를 숙여 보였다.

"물론입니다, 아가씨."

급사가 멀어지자 이스핀은 미간을 살짝 찡그리며 다시 주위를 봤다. 어쩐지 자신을 보는 눈이 그것 하나가 아닌 듯했기 때문이다. 쓸데없는 인기가 많네. 뭘 털어 가려고 노려보는 거야.

자신이 너무 민감한 건가 싶기도 했다. 단순히 기둥 장식을 쳐다본 것일지도 모르잖아. 하지만 오를리 궁정에서 갑작스러운 시선이란 항상 악의를 품고 있었기에 드레스를 입으면 긴장하는 버릇이 든 이스핀은 이 근사한 장소에서 맛있는 디저트를 앞에 놓고도 마음 편히 즐길 수가 없었다. 물론 놀러 온 것도 아니었지만 어쨌든 막시민이 돌아올 때까지 특별히 해야 할 일은 없는데, 푸딩 맛이라도 좀 누려볼까. 그렇게 생각하며 포크를 들려 했을 때였다.

기둥 뒤에서 한 남자가 일어섰다. 이쪽을 향해 다가오기 시작했다. 거침없이 당당한 걸음으로, 심지어 미소를 지으면서.

놀란 이스핀은 이대로 앉아 있는 것이 맞는지 헷갈렸지만 일어나서 도망치는 것도 어처구니없는 일일 게 뻔했다. 상대가 누군지도, 무슨 용건인지도 모르니까. 그런데 왜 저렇게 느끼하게 웃는 거야?

표정뿐이 아니었다. 기름을 발라 넘긴 약간 너저분한 단발에 취향 없이 단순히 비싼 것으로 사 입었구나 싶은 코트, 어울리지 않는 색깔의 조끼에 잘 손질되지 않은 구두까지, 이런 곳에 잘도 들어왔구나 싶은 모습이었지만 무엇보다도 일면식 없는 귀공녀를 향해 웃어대며 다가오는 것이 가장 어이가 없었다. 이런 게 켈티카 사교계의 예의란 말이야?

이스핀 앞으로 온 남자는 심지어 양해도 구하지 않고 맞은편 의자에 걸터앉았다. 이스핀은 눈을 크게 뜨고 남자를 쏘아봤다. 속으로는 귀공녀답게 대처해야 할 상대가 맞는지 가늠

하는 중이었다.

남자가 입을 열었다. 종일 한마디도 하지 않은 듯한 목소리로.

"안녕하쇼."

오를란느의 귀부인이라면 이런 상황에서 대꾸도 하지 않는다. 무시하고 있으면 주변에서 알아서 상황을 정리한다. 하지만 여긴 정리해줄 사람도 없었고 무엇보다 이스핀은 귀부인보다 다른 처신이 익숙한 사람이었다. 이스핀은 '이것이 최후의 예의다'라는 심정으로 입을 뗐다.

"누구고, 무슨 볼일인지?"

남자는 반말에 약간 움찔하더니 여전히 웃음을 거두지 않은 채 말했다.

"아까 주신 쪽지를 보니까 이미 다 알고 계시던데? 당신을 뒤쫓느라 고생 좀 했소이다. 이스핀 샤를 씨. 그나저나 남자라고 해서 그런 줄 알았더니 드레스를 입고 나타나서 깜짝 놀랐지 뭐요."

이자는 누구지? 어떻게 내 이름을 알고 있지?

하지만 겉으로 나온 반응은 전혀 달랐다.

"왜 이렇게 무례한가 했더니 상대를 잘못 보고 이러는 거였군. 사람을 부르기 전에 썩 물러나라."

남자는 개의치 않고 빙글빙글 웃으면서 들고 온 가방에서 길쭉한 상자를 꺼내 뚜껑을 열었다. 푸슉, 소리가 나면서 희미한 연기 같은 것이 올라오더니 벨벳 천이 둘러진 상자 내부에 유리잔 하나가 들어 있는 것이 보였다. 그런데 새것이 아니고, 고급스러운 것도 아니고, 심지어 안쪽에 포도주 같은 것이 말라붙은 자국이 남아 있었다.

"이게 뭔지 기억나쇼?"

남자가 물었다. 이스핀은 대꾸하지 않았다. 잔은 어디서나 흔히 볼 수 있는 모양이었다. 기억해내기에는…… 아!

희미하게 남은 향이 기억을 불러왔다. 아무것도 남기지 않은 줄 알았는데, 건드렸던 물건은 다 처분했다고 생각했는데, 이 잔만은 그러지 못했다. 소동을 벌인 뒤 바로 뛰어나왔고, 돌아가보니 술집은 문을 닫았으니까.

아라종 블루의 향이었다. 오렌지나무 술집에서 입을 대고 마셨던 그 잔이었다.

"……."

이스핀이 말을 못 하고 있자 상대가 손끝으로 컵을 톡톡 두드렸다. 그러자 이스핀이 잡았던 손 모양, 입을 댔던 모양이 희미한 빛이 되어 되살아났다. 동시에 이스핀의 입술에도 같은 빛이 떠올랐다. 감추고 있지만 손도 마찬가지일 것이다. 추적 마법이 걸린 것이다.

남자가 말했다.

"다시는 마법사들을 우습게 보지 마시오."

심볼리온에서 파견한 마법사였다. 이제 더 부인해봤자 소용없었다. 그런데 어떻게 추적당했지? 역시 망한 카페 3층이 너무 유명해졌던 것일까? 아니면 이스핀을 따로 뒤쫓고 있었던 걸까? 막시민만 걱정했는데 자신이 더 부주의했단 말인가?

낭패한 심정을 누르며 대책을 떠올리려 했지만 여건이 좋지 않았다. 어떻게 빠져나갈지 경로는 쉽사리 그려졌지만 자신은 거추장스러운 드레스를 입었고 주변에는 귀족들이 여름맞이 무도회만큼이나 우글대고 있다. 그리고 상대는 마법사다. 에투알 훈련에서 몇 번이나 주지시키는 바이지만 마법사를 상대할 때의 요령은 단 하나, 속도였다. 연약한 자들이라 중상을 입히면 집중력이 흩어지기 때문이다. 하지만 이런 데서 사람을 베고 나서 저 귀족들의 기억에 남지 않은 채 도망칠 방법이 있을까? 추적이라도 당했다가는 장차 외교적 문제가 발생하는 것 아니야?

동시에 같은 이유로 저자도 이곳에서 강한 마법을 쓰기는 힘들 것이라고 판단했다. 이스핀은 드레스 허리 뒤쪽으로 꽂은 검을 의식하며, 한순간에 뽑아 벨 태세를 갖춘 채 나직이 물었다.

"내가 여기 온다는 건 어떻게 알았지?"

"그런 건 몰랐소이다. 그저 운이 좋았달까. 우연히 이 근사한 호텔을 보고 차나 한잔 마실까 하고 들어왔는데 당신이 눈앞을 지나가지 뭐요. 추적 마법이 걸린 물건만 갖고 있으면 얼굴 같은 건 몰라도 아무 상관이 없거든. 아, 그리고 미리 말해두지만 도망칠 생각은 마시오. 우리한테는 연행 마법이라는 것이 있으니까."

그런 말을 믿을 이스핀이 아니었다. 여긴 지나가다가 무심코 들어올 만큼 만만한 곳이 아니었다. 저런 꼬락서니로는 출입구에서부터 걸러졌을 게 틀림없다. 마법을 써서 어떻게 통과할 수는 있었다 쳐도 그럴 이유가 있어야 했다. 결국 이 호텔에 용건이 있었다는 뜻이다. 뭐였을까? 혹시 막시민이 여기 온다는 것을 알았던 걸까?

그건 물어볼 수 없었다. 저자가 혹시 모른다면 막시민까지 이곳에 있음을 알려주는 멍청한 짓을 해선 곤란했다. 잡혀가더라도 혼자 가야 한다.

"마법을 배우면 운수도 좋아지나 보지? 이왕 이렇게 만났으니까 좀 물어볼게. 대체 수배는 왜 내린 거야? 날 잡아가서 뭘 하려는 건데?"

"아, 그렇게 위험할 건 없소. 약간의 조사지. 우리가 무슨 악당 소굴도 아니고, 네냐플이 심볼리온의 협약을 어기고 위험한 실험을 진행했다는 증거를 찾으려는 것뿐이오. 무슨 짓을 했기에 학교가 폐쇄될 지경이 됐을까? 그래놓고 단지 간단한 사고라고 억지를 부리며 외부 조사를 기를 쓰고 막는 이유는 뭘까? 최근에 또 수상쩍은 자의 침입이 있었지만 네냐플의 누군가가 숨겨서 내보내줬다는 정황도 포착됐는데, 그 문제 역시 조사를 거부하고 있고, 이런 식으로 네냐플이 무엇 하나 협조를 안 하니까 킵에서 한 발짝도 못 나가고 있잖소! 킵에 각국 군대가 주둔한 지도 일 년이 되어가는데 대체 언제까지 갇혀서 담 너머만 구경하고 있을 건지. 우리는 네냐플이 숨기고 있는 걸 밝혀서 킵이 제대로 돌아가게 하려는 것뿐이니까 당신은 가서 증언만 잘해주면 되는 거요. 아는 대로 솔직하게. 당신은 네냐플 사람도 아니니까 상관없잖소?"

이스핀은 미심쩍은 눈빛으로 마법사를 봤다. 마법사들은 마법을 배우느라 바빠서 정치적 화술 같은 건 익힐 시간이 없는 걸까?

뼈 있는 칭찬과 찬사를 가장한 모욕, 우회적인 협박과 열등감을 자극한 조종 따위를 자유자재로 구사하는 오를리 궁정 사람들에게 익숙한 공녀에게 이 마법사가 한 말은 너무 투명해서 오히려 다른 수가 숨겨져 있지 않나 의심스러울 정도였다. 일단, 심볼리온에는 네냐플파와 반네냐플파가 존재한다는 걸 알았다. 그중 반네냐플파가 네냐플을 공격할 구실을 찾고 있다가 이번 학교 폐쇄 사태를 기화로 네냐플의 약점을 잡아 주도권을 쥐고 싶어 하는 것 같고, 그러한 알력이 시작된 이유는 오래된 반감도 있겠지만 직접적으로는 킵에서의 작전 방향에 대한 의견 불일치인 모양이지.

이스핀은 오를란느 군대가 언제, 어떻게 해서 킵에 가게 됐는지 알고 있었다. 그곳의 최근 상황까지는 전해 듣지 못했지만 네냐플에서 작전 개시를 반대하고 있다면 아마 이유도 있을 것이다. 하지만 그게 길어지면 곤란한 자들도 있겠지. 누굴까? 기껏 병력을 이끌고 킵까지 왔으니 뭔가 공을 세워 제 입지를 넓히고 싶은 지휘관들이 아닐까?

킵에서의 작전 결정권은 마법사들이 갖고 있으니만큼 답답해진 군대 지휘관들 중 누군가가 심볼리온을 움직여보려 획책했고, 그들의 반네냐플 정서를 이용하려는 계획도 세웠을지 모른다. 그렇게 네냐플의 뒷조사를 해서 구린 곳을 찾아내고 발언권을 약화시켜 자기들이 원하는 대로 작전을 굴려보겠다는 건데, 그러자면 문제의 지명수배자들이 그들에게 유리한 진술을 해주어야 하잖아? 그런데 그럴 얘기가 마땅히 있을까?

이스핀과 막시민이 둘 다 증언대에 서게 된다 해도 해줄 얘기라고는 술 마시다가 발끈해서 프시키를 이용해 혼내주려 한 얘기, 쥬스피앙이라는 마법사가 변덕을 부린 얘기, 뭐 그런 것들뿐이다. 그 결과 네냐플에 정확히 무슨 일이 벌어졌는지는 네냐플의 교수들이나 알 일이고, 막시민이나 이스핀이 뭘 알겠냐고.

거기까지 생각하던 이스핀은 문득 깨달았다. 프시키다. 킵의 변종 프시키들을 제어하기 위해 모인 마법사들은 프시키를 다루는 힘을 보여준 자신에게 큰 관심이 있지 않을까?

이스핀도 아이언페이스를 추적하는 일만 아니었다면 킵에 가볼까 생각한 적이 있었다. 자신의 능력이 변종 프시키에게도 통할지 궁금했던 것이다. 하지만 대공은 '네가 그런 위험한 일을 할 필요가 없다'고 잘라 말했다. 물론 대공은 딸이 프시키 몇을 다루는 귀여운 힘을 가졌다고 해서 장차 전장이 될지도 모를 킵에 가게 둘 생각은 없었을 것이다. 공식적으로 공녀의 그런 능력은 존재하지 않는 것이었다.

하지만 심볼리온은 프시키를 다루는 사람이 있다면 능력을 시험해보고 싶을 것이다. 그리고 그런 사람이 더 있을지도 모른다고 생각할 것이다. 킵에서 공세를 시작할 근거를 쌓기에도 좋다. 또한 이 뛰어나신 마법사들은 마법도 모르는 두 지명수배자들을 손에 넣기만 하면 자기들에게 유리한 진술을 하도록 강제할 방법 정도는 갖고 있을지도 모른다.

자, 이제 선택해야 했다. 이자를 공개된 장소에서 베고 도망치는 것과 심볼리온에 끌려가는 것, 어느 쪽이 더 위험하지?

그때였다.

"이분은 누구야? 나한테 남자라도 소개해주려고?"

이스핀과 마법사는 동시에 고개를 들어 테이블 옆으로 다가온 사람을 보고는 눈이 둥그레졌다. 마법사는 얼핏 착시가 일어날 정도로 번쩍이는 은빛 드레스에 놀랐고 이스핀은 상대의 얼굴 때문에 놀랐다. 이런 데서 보리라고는, 그리고 드레스 차림으로 마주칠 일이 있으리라고는 상상도 못 한 사람이었기 때문이다.

에투알, 조안느 드 도벨은 여유롭게 둘을 훑어본 다음 이스핀 곁에 붙어 앉더니 새침하게 말을 이어갔다.

"에이, 근데 너무 늙었다. 내 타입도 아니고. 얘, 나 머리 저렇게 넘긴 남자 싫어하잖아."

다 좋은데…… 저런 드레스를 어디서 구했담.

옷감도 광택 도는 오간자인데 거기에 붙은 은스팽글이 어찌나 현란한지 가장무도회쯤 되면 어울리려나 싶을 정도였다. 훈련으로 다져진 몸에 키도 훤칠한 조안느가 입으니 화려함도 두 배다. 하지만 그건 고전적인 예절을 선호하는 오를란느 궁정 출신의 공녀님께서 한 생각이고, 실제로는 식당 안의 수많은 귀족들이 조안느의 드레스를 흘끔대고 있었다. 평소 검은 제복에 머리를 질끈 올려 묶은 조안느에 익숙했던 이스핀만이 인지부조화를 일으켰을 뿐이었다.

그러나 오 초 뒤, 이스핀의 얼굴에 응석부리는 듯한 표정이 떠올랐다. 무슨 역할을 해야 하는지 알아차렸기 때문이다.

"언니, 왔어? 오늘 드레스 멋있네. 근데 이 사람, 언니 소개시켜주려고 부른 거 절대 아니고 제멋대로 여기 앉더니 가질 않네. 어쩌지?"

"뭐라고?"

조안느한테서 '이게 미쳤나' 하는 눈빛을 받은 마법사는 당황했다.

"자, 잠깐. 난 단지 심볼리온 마법사 회의의 명을 받고 이, 이분을 모시러……."

연행하겠다던 말이 어느새 모시러 온 것으로 바뀌었다. 조안느가 인상을 찌푸리더니 몸을 앞으로 기울였다. 늘씬한 키로 상대를 내려다보며 귀족 특유의 오만한 어조로 말했다.

"당신, 내 귀여운 동생한테 감히 무례를 저지른 건가? 심볼? 마법사? 난 그런 건 모르겠고 관심도 없어. 고귀한 분들이 지켜보시는 곳에서 창피당하고 싶지 않다면 썩 물러나도록."

"그럴 순 없소. 왜냐하면……."

설명하기가 복잡하다고 생각했는지, 마법사는 갑자기 벌떡 일어나 이스핀의 팔을 붙들었다. 그런 채로 무슨 주문을 외우려 했지만 조안느가 더 빨랐다. 테이블 위의 찻잔을 낚아채어 찻물을 끼얹어버리자 그자는 주문이고 뭐고 잊고 제 얼굴을 감싸쥐며 비명을 내질렀다.

"으악!"

사방에서 사람들이 웅성대며 쳐다보고 급사도 두 명이나 달려왔다. 조안느가 이스핀을 부축해 일어나며 말했다.

"이자가 제멋대로 숙녀께 접근하여 감히 희롱하려 하기에 참지 못했을 뿐이다. 품격 높은 그랑도프에서 이런 자의 출입을 제지하지 못하다니 심히 유감스럽군."

이때 조안느는 실제로 분개했기 때문에 급사가 움찔할 정도로 사나운 눈빛이었다. 곧 달려온 지배인을 향해 같은 말을 내뱉은 조안느는 이스핀을 데리고 자리를 떠나려 했다. 그때 정신을 차린 마법사가 이를 악물며 룬을 내뱉었다.

"타리크, 크펜, 시아!"

파란 불꽃으로 이글거리는 기둥이 나타나는 것을 모두가 보았다. 마법에 익숙하지 않은 자들에게 강한 공포를 불러일으키기에 마법사들이 공공장소에서는 사용하기를 꺼리는, 상급 주문만이 쏟아내는 빛이다. 당장 사방에서 비명이 울리며 몇 명이 기절하고, 나머지는 혼비백산해서 도망치는 소동이 벌어졌다. 우아하게 앉아 있던 귀족들이 차를 엎질러가며 허둥지둥 달아나는 꼴은 꽤 구경거리였지만 그걸 즐길 여유가 있었던 사람은 없었다. 상급 주문은 마력의 대상이 아닌 자들에게도 비이성적인 혼란을 안겨준다. 뛰어난 마법사라면 그것까지 막도록 주문을 설계하지만, 그 수준이 안 되는 자들은 마법을 쓸 장소를 잘 골라야 한다.

몇 초 뒤, 기둥은 그 자리에 선 세 사람을 빨아들이고는 깨끗이 사라져버렸다.

한편 그랑도프 호텔 12층에서는 경매 종료 후 이어질 예정이었던 '후기 가나폴리의 조각 양식과 남부 건축 사조의 유사점 및 재현과 변형'이라는 주제의 강연이 취소되었다는 소식에 누구도 신경쓰지 않는 중이었다. 본래 내빈들 중 상당수는 그 무렵 배가 출출해지거나, 또는 잊고 있었던 약속이 떠올라서 그 자리를 떠날 예정이었으나 일은 거꾸로 돌아가 강연은 취소되고 그들은 떠나지 못하게 되었다.

이쯤 되자 막시민도 알아챘듯 강연은 겉치레였을 뿐 본 행사는 경매였고, 주최 측도 내빈들도 그 점을 잘 알고 있었다. 다만 팬지 파빌리온은 예로부터 참석자들의 섬세한 취향에 어울리게 강연, 전시, 음악회 등 점잖은 이름을 내건 다음, 부가 행사인 것처럼 경매를 개최했을 뿐이었다.

막시민이 다가오자 루시안은 가장 먼저, 막시민이 입고 있는 것이 무엇인지 깨닫고 반색했다.

"아, 거기 있었네?"

찾았으면 됐지 제 옷을 친구가 껴입고 있든 말든 신경쓸 루시안이 아니었다. 하지만 친구의 표정이 나쁜 것은 또 금세 알아보았다.

"왜 그래? 찾던 사람을 못 만났어?"

"……."

막시민은 그 무렵 정신을 차리고 스스로에게 화가 나 있었다. 처음부터 이 행사가 거대한 음모 같다는 느낌을 받았으면서, 갑자기 튀어나온 로잘린다 누오보의 권총에 정신이 팔려서 깜빡 잊다니. 돌이켜보니 처음부터 이걸 훔치려고 꾸민 무대가 틀림없었는데, 그리고 충분히 예상할 수 있는 일이었는데 왜 거기까지 생각이 닿지 않았을까.

이곳에 모인 귀족들도 권총을 원했고 막시민도 원했다. 모두가 원하는 물건이 단 한 명의 수중에 떨어질 수밖에 없는 곳에서 꾸밀 음모가 있다면 뭐겠는가?

물론 막시민은 이게 경매 행사인 줄도 모르고 왔고 로잘린다의 권총 두 정이 경매에 나올 줄은 더더욱 몰랐으며 권총 입찰에 정신이 팔린 건 고작 몇 분, 권총이 사라진 것은 그야말로 한순간이었다. 주최 측도 진행자도 전혀 깨닫지 못했는데 막시민이 주시했다 한들 뭔가를 포착했으리라고 확신할 순 없었다. 그럼에도 불구하고 다른 생각에 빠져 놓쳤다고 생각하자 견잡을 수 없이 화가 났다. 이스핀이 이 이야기를 들으면 얼마나 실망할까.

어쨌든 그런 설명을 해줄 순 없었으므로 막시민은 이유 없이 화난 표정이 되어 루시안에게 방금 벌어진 일을 설명해주었다. 권총을 낙찰받게 된 부분까지 듣고 난 루시안은 조금 착잡한 표정을 짓고 있다가 말했다.

"어쩔 수 없지. 조만간 선물 줄 사람이 있긴 해. 마음에 안 든다고 하면 다른 경매에서 팔면 되니까. 다들 사고 싶어 한 물건이라며. 뭐, 잘됐네."

25만 엘소짜리 선물이라니, 너 지참금 딸려 결혼시킬 자식이라도 있었냐? 아니지, 그런 자식이 있든 없든 이미 권총도 없다. 이어 그 권총이 사라졌다는 말을 들은 루시안은 생각지도 않던 용돈을 받은 것처럼 기뻐하며 대꾸했다.

"아, 잘됐다! 25만 엘소로 뭐 다른 거 사야지."

그 25만 엘소는 살 생각도 없었던 권총이 사라진 것만으로 저절로 생겨나는 거냐고…….

"그런데 세빌 어쩌고 영애는 너한테 뭔 용건이었냐?"

"아, 그거. 소공작을 자기집 연회에 초대하고 싶으니 도와달라는 시시한 용건이더라고. 내가 그런 요청을 세 번만 더 받으면 백 번이다?"

루시안이 그런 소릴 그렇게 자주 듣고 있는 줄은 몰랐다. 슬슬 정신을 차리고 주위를 살핀 막시민은 중대한 변화를 알아차렸다. 출입구가 폐쇄되고 있었다.

단상에서는 처음 보는 누군가가 빙빙 돌려가며 양해 말씀을 늘어놓는 중이었다. 말인즉슨 '예상치 못했던 아주 작은 문제가 일어났으나 내빈 여러분께는 어떤 피해도 없으며 잠시만 편안히 기다려주시면 곧 향후의 경매 진행에 대해 알려드리겠다'는 것이었다.

하지만 막시민은 그자가 하는 말의 요점을 바로 파악했다. 그건 막시민에게 세 가지 문제가 발생했음을 의미했다.

첫째로, 그들은 갇혔다. 물건이 도난당했다면 출입구를 봉쇄하고 용의자를 찾는 것은 당연한 수순이다. 둘째로, 모든 손님의 신원 확인이 시작될 것이다. 수상쩍은 자들은 따로 분류될 것이다. 주최자의 손자인 루시안 칼츠는 그렇다 치고 초대장도 없으면서 슬그머니 따라 들어온 자신은 어떤 이름을 대야 할까? 플레상스 경이라고 주장했다가 장차 치안청의 조사를 받게 된다면 가짜 신분이 들통나는 바람에 오히려 진짜 권총 도둑으로 몰릴 가능성이 있다. 그렇다고 막시민 리프크네라고 밝히는 것도 좋은 생각 같지 않았다. 역시 조사 과정에서 심볼리온에게 노출될 가능성이 커지지 않는가.

셋째로, 조사에는 시간이 걸린다. 사라진 권총이 누군가의 뒷주머니에서 슬그머니 나오지 않는 한 신분이 미심쩍은 자신은 맨 마지막까지 붙잡혀 있을 가능성이 컸다. 그게 언제일까? 오늘 저녁? 늦은 밤? 기다리고 있는 이스핀은 어쩌지? 걔 기다리는 것 싫어하는데. 잠깐, 저녁은 주나?

"……."

막시민은 루시안 같은 고민을 하고 만 자신을 나직이 욕했다. 곁에 있다 보면 어쩐지 전염되는 것 같다니까. 막시민이 진짜로 해야 할 고민은 이것이었다. 권총이 진짜로 도난당한 거라면, 추적할 방법도 없어진다. 코앞에서 구경해놓고는 눈 뻔히 뜨고 놓치게 되는 것이다.

그러므로 막시민은 이 사건을 해결할 이유가 있었다. 주최 측만큼이나 간절히.

그 생각을 하자 무대 뒤에서 자신을 주시하던 영문 모를 눈동자가 떠올랐다. 그자는 이 자리의 불청객인 자신을 왜 보고 있었을까. 곧 네가 해결할 사건이 생길 것이라고 예고라도 한 거야?

젠장, 기분 나쁜 예고네.

막시민은 사람들을 차근차근 훑어봤다. 매들로 소자작 후보들은 다섯 명 모두 얌전히 남아 있었다. 서두르는 기색도 없었다. 다른 귀족들도 마찬가지였다. 단상에 올라온 자의 친절한 안내대로 칵테일이나 한 잔 더 주문하거나, 기묘한 상황에 같이 처한 인연으로 인맥이나 만들어볼까 하고 두리번대거나, 또는 반대로 모자를 덮어쓰고 베일을 내릴 뿐이다. 몇몇은 불만스러운 기색이었지만 안내인들은 아는 게 없었고 구석에 처박혀 있던 교수는 어디론가 사라지더니 나타날 생각을 하지 않았다. 어느새 별실 쪽 통로도 차단됐고 단상 뒤의 커튼은 싹 걷혔다. 홀은 정직한 사각형이어서 오래된 성들처럼 비밀 통로 같은 게 있을 법해 보이지도 않았다.

수상쩍던 사람들은 어디 있을까? 먼저 공작색 드레스의 귀부인은 쉽사리 눈에 띄었다. 두 번째 남자도 곧 찾았다. 그런데 세 번째, 회색 코트는 얼른 눈에 띄지 않았다.

막시민이 머리를 굴려보려는 찰나, 루시안이 불쑥 말했다.

"우리 여기서 나가면 안 되나 봐. 조금 있으면 배고플 것 같은데 금방 끝나나? 그냥 나가고 싶다고 얘기할까? 여기 식당 엄청 맛있다는데 너 가봤어?"

주최 측과의 관계를 생각할 때 루시안은 실제로 예외적인 출입이 가능할 듯했지만 그 모습을 본다면 다른 사람들도 핑계를 찾아내기 시작할 테고, 자신이 남들보다 뒤처질 이유는 조금도 없다고 생각하는 귀족들을 통제하기란 매우 어려워질 것이다. 그 혼란 틈에 권총을 가진 놈도 빠져나가버릴지 모른다. 막시민은 고개를 흔들었다.

"그냥 기다려보자. 곧 끝나겠지. 그런데 루시안, 너 혹시 저 출입구 말고 나가는 길 알아?"

분명히 그런 문이 있을 것이다. 귀족들이 모임을 갖는 장소에 입구가 하나뿐일 리 없다. 파티를 부득이하게 빠져나가야 할 사연이 얼마나 많은데.

"음, 창문? 전에 누군가가 여기서 창문으로 나간 적 있대."

"여기 12층이거든?"

"근데 나갔다던데? 혹시 밖에 테라스가 있을지도 모르잖아."

막시민은 창밖을 보며 지루함을 이겨보려는 것처럼 슬금슬금 걸어가 창문 밖을 살펴봤다. 하지만 테라스 대신 한 명이 벽에 거미처럼 달라붙으면 겨우 걸을 수 있을까 싶은 좁다란 벽감이 보일 뿐이었다. 저리로 걸어나가 지붕으로 기어 올라간 다음 맞은편 벽으로 내려가 어느 창문으로 탈출할 수도 있겠지. 하지만 다시 말하건대 여긴 12층이고 귀족들 가운데 이스핀이나 보리스나, 뭐 그런 종류의 인간이 흔할 것 같지는 않았다.

루시안이 같이 창밖을 내다보며 물었다.

"왜 그래? 우리 탈출해야 돼? 하지만 이쪽으로 나가려면 너무 무섭겠다."

왜 탈출해야 하는지 이유도 물어보지 않는 멋진 친구를 뒀다니 막시민 리프크네의 지난 인생도 꽤 괜찮은 것 같기도 하고…… 단지 루시안이라는 녀석의 특수성 때문인 것 같기도 하고.

"아니. 우리 말고 다른 누군가가 탈출하고 싶을 거 같지 않냐."

"아, 권총 훔친 사람? 그렇긴 하네. 하지만 여긴 초대받은 사람만 들어올 수 있었잖아. 명단도 체크했을 거고. 몰래 탈출하면 오히려 범인으로 의심받지 않을까?"

루시안 칼츠가 추리를 다 하다니. 막시민은 칼츠 부부 대신 약간의 감동을 느끼며 대답했다.

"그렇지. 하지만 그자가 애초에 가짜 신분이었다면 그런 걱정을 할 필요는 없겠지."

"이런 모임에 가짜 신분으로 들어오긴 힘들 텐데? 뭐 어쨌든 아카데미 사람한테 내가 물어볼까?"

"어, 그거 좋은 생각이다."

루시안은 막시민이 '너 오늘 진짜 쓸모 있는데?' 하는 눈빛으로 바라보는 것을 알고는 기분이 좋아져서 자리를 떴다. 혼자 남은 막시민은 회색 코트의 남자를 찾아 연회장을 한 바퀴 돌았다. 방해 없이 걷는 동안 두뇌는 빠르게 가동되어 권총이 사라지던 순간에 있었던 일들이 순서대로 되짚어 그려졌다.

'카나리아'가 사라지기 직전, 권총이 든 상자는 작은 테이블에 놓여 있었다. 그때 루시안이 누가 봐도 실수인 몸짓으로 입찰을 거듭하자 당황한 사람들은 대부분 루시안을 쳐다봤다. 심지어 막시민도 그랬다. 정작 본인은 개의치 않았지만 누군가가 실수로 25만 엘소를 쓰는 광경이란 지나치게 숨막히는 스포츠였기 때문이다.

하지만 그건 예고되지 않은 사건이었다. 루시안 칼츠는 여기에 올 예정도 없었고, 오고도 이런 일을 벌일 줄은 루시안 자신도 몰랐을 것이다. 그러므로 만약 누군가가 처음부터 권총을 훔치려고 획책했다 한들 이 상황을 미리 짐작하는 것은 불가능했다. 다시 말해 그자는 본래 다른 계획을 세웠지만, 뜻밖의 좋은 기회를 놓치지 않고 행동을 개시했다는 뜻이다. 이 사실은 무엇을 뜻하는가?

범인은 그때 바로 손을 쓸 수 있는 자리에 있었다. 복잡한 트릭은 끼어들 겨를이 없었다. 그저 가까이에 있었다. 그러므로 첫 번째 용의자는 교수를 거들던 두 안내인, 그리고 교수 자신.

그런 결론을 내리자 자신을 주시하던 블론드 곱슬머리의 안내인이 떠올랐다. 그자는 지금 어디 있지? 한 바퀴 휘둘러 봤지만 향후 대책이라도 논의하러 갔는지 연회장에 남아 있는 안내인 자체가 몇 되지 않았다. 그때 루시안이 돌아왔다.

"물어보고 왔어! 지금부터 한 명씩 확인할 거래. 그런데 먼저 숫자를 세어봤더니 현재까지는 딱 맞나 봐."

"고맙다. 그런데 여기 손님 말고 아카데미에서 파견된 안내인이나 직원이나, 그런 사람들 숫자도 세고 있는 거냐?"

"글쎄? 그 사람들은 명단이 없겠지만 얼굴을 다 알지 않을까? 그런데 막군 지금 뭐하려는 거야? 권총을 가져간 범인을 찾으려는 거야? 왜? 내 거라서?"

"어…… 뭐 그렇지."

"고맙긴 한데, 사실 나 그 권총 없어도 되는데. 낙찰받은 순간 내 것이 된 건가? 하지만 나한테 건네주기 전에 잃어버렸으니까 내 것은 아니지 않을까?"

"아직 네 건 아니라고 봐야겠지. 그런데 '여름의 피'도 없어졌는지 물어보긴 한 거냐?"

"아참, 그걸 안 물어봤네."

그때 점잖게 차려입은 노인이 두 사람을 향해 다가왔다. 노인은 먼저 루시안을 향해 절을 하며 말했다.

"루시안 도련님, 저를 기억하시는지요? 저는 고고미술학 아카데미의 원장인 군터 하브라스입니다. 도련님께서 로잘린다 누오보의 권총 두 정을 낙찰받으셨다는 말씀을 들었고, 그중 한 정이 사라졌다는 유감스러운 소식을 알려드리려고 찾아왔습니다. 진심으로 사죄드리며 아카데미의 명예를 걸고 반드시 찾아서 돌려드리도록 하겠습니다."

"아, 한 정만 사라진 건가요? 그럼 반값만 내고 나머지 하나만 가져가면 되나요?"

"그게 꼭 그렇지는 않고요……."

세트로 판매하려던 물건을 반만 팔고 싶지 않을 수도 있지만, 어쨌든 그것도 잃어버린 권총을 찾아냈을 때의 얘기다. 막시민이 끼어들어 물었다.

"실례지만 시한이라도 정하셔야 하는 것 아닐까요? 마냥 기다릴 수는 없는 일이니 말이지요."

"아, 물론 그렇습니다만……. 저희가 조금 논의해보고서 말씀드리도록 하겠습니다. 만에 하나 기한 안에 찾지 못한다면…… 한 정만 가져가실 경우 가격을 어떻게 책정할지는 다시……."

세트로 된 물건을 하나만 따로 사면 보통 가격이 오르기 마련이다. 하지만 루시안은 주최자의 손자이고, 주최 측에 대한 예우로 그 정도는 넘어갈 수도 있는 문제 아닐까? 그런데 선뜻 그런 대답을 못 한다는 건 원장이 구두쇠여서일 수도 있겠지만…… 그보다는 판매자의 동의를 얻기가 힘들기 때문이 아닐까? 그렇다면 이날의 경매를 팬지 파빌리온이 주관했을 뿐, 경매 물품의 실제 주인은 따로 있다는 뜻이 아닐까?

하브라스 원장과 대화를 해볼 필요를 느낀 막시민이 말했다.

"루시안의 친구 자격으로 몇 가지 질문을 드려도 괜찮으실는지요? 먼저 이곳의 안내인들도 회장을 떠나지 못하도록 제한을 두고 계십니까?"

"그야 물론입니다. 귀빈 여러분께서 기다려주시고 계신데 안내인들이 어찌 밖으로 나갈 수가 있겠습니까? 대부분은 아카데미의 회원들이지만 그렇지 않은 자들도 있기 때문에 한 사람도 나가지 못하게 하라고 엄명을 내렸습니다. 귀빈 여러

분들께 불편을 끼치고 있는 점은 거듭 사죄드리옵고…….”

원장은 막시민의 질문을 형평성 차원의 시비로 생각한 듯했다. 막시민은 고개를 끄덕여 보였다.

“아, 그렇다면 됐고요. 두 번째 질문인데요. 현재 제 친구가 낙찰을 받긴 했지만 아직 소유권 이전은 되지 않은 상태에서 물건이 사라진 곤란한 상황인데, 그렇다면 현재 이 두 권총의 소유권을 가진 분은 누굽니까? 아카데미인가요?”

“그건…….”

누군지도 모를 사람에게 내부 사정을 다 설명할 필요는 없으므로 원장이 뜨악한 표정으로 머뭇거리자 루시안이 끼어들었다.

“지금 사건을 해결하려고 물어보는 거예요! 제 권총을 찾아주려는 거죠! 제가 네냐플에서 만난 친구인데요, 엄청 똑똑하거든요! 네냐플에서도 이런 사건을 몇 번이나 해결한 적이 있어요. 우리끼리는 술집 구석…….”

막시민은 루시안이 황당한 별명을, 그리고 이어서 실수로 본명까지 내뱉기 전에 재빨리 말했다.

“막시밀리앵 드 플레상스라고 합니다.”

원장은 미심쩍은 눈빛으로 막시민을 봤지만 칼츠 가문의 도련님이 적극적으로 소개하는데 무시할 순 없었으므로 표정을 바꾸어 악수를 청하며 말했다.

"저희의 어려움을 도와주신다니 이보다 더 감사할 수 없겠습니다. 다만 질문 주신 부분은 저희 협회의 내규와 관계되어 있다 보니 잠시 한쪽으로 와주시면……."

다른 손님들과 제법 떨어진, 별실 입구 쪽으로 둘을 인도한 원장이 말을 이었다.

"사실 그 권총들은 익명으로 의뢰되었기 때문에 그, 뭐랄까, 주인 되시는 분이 이 문제를 어떻게 생각할지 다시 여쭤보기 전에는 알 수가 없습니다. 또한 이런 사고가 생길 줄은 상상도 못 했기에 의견을 여쭙기도 용이하지가 않은 상황입니다. 그런 까닭으로 금액에 대해 확답을 드리기가 어렵고……."

거기까지만 듣고도 막시민은 원장이 설명하기 어려워하는 이유를 간파했다. 하지만 일부러 모르는 체하며 물었다.

"익명이라. 놀랍네요. 익명으로 들어온 물건의 신뢰성을 어떻게 담보합니까? 이런 귀빈들을 모시고 진행되는 경매인데, 이분들은 팬지 파빌리온과 고고미술학 아카데미를 믿고 거액을 흔쾌히 지불하시는 게 아닙니까?"

"그건! 그런 오해는 곤란합니다. 저희는 고고미술학 아카데미이니만큼 자체적으로 감정을 할 능력을 충분히 갖고 있습니다. 그리고……."

막시민은 안경을 약간 올리며 미간을 찌푸렸다.

"그야 당연한 말씀이며 저 또한 진품 여부를 의심하는 것은 아닙니다. 다만 구설수에 오를지도 모르는 물건을 내놓기 전에 조금 신중하셨어야 하지 않을까요? 이곳에서 관대하게 기다리고 계신 귀빈들께 한번 여쭤보고 싶군요. 팬지 파빌리온의 경매에 나오는 물건들 중에는 출처 불명의 것들도 있다는 점을 어떻게 생각하시는지 말입니다."

"……."

원장은 당혹스러운 기색을 감추지 못했다. 잘 알지도 못하는 새파란 젊은이한테 추궁을 당하니 불쾌하기 이를 데 없지만 루시안 때문에 호통을 칠 수도 없고, 무엇보다 젊은이의 말대로 이 사실이 내빈들에게 알려진다면 아카데미는 물론 팬지 파빌리온의 명예도 크게 손상될 것이 뻔했다. 그렇지 않아도 권총이 분실되어 의혹을 품고 있을 텐데 불난 곳에 기름을 퍼붓는 꼴이 될 것이다.

상대가 생각하도록 잠시 기다린 막시민이 말을 이었다.

"이러한 위험을 충분히 아실 분께서 익명의 의뢰를 받아들이신 것은 그 물건이 큰 인기를 끌리라고 예상하셨기 때문이기도 했겠지만, 틀림없이 다른 이유도 있겠지요. 하지만 그건 제 관심사가 아닙니다. 저는 제 친구의 권총을 찾기만 하면 되니까요. 그러기 위해서는 문제의 권총의 유입 경로를 알 필요가 있겠습니다. 따라서 익명의 의뢰자에 대해서 좀더 자세한 설명을 해주시면 감사하겠습니다."

막시민은 상대의 약점을 남겨서 이야기를 유리하게 끌고 가려 했지만 루시안은 생각이 달랐다.

“잠깐, 다른 이유 그거 뭔데요? 난 궁금한데? 왜 익명으로 하지? 익명으로 하면 할인이라도 해주나요? 우리 할머니도 이 사실 아시나요? 할머니한테 여쭤볼까?”

뭔가가 궁금한 루시안을 이길 수 있는 사람은 이 세상에 거의 없었고, 견디다 못한 원장이 털어놓았다.

“……판매 대금의 절반을 후원금으로 내겠다고 했기 때문입니다. 아마 남작부인께서도 그런 말씀을 들으셨다면…….”

거기까지 말하던 원장은 벨로치 남작부인의 뜻을 자기가 멋대로 예단할 순 없다고 생각했는지 말을 그쳤다. 막시민은 곁에서 낭패한 표정을 짓고 있었지만 의외로 일은 다르게 풀렸다. 원장이 갑자기 진지한 눈빛으로 두 사람을 번갈아 보더니 말했다.

“제 실수를 인정합니다. 신용이 담보되지 않은 경로로 경매 물품을 조달한 것은 큰 잘못이었습니다. 그런 이유로 지금 같은 사고가 발생했을지도 모른다는 두 분의 말씀도 타당합니다. 좋습니다. 플레상스 씨, 만약 이 사건을 해결해주신다면 예의 후원금의 절반을 당신에게 드리겠습니다.”

“……네?”

생각지도 못한 말을 들은 막시민은 어안이 벙벙해졌다. 갑자기 왜 이래? 하지만 루시안은 신나 하며 막시민을 봤다.

"그럼! 막군이라면 틀림없이 해결할 거야! 그런데 의뢰금은 25만 엘소의 절반의 절반의 절반인가? 아니면 절반의 절반의 절반의 절반인가? 이런 건 확실히 해야 되잖아요? 어느 쪽인가요?"

루시안이 다그친 끝에 예의 후원금은 두 정을 합친 판매금의 절반이었으므로 의뢰금은 25만 엘소의 절반의 절반의 절반임이 확인되고 있는데 멍해져 있던 막시민이 갑자기 손을 내저었다.

"잠깐! 돈 얘기는 그만합시다. 그런 얘길 꺼내니까 지금 집중이 안 되거든요? 돈은 나중에 생각하고 필요한 답변부터 해주시죠. 그래서 익명의 의뢰자한테 어떻게 연락을 받았고, 물건은 어떻게 넘겨받은 겁니까? 돈은 어떻게 건네주기로 했죠?"

루시안은 "이거 중요한 건데……" 하고 뇌까렸지만 막시민의 머릿속은 그런 거액이 갑자기 입금되면 고장나는 경향이 있었으므로 어쩔 수 없었다. 원장은 어쩐지 만족스러운 표정으로 설명했다.

"의뢰는 심부름꾼이 편지를 가져오는 형태로 시작됐고, 물건을 일단 보고 싶다고 답하자 아무런 조건도 없이 물건이 보내져 왔습니다. 아카데미에서도 이런 경로로 판매가 의뢰된 것은 처음이었으므로 면밀히 감정했지만 진품이라는 결론이 났고, 워낙 인기를 끌 것이 틀림없어 긴급히 포함시키게 되었습니다. 오늘 이 자리에 나와주신 분들도 대부분 이 물건 때문에 오셨을 거고요. 이 사연이 수상쩍다면 수상쩍을 수 있습니다만, 만약 의뢰자를 의심한다면 분명히 진품이었던 물건을 경매에 붙였다가 도로 훔친들 그쪽에 무슨 이득이 되는지 모르겠습니다. 저희로부터 사라진 권총의 가격을 배상받게 되긴 하겠지만 그런 복잡한 방법으로 의심을 사느니, 훔치는 재주가 있다면 그냥 다른 물건을 훔치는 편이 더 이득이 아니었을까요?"

원장도 그사이 많은 생각을 해본 모양이었다. 그의 말은 대부분 옳았다. 위험을 무릅쓰고 진품을 의뢰했다가 그걸 도로 훔치는 행동은 아카데미에 피해를 주려는 음모치고는 쓸데없이 번거로웠다. 약간의 명예훼손이라는 이득이 생길 뿐이다. 그에 비해 그쪽에서 무릅써야 할 위험이 더 컸다. 왜냐하면 남은 한 정의 권총을 돌려받으려면 아카데미와 다시 접촉을 해야 할 테고, 이번에야말로 추적당할 가능성이 클 테니 말이다.

"원장님의 말씀이 맞습니다. 하지만 만일 그자가 범인이라면, 제가 보기에 그자의 목표는 아카데미의 명예를 떨어뜨리려는 것이 아닙니다. 말씀하신 대로 단순히 이곳의 물건을 한두 가지 훔치기만 해도 같은 효과가 발생하니까요. 제가 감히 추측해보자면……."

막시민은 잠시 말을 끌며 주변을 살폈다. 아무도 그들을 주목하는 사람은 없었다.

"의뢰인은 이 권총들이 인기를 끌 것을 누구보다도 잘 알았을 것입니다. 아카데미가 익명의 의뢰라는 부담조차 감수할 것을 예상했으니까요. 이곳의 귀빈분들이 그렇듯, 이 물건을 갖고 싶어 할 사람은 한둘이 아닙니다. 그러므로 제가 보기에 의뢰인의 욕망은 이 물건들을 내보이려는 것입니다. 경매라는 수단을 통해서, 특정한 사람에게."

"내보여서 얻는 게 뭐죠? 훔친 물건을 비싼 값에 팔긴 쉽지 않은데……."

"물론 아니죠. 이건 미끼니까요. 의뢰인이 목표로 한 누군가를 이 자리에 나타나게 하기 위한 미끼. 그자는 나타났을까요? 물론이죠."

막시민은 공기를 쥐었다가 날려보내는 시늉을 했다. 누가 훔쳤겠는가?

원장은 묘기를 본 사람처럼 가감 없이 놀란 표정이 되었다. 보기보다 솔직한 성격인 듯했다.

"그, 그런 생각은 전혀 못 해봤지만…… 그런 사람이 대체 누구일지……."

"그걸 이제부터 알아내야죠. 현재 가장 중요한 힌트는 의뢰인인데, 제 생각에는 의뢰인도 이 자리에 와 있으리라 여겨집니다. 비싼 미끼를 써서 끌어낸 낚싯감을 만나야 할 것 아니겠습니까? 권총을 적선하는 게 목표가 아니라면 말이죠."

"……."

자기들이 연 경매가 생각지도 못한 자들의 만남을 주선했다는 놀라운 추리에 원장이 말문이 막혀 있는데 루시안이 불쑥 참견했다.

"그런데 이 권총들을 갖고 싶어서 왔다면 그냥 경매에서 나보다 비싼 가격을 불렀으면 되잖아? 왜 훔치는 거야?"

스스로 물어놓고 곧 고개를 갸우뚱하더니 덧붙였다.

"아참, 돈이 부족했나?"

원장이 고개를 내저었다.

"그럴 리가요. 오늘 초대된 분들은 모두 금전적으로 어려움이 없는 분들뿐입니다. 사실…… 팬지 파빌리온은 경매 전에 미리 예치금을 받지 않는 대신 초대를 할 때 극도로 신중을 기합니다. 최근 금전 관계로 문제가 발생했거나 하는 분께는 초대장을 보내드리지 않지요. 본래 입장 인원에 제한이 있어 매번 같은 분들이 초대되는 것이 아니기 때문에 초대가 오지 않았다고 크게 기분 상해 하시지는 않거든요."

"그렇다면 더더군다나 이해를 못 하겠네요. 돈이 있으면 사면 되지…… 아! 혹시 들킬까 봐 그랬나?"

그게 바로 막시민이 이어서 하려던 말이었다. 막시민은 감탄한 눈빛으로 루시안을 봤다. 이보세요, 칼츠 부부. 당신들은 아들 걱정을 할 필요가 없겠는데요.

"루시안, 네 말이 맞아. 즉, 이 도둑도 의뢰인이 자길 노리고 여기 와 있을 것을 알았다는 뜻이지. 낙찰을 받으면 정체가 탄로나니까, 훔쳐버림으로써 오히려 허를 찌른 것이지."

"와, 대단하다. 마음만 먹으면 훔칠 수가 있다니. 나였어봐! 그냥 사는 걸 포기하고 집에 갔지."

루시안의 자아 성찰은 계속해서 예리하게 핵심을 찌르는 중이었다. 그 말은 도둑 입장에서도 이 권총을 절대로 포기할 수 없었다는 뜻이 아닌가?

이런 곳에 초대될 정도라면 돈과 지위가 있는 사람인데, 누가 자기를 찾아내려고 미끼를 내놓은 걸 빤히 알면서도 물건을 포기하는 대신 도둑질을 획책했다. 아무리 귀여운 장난감이 갖고 싶다 한들 그런 위험을 무릅쓸 정도일까? 그 정도로 이 권총을 갖고 싶어 할 자는 막시민이 아는 한 두 명뿐이었다. 이스핀, 그리고 아이언페이스.

하지만 그렇게 생각하니 의뢰인이 누구인지가 미궁에 빠진 셈이 되었다. 이스핀이 이 일과 관계가 있을 리는 없다. 이스핀을 빼고, 한쪽이 아이언페이스라 치면 다른 한쪽은 누구란 말인가? 지금껏 몰랐던 아이언페이스의 적이 있단 말인가?

또한 아이언페이스 측은 의뢰인인가, 도둑인가?

그때 헬레나가 했던 말이 떠올랐다. 아이언페이스의 부하들은 '그분'의 행방을 한 달째 모른다. 주인의 지시가 없어 혼란스러워하고 있는 자들이 이런 과감한 계략을 꾸밀 겨를이 있었을까? 또한 소중한 권총을 미끼로 내건다는 결단도 부하들끼리 내리는 것은 불가능하지 않은가?

그렇다면 아이언페이스가 사냥감이란 말인가? 문제의 의뢰인은, 아이언페이스를 이 자리에 끌어내기 위해 그가 가장 원하는 권총을 미끼로 내걸고, 경매라는 쇼가 벌어지도록 조작한 것인가?

수백 년 살아온 괴물을 상대로 그런 과감한 계략을 쓰는 자를 상상하자 긴장감으로 소름이 끼쳐왔다. 동시에 이 짐을 혼자 짊어졌다고 생각해 포기하지 못하던 이스핀이 떠올라 속에서 뭔가가 치미는 기분이었다. 너 혼자는 아니었네. 열아홉 살 먹은 애가 혼자 이를 악물고 맞서야 하는 적이 아니었어. 너 한 명이 포기한다고 끝장나는 세상이 아니었다고.

막시민은 입을 꾹 다물어 감정을 억눌렀다. 그리고 원장을 봤다.

"괜찮으시다면 오늘 이곳에 온 안내인들을 모두 불러주십시오. 확인하고 싶은 것이 있습니다. 한 명도 빠지지 않도록 부탁합니다."

원장은 지금까지 막시민이 보여준 추리에 감탄했기에 흔쾌히 고개를 끄덕였다.

“그러시죠. 저쪽 별실에 준비시키겠습니다. 조금만 기다려주십시오.”

원장이 자리를 뜨고 둘만 남았을 때였다. 홀 맞은편에서 갑자기 외침이 들려왔다.

“내가 지금 나가겠다고 하잖아! 너희가 감히 나를 막겠다고?”

성깔 있는 목소리네, 하다가 막시민은 흠칫하며 상대를 다시 봤다. 공작색 드레스의 바로 그 귀부인이다.

막시민은 영문 모르는 루시안의 손을 잡아끌고 목소리의 주인공 쪽으로 접근했다. 이미 사람들이 모여드는 중이었지만 새치기 능력을 발휘해 여자를 둘러싼 안내인들 바로 곁까지 갔다.

“다들 비키지 못해? 난 당장 집으로 돌아가야겠어!”

“죄송합니다만, 조금만 기다려주시면 조사를 마무리하고…….”

“뭐, 조사? 누가 누구를 감히 조사해? 너희가 내 소지품을 뒤지기라도 하겠다는 거야? 고작 장난감 하나 때문에?”

귀부인은 코끝으로 웃어댔다. 그러면서 사라진 권총은 자신이 소장한 진귀한 컬렉션에 비하면 아무것도 아니며, 그까짓 것 때문에 자신의 귀중한 시간을 이 이상 빼앗았다가는 크게 경을 칠 줄 알라고 경고했다. 무엇보다 오늘 저녁에 주최하는 모임에 고귀한 손님이 오실 예정이므로 일찍 돌아가서 준비 상태를 점검해야 하는데, 이러다가 손님 대접을 완벽하게 하지 못해서 자신의 명예에 손상이 간다면 그 손해는 25만 엘소 따위와 비교도 할 수 없다는 것이었다.

귀부인의 주장은 일견 옳을 수도 있었다. 25만 엘소가 엄청난 돈이긴 해도 누군가에게는 그리 대단치 않은 선물값에 불과할 수도 있고 무엇보다 그걸 낙찰받은 당사자도 그렇게 생각하는 것 같으니까……는 중요한 게 아니다! 저 귀부인의 저런 태도는 사실 놀랄 만한 것이었다. 그녀의 말이 모조리 옳을지라도 그것 때문에 어마어마한 이목을 끌고 있었으니까.

먼발치의 손님들도 이쪽을 흘낏거리고 있었다. 모르긴 해도 켈티카 사교계의 핵심 멤버라고 할 만한 자들일 것이다. 귀족들은 보통 이런 상황을 극도로 꺼린다. 사교계에 가십거리를 제공하기가 싫고, 한번 생긴 이상한 평판은 점점 악화되기 때문이다. 물론 누군지 모를 저 귀부인은 저런 행동이 일상이어서 새삼스럽게 잃어버릴 평판 따위는 없을지도 모른다. 하지만 다른 손님들은 꽤 놀란 것 같은데?

그렇다면 다른 이유가 있어야겠지. 안 그래도 처음부터 수상쩍었고 말이야.

귀부인이 아이언페이스의 부하든 그 적이든, 연회장 밖으로 내보내지 않는 것이 최선이었다. 하지만 그건 자신이 마음대로 할 수 없는 일이다. 하브라스 원장조차 막을 수 없을지도 모른다. 귀부인을 막을 수 없다면 어떻게 해야 할까? 따라가야 하나? 따라갈 순 있나?

불편에 대한 양해는 한 명이 예외를 누리는 순간 도미노처럼 무너지기 마련이었다. 빨리 나가고 싶은 사람들이 귀부인 주위로 모이기 시작하는 것을 본 막시민은 막을 수 없다면 상대의 정체라도 캐봐야겠다는 판단을 내리고 안내인에게 말을 붙였다.

"부인께서 다소 더우신 것 같은데 열기를 가라앉힐 시원한 음료라도 한 잔 올리고 말씀을 나누는 게 예의가 아니겠소?"

안내인이 서둘러 음료를 가져다주자 귀부인은 막시민을 흘끔 보며 고개를 까딱했다. 마침 책임자급으로 보이는 직원이 다가왔으므로 막시민은 한층 목소리를 높였다.

"귀부인께서 가고자 하시는데 붙드는 것이 신사된 자로서 할 도리는 아닌바, 비록 경황이 없다 할지라도 주최자께서 직접 나와 귀빈들께 양해를 구하는 예의를 기대할 수는 없는 것인지?"

구경하던 손님들도 자기들이 그런 대접을 받기에 모자람이 없음을 떠올렸다. 그들이 불쾌한 눈빛을 보내자 책임자는 당황했다.

“그게 오늘 주최자께서는 이 자리에 안 오셨고, 교수님께서는 사라진 물건 때문에 지금…… 아니, 그보다 저희는 단지 지시를 받고 그대로 할 뿐인지라……. 쉴리스 백작부인께서 하신 말씀이 백번 지당하지만…….”

“백번 지당한 것으로 그칠 일이 아니지. 오늘밤 쉴리스 저택에서 열리는 모임에는 본인도 참석할 예정인바, 그 모임에 오실 분들의 면면에 대해서도 익히 알고 있소이다. 특히 켈티카에서 가장 각별한 예우가 필요한 귀빈의 이름을 듣는다면 부인께서 얼마나 분주하실지 이해하고도 남을 것이오. 한 치도 소홀히 대할 수 없는 분이시니까.”

그렇게 말하며 쉴리스 백작부인의 눈치를 슬쩍 살폈다. 하지만 백작부인은 당연한 얘기를 들은 것처럼 잔만 기울이고 있었다.

“각별한 귀빈이시라면…….”

책임자의 목소리에 의혹이 어렸다. 더 많은 손님들이 막시민의 말에 귀를 기울이며 다가섰다. 그들도 어쩐지 당혹스러운 눈치였다.

“설마 그분께서 오늘 납실 곳이…… 아니, 뭐 그럴 리는 없겠지만, 그래도 그 행사가 취소되었으니만큼…… 오늘밤은 그분께 중요한 날이기도 하니까…….”

뭐가 어쨌다고? 어쩐지 사람들이 제멋대로 특정 인물을 떠올린 것 같았지만 아무 상관 없었다. 중요한 것은 상대를 떠보려고 막시민이 아무렇게나 꾸며댄 말을 백작부인이 전혀 부정하지 않는다는 점이었다.

"잘 알고 계시는군요. 말씀대로 그 행사는 취소됐지만 그게 그분께서 오늘 저녁을 무료하게 보내실 이유가 된다고 생각하시오?"

그때 잔을 비운 쉴리스 백작부인이 끼어들었다.

"이봐요, 게르트마르크트 행정서기님. 친절한 신사께서 모두 다 설명해주셨으니 더 하실 말씀은 없겠죠? 난 이만 가겠어요."

백작부인이 사람들을 헤치고 가려 하자 막시민이 슬쩍 따라붙으며 말했다.

"무례한 자들이 많으니 제가 에스코트하지요, 부인."

사람들이 좌우로 비켜섰다. 안내 책임자 게르트마르크트는 머뭇거리고 있다가 곧 정신을 차리고 안내인들을 손짓으로 불러 원장님을 모셔오라고 지시했다. 그런데 그때, 방금 전 백작부인이 말한 이름을 입속으로 되뇌어보고 있던 루시안이 소리쳤다.

"아, 게르트마르크트 씨! 생각났다! 사 년 전에 엘드릭 남작관에서 밤샘 브리지 게임하다가 판돈이 다 떨어져서 우리

아버지한테 4000엘소 빌렸던 분 맞죠? 그거 왜 안 갚아요?"

게르트마르크트는 눈이 튀어나올 것 같은 표정으로 루시안을 돌아봤다. 그러더니 허겁지겁 다가와 말했다.

"저기, 누구신지 모르지만 그런 황당한 얘기로 제 명예를 깎으시면……."

"에이, 황당한 얘기 아니거든요? 나 루시안 칼츠예요! 우리 아버지 알죠? 우리 아버지는 매년 말에 장부 정리하면서 1000엘소 이상의 미수금은 다 외우시거든요. 그런데 사 년이나 미수금 상태니까 나까지 기억하는 거 아니에요. 독촉 안 한다고 안 갚아도 된다고 생각하신 건 설마 아니죠?"

루시안은 아무렇지도 않게 그런 얘기들을 했지만 게르트마르크트의 얼굴은 점점 토마토빛이 되어갔다. 주위에서 웃음소리까지 들려오자 그는 루시안을 한쪽 구석으로 밀어붙이며 속삭였다.

"당신, 아니 칼츠 도련님, 목적이 뭡니까? 왜 갑자기 여기서 그런 소릴 하십니까? 친구분과 여기서 빠져나가고 싶어서인가요? 그럼 나가요, 빨리. 저 사람들하고."

루시안은 그런 의도가 없었다. 늘 그렇지만 그의 행동에는 겉으로 드러난 것 이상의 의미는 전혀 없었다. 하지만 게르트마르크트는 구겨진 얼굴로 루시안에게서 물러나며 주위의 안내인들에게 신호를 보냈다. 그러자 안내인들이 서둘러 루시안을 포위, 아니 에스코트해 막시민 옆으로 보내버렸다. 백작부인을 따라가면서 거짓말을 못 들은 체한 것을 이용해 반응을 끌어낼 작정이었던 막시민은 루시안을 보자 당황하며 물었다.

"야, 넌 왜 온 거야?"

"그럼 나 혼자 뒤에 남아서 뭘 해?"

"그게 아니고…… 난 이분하고 나눌 얘기가 있거든?"

그러자 쉴리스 백작부인이 키득대며 웃더니 말했다.

"난 없는데?"

그때 다른 자들이 세 사람을 별실 쪽으로 인도해 맨 안쪽 방으로 들여보냈다. 방안의 그림을 한 장 떼어내고 벽을 옆으로 밀자 비밀 문이 나타났다. 막시민은 일이 뭔가 잘못되어간다는 걸 깨달았지만 어쩔 도리가 없었다. 왜냐하면 쉴리스 백작부인이 재빨리 그 문으로 나가버렸기 때문이다.

이렇게 되면…… 따라가는 수밖에 없잖아.

작은 새

엔리코 미코니스는 트레비조 출신으로 일찌감치 네냐플에 들어가고 싶어 했으나 입학시험에 세 번이나 떨어지는 바람에 별수없이 자국의 마법 학교에 들어갔다. 비누 제조 및 태피스트리 짜기와 함께 마법도 가르치는 그 학교에서 대수로운 것을 배우지 못한 그는 졸업 후 어느 시골 영주 밑에 들어갔다가, 운 좋게 영주의 눈에 들어 루그란으로 유학을 가게 되었다. 루그란의 콜레기오 마곤에서 드디어 제대로 된 마법 공부를 하고 팔 년 만에 졸업하자 그의 나이 어느덧 32세. 학비를 내준 영주 밑에서 오 년을 일하자 37세. 영주가 죽고 후계자는 마법에 관심이 없자 그는 시골구석에서 탈출해 루그란으로 갔고, 그곳에서 별별 짓을 다 해가며 이름을 알려 심볼리온에 들어갔을 때의 나이는 이미 43세. 모아둔 돈도 없고, 가족도 못 꾸리고, 마법사의 길에 쏟아부은 세월만 이십 년. 아아, 회한 어린 인생이었다…….

"얘 지금 주마등 그거 하네."

쓰러진 사람의 턱밑에 칼날을 들이댄다는 특별한 경험도 자주 해보면 경험치라는 것이 생긴다. 표정만 봐도 무슨 생각을 하는지 알 것 같고. 조안느는 눈살을 찌푸리며 상대의 이마를 툭툭 쳤다.

"야, 이름 모를 마법사. 피 그쳤어. 그쯤 해두고 여기가 어딘지나 말해봐."

눈앞에는 조금 전까지 휘황찬란한 드레스의 귀부인이었던 조안느의 냉담한 얼굴이 있었다. 엉덩방아를 찧은 미코니스의 가슴을 무릎으로 눌러 제압한 조안느는 얼른 대답이 나오지 않자 목 밑의 단도를 약간 움직이며 입으로 쓰읍, 하는 소리를 냈다.

"허헉, 허어어…… 사, 살려주……."

드레스의 스팽글 사이에 장식처럼 붙어 있던 단도였기에 칼날이 손가락 길이 정도였지만 날은 새파랗게 서 있었다. 조금 전에 미코니스의 오른팔을 찌른 검을 바닥의 양탄자에 닦고 일어선 이스핀이 말했다.

"칼 긴 걸로 줘?"

"저한테도 있습니다."

왼손을 뒤로 돌려 드레스 자락을 젖히자 허벅지에 잡아맨 검이 드러났다. 이스핀이 태연히 검을 끌러내더니 반쯤 뽑아내어 칼날을 살폈다.

"어쩐지 익숙한 소리가 나더라니. 이거 올해 나온 신형이지? 좋네. 뼈도 쉽게 베겠어."

"뼈뿐인가요. 슬슬 귀신도 베어줘야죠."

"하긴 그래줄 때도 됐지. 그런데 그 멋진 드레스는 어디서 구한 거야?"

"호텔에 들어가야 하니까 최신 유행으로 구해 오라고 하긴 했는데, 우리 귀여운 막내 취향 한번 끝내주지 않아요? 켈티카에서는 이런 걸 입어야 한다나."

언니 동생이던 둘의 대화 포지션이 어느새 바뀌었지만 미코니스는 거기까지 생각할 겨를이 없었다. 조금 전에 조안느가 "쓰읍" 하고 소리를 낼 때 목이 베이는 착각이 들어 혼비백산한 상태였다. 무엇보다 돌변한 상대 때문에 정신을 차릴 수가 없었다. 드레스를 차려입고 우아하게 앉아 있던 숙녀들이 순간 이동을 하자마자 돌변해서 능숙하게 칼과 주먹을 휘둘러대니 분명 자신이 쓴 마법인데도 뭔가 실수가 발생해 이세계에라도 떨어졌나 착각이 들 지경이었다.

이스핀과 조안느도 여유로움을 가장했을 뿐 실제로는 바짝 긴장해 있었다. 미코니스에게 붙들려 여기로 이동하던 짧은 순간 둘 다 현기증과 구토감으로 아찔해졌지만, 눈앞에 뭔가가 보이자마자 이스핀은 검을 뽑아 미코니스의 팔을 베었고 조안느는 주먹을 날려 이 두 개를 부러뜨렸다. 수인과 주문을 차단한다는 마법사 제압식을 연계 공격을 짜지 않고도 정확히 분담해 성공시키자 조안느가 입가를 올리며 속삭였다.

"여전히 에투알이시네요."

그들이 도착한 장소는 어두컴컴한 방안이었다. 어디선가 새어 든 빛으로 내부를 대략 분별할 수는 있었지만 어두운 구석이 많아 누가 숨어 있을 가능성도 있어 보였다. 그래서 조안느가 미코니스를 제압한 사이 이스핀은 방을 한 바퀴 돌아보았다. 첫째로 안 것은 이 방에는 문도 창문도 없다는 점이었다. 오직 벽뿐이었다. 순간 이동으로만 들어오는 곳이라 문이 없나? 아니, 그보다는 있는데 숨겨져 있다는 추측이 합리적이겠지. 마법으로 위장했을지도 모른다.

침대와 가구가 있는 걸로 보아 누군가가 살고 있긴 한 모양이지만 살림이라 할 만한 것은 거의 없었다. 뭐가 있을 법한 곳을 모조리 열어젖혀봐도 장롱도, 상자도, 침대 밑도 텅텅 비어 있었다. 그저 방이 고급스럽다는 것만 알았다. 심볼리온도 돈깨나 쓰고 사나 본데.

여기가 어디든 데리고 올 때는 무슨 의도가 있었을 텐데,

아무것도 나오지 않자 오히려 수상쩍었다. 이스핀은 미코니스 앞으로 돌아왔다.

"개 일으켜봐."

손은 어느새 조안느가 깔끔하게 묶어놓았다. 조안느는 상대의 멱살을 붙들어 번쩍 일으키더니 왼손으로 뒷덜미를 잡은 채 오른손에 쥔 단도 끄트머리를 입술을 비집고 밀어넣었다. 칼끝이 뺨 안쪽에 닿자 미코니스가 흠칫하며 떠는데 조안느가 태연히 말했다.

"대답을 잘하는지 어떤지 여부에 따라 입이 약간 커질 수가 있다."

협박의 의미도 있었지만 입을 제압하는 건 무엇보다 주문 영창을 막아야 하기 때문이다. 이스핀은 뒤로 돌아가서 미코니스의 오금을 발끝으로 툭 걷어찼다.

"여기서 나가봐."

"으……."

"나가보라고."

"……."

움직이지 않으면 조안느가 입을 특대형으로 늘려줄 것 같았으므로 미코니스는 움직이기 시작했다. 하지만 어디로 가야 할지 모르는 사람처럼 갈지자걸음이었으므로 짜증이 난 이스핀이 말했다.

"똑바로 안 해? 열 셀 동안 못 찾으면 뭐 하나 자르고 다시 처음부터 시작하자."

미코니스는 떠느라 걸음을 제대로 내딛지 못했다. 예전에 막시민처럼 바닥에 줄이라도 그어놓고 양자택일을 시켜야 하나 생각하고 있는데 어디선가 낯선 소리가 들려왔다. 쇠를 부딪쳐 긁는 듯한 소리였다.

쓰스스스…….

"이거 무슨 소리지?"

조안느가 나직이 물었지만 미코니스는 입에 상처가 날까 무서워서인지 제대로 말하지 못했다. 조안느가 칼날을 약간 빼내주자 덜덜 떨리는 목소리가 흘러나왔다.

"모릅……니다……."

"어휴, 쓸데 있는 얘기 좀 해."

그때 다시 같은 소리가, 이번에는 더 가까이에서 들려왔다. 이스핀은 미간을 찡그리며 소리가 들려온 쪽을 쏘아봤지만 빛이 부족해서 열 걸음 앞도 또렷하지 않았다. 뭔가가 다가오고 있다는 느낌만은 분명했다. 이런 소리를 내는 건 뭐지? 사람은 아니잖아?

스스스스스스……

문득 뭔가를 깨달은 이스핀이 조안느에게 다가오지 말라고 한 손을 뻗으면서, 다른 손으로 바닥에 깔린 묵직한 양탄자를 벗겨 내던졌다. 풀썩 날리는 먼지 뒤로 시커먼 덩어리가 나타났다.

처음에는 바닥에 떨어진 옷인가 했다. 그러나 움직이기 시작하자 그건 그리 부드러운 것이 아니었다. 날카로운 광물 결정 같기도 하고 수백 개의 바늘 고드름 같기도 한, 머리도 팔다리도 없는 덩어리가 쭉쭉 자라나기 시작하자 눈이 커다래진 이스핀이 소리쳤다.

"저건 뭐야? 빨리 말해!"

대답하는 미코니스의 목소리는 거의 울 지경이었다.

"모, 모른다고요……."

"쓸데 있는 얘길 하랬잖아!"

세 사람은 다급하게 침대가 있는 벽까지 물러났다. 뭔지 모를 존재는 다가오는 대신 계속해서 커지고 있었다. 흡사 송곳 더미 같은 모양이 어느새 가로로 열 걸음, 위로는 천장 높이의 3분의 1을 채울 정도로 커졌다.

"저게 너나 너희 패거리가 불러낸 게 아니란 말이지?"

"아닙니다……. 저, 저희는 시, 심볼리온이거든요. 마법사 회의라고요. 저, 저런 이계의 괴물 같은 건 불러내지 않아요. 어, 엄격히 그, 금지돼 있다고요……."

"이계의 괴물이라고?"

"그럼 저게, 뭐겠어요……."

말하는 내용을 떠나 미코니스가 진심으로 무서워하는 것이 느껴졌으므로 이스핀은 눈을 가늘게 떴다가 과감한 결단을 내렸다.

“걔 손 풀어줘.”

“같이 싸우나요?”

“그래.”

조안느가 손을 풀어주자 미코니스가 손목을 문질러대며 말했다.

“바로 탈출하면 됩니까? 저런 놈하고 맞서 싸워서 승산은…….”

미코니스는 둘의 팔을 붙들고 주문을 외웠지만 세 사람은 다음 순간, 그 자리에 도로 나타났다. 쓸데없는 어지럼증만 남겼을 뿐이다. 미코니스가 당혹스럽게 부르짖었다.

“어떻게 된 거지? 결계가 걸렸나?”

뭐였든, 여기서 순간 이동으로 빠져나갈 수 없음은 확실해졌다. 이스핀은 냉정을 되찾으려 애쓰며 생각했다. 미코니스가 둘을 버리고 가려 하지 않은 점을 높이 사서 싸우다가 배신할 위인은 아니라고 평가해도 될까.

“나가는 길 말해봐. 어디야?”

“저, 저놈 뒤쪽에, 문갑 옆에, 벽처럼 생겼지만 밀면…….”

“알았어. 거기가 목표다. 뭐가 통하는지 일단 확인해보자.

주문 몇 개 먼저 써봐. 다음은 칼이 들어가나 보자고."

이스핀과 조안느의 검에는 마력이 들어 있다. 조안느가 검을 뽑아 겨누며 말했다.

"귀신은 잠시 두고 송곳부터 베어지나 해봐야겠네요."

그때, 송곳 덩어리가 부르르 떨리며 찢어질 듯한 쇳소리를 냈다. 모두 어깨를 움츠리며 얼굴을 찌푸렸을 때 그것은 갑자기 분해되어 사방으로 흩어졌다.

파사사삭!

그러나 사라진 것은 아니었다. 그들 앞의 허공에는 이제 검은 쇳조각으로 만들어진 작은 존재들이 가득히 떠 있었다. 마치 새떼처럼, 그러나 여전히 머리도 눈도 없는 모습으로.

좁다란 복도가 나선을 그리며 이어졌다. 창은 없지만 어디선가 희미한 빛이 들어온다.

막시민은 비밀 통로를 걸으며 자신이 내린 판단을 되짚어 정리했다. 수상했던 안내인들을 신문하자면 연회장에 남아 있어야 했다. 자신의 추리대로라면 교수를 돕던 두 안내인 중 하나가 도둑일 가능성이 컸다. 하지만 도둑을 찾는 것이 중요한가? 그보다 더 중요한 것은 권총의 행방이다. 권총이 연회장을 탈출해버리면 도둑을 잡든 말든 적어도 막시민에게는 의미가 없어진다.

조사는 곧 시작될 테고, 그전에 권총만 밖으로 내보내면 도둑의 목표는 완수된다. 따라서 안내인이 권총을 훔쳤더라도 쉴리스 백작부인이 넘겨받아 탈출하고 있을 개연성은 충분했다.

물론, 예상이 틀렸을 수도 있다. 이 귀부인은 단지 수단 방법을 가리지 않고 집에 빨리 가고 싶었던 사람일 뿐이고 권총은 여전히 연회장에 남아 있을 수도 있다. 하지만 막시민은 이미 하브라스 원장에게 중요한 힌트를 거의 주었다. 원장은 안내인들을 철저히 조사할 것이다. 그리고 남은 귀족들의 신분에도 거짓이 없는지 조사하겠지. 그래도 찾지 못한다 해도 마지막 기회가 있다. 남은 한 정의 권총을 잘 보관하다가 그걸 되찾으러 올 의문의 의뢰인을 뒤쫓을 수 있다. 그때는 막시민도 합류할 수 있을 것이다.

하지만 지금 이 백작부인을 놓치면 곤란하지. 제 저택으로 돌아가버린 뒤에는 만날 수조차 없게 될 테니까.

아직 모든 것을 깔끔히 감추지 못했을 때 꼬리를 잡아야 했다. 이대로 통로를 빠져나가기 전에 권총을 갖고 있는지 어떻게 떠본담?

머리가 복잡한 막시민과 달리 루시안은 주위를 두리번대며 신바람이 났다.

"여기 멋지다! 이런 데가 있을 줄은 상상도 못 했는데. 새로 지은 호텔이 아니라 꼭 오래된 고성 같잖아? 그나저나 나 묻고 싶은 거 있어. 아까 경매장에서 네가 말한 특별한 손님! 그 사람 누구야?"

"알 게 뭐냐. 헛소리였는데."

누군가가 진짜로 따지고 들면 친구 이름을 팔아먹자고 생각했던 것까지는 말하지 않았다. 그 녀석이 자신을 팔아먹은 역사가 하루이틀이 아닌데 이름한테 일 좀 시킨들.

"루시안 넌 어쩌다가 이렇게 쉽사리 나오게 된 거냐?"

"그게, 아카데미의 어떤 사람이 내 얼굴을 보기 싫어하더라고. 그 사람이 사 년 전에 우리 아빠한테 진 빚을 내가 생각해냈거든. 자기가 도망을 못 가니까 날 도망시켜버렸지!"

"……잘도 그런 걸 기억해냈다. 너희 집 전통이냐?"

루시안이 킥킥댔다.

"전통이 맞기도 한데, 사실은 그 아저씨 이름이 하도 길어서 생각났어!"

통로는 그대로 1층까지 이어질 기세였다. 점점 속도가 붙어 뛰다시피 걷다가 둘이 백작부인을 앞지를 기세이자 부인이 킥킥 웃어댔다.

"아깐 대단한 신사 같더니 나가는 길에서는 양보가 없잖아?"

막시민도 지지 않고 빈정댔다.

"그러는 부인께선 제가 멋대로 늘어놓는 얘기에 아무 반박이 없으시던데 설마 진짜로 절 초대하기로 하신 건 아닐 테고."

"그야 뭐, 이제부터 초대할 수도 있지 뭘 그래? 그나저나 그 대단하신 귀빈은 누구람?"

"그걸 저한테 물으십니까? 반박을 하고 싶으셨으면 아까 말하시지."

"아, 그래? 거기서 나나 내 모임에 올 다른 손님이 나서서 그런 귀빈이 대체 누구시냐고 한마디 했으면 어쩌려고 그랬대?"

"그럴 리가 없죠. 모임 자체가 즉석에서 지어낸 핑곗거리였을 테니까."

문득 대꾸가 끊겼다. 상대가 반응을 고르는 느낌이 났다. 화를 낼지, 대범한 척 웃어버릴지, 눈 동그랗게 뜨고 우겨댈지.

어느 쪽도 아니었다.

"아하, 그런 거구나? 그런데 내가 왜 거짓말까지 해가면서 급히 도망가려고 했을까? 오, 알았다. 권총을 훔친 범인이어서 그랬구나?"

그때쯤 세 사람은 계단이 끝나는 지점에 도달했다. 색깔 유리로 예쁘게 장식되어 있지만 문고리만은 없는 문 앞에서 막시민은 백작부인을 돌아봤다. 백작부인도 웃으면서 막시민을 보고 있었다. 보통 뻔뻔스러운 사람이 아니었다.

"그거야 제가 알 게 뭡니까? 권총 주인도 아니고……."

말하다 보니 권총 주인이 곁에 있음이 생각났지만 그쪽도 별로 신경쓰는 기색은 아니었다.

"하지만 진짜로 훔치셨다면 귀여운 카나리아를 구경이나 시켜주시죠? 아까 사람이 많아서 제대로 못 봤는데."

"싫은데? 내가 그래야 할 이유는 없잖아?"

"없진 않죠. 제가 작은 새의 노랫소리에 감동받아 부인의 범죄 행각을 눈감아주고 싶어질지도 모르잖습니까?"

"……."

백작부인의 표정을 보니 이놈도 만만치 않네, 하고 생각하는 듯했다. 막시민은 은근슬쩍 문 앞을 차지하고 밀어봤지만 문은 열리지 않았다. 당기는 건가? 뒤에 서 있던 백작부인이 막시민의 표정을 보려는 것처럼 고개를 비스듬히 들이밀더니 말했다.

"저런, 수상쩍은 사람이네. 그런 소릴 듣고 있자니 혹시 그쪽이 훔친 건 아닌가 궁금해지는데?"

막시민은 문짝을 어떻게든 당기려고 구석구석을 쓰다듬으며 대꾸했다.

"아하, 우린 공범이었군요. 방금 알았네. 그런데 이걸 열어야 함께 탈출이란 걸 할 수 있을 텐데 말이죠."

백작부인은 드레스 밑에서 레이스 스타킹과 녹색 비단 구두를 신은 발을 꺼내 문짝을 걷어찼다. 그러자 아까 막시민이 아무리 당겨도 안 되던 문이 진짜로 덜컥 열리는 게 아닌가?

동시에 막시민은 뭔가를 발견했고, 일부러 인상을 찌푸리며 중얼거렸다.

"뭐야, 이 문은? 필요한 건 발이야?"

그러더니 백작부인을 밀치다시피 하며 먼저 문밖으로 빠져나갔다. 그런데 나오고 보니 당황할 일은 또 있었다. 여긴 여성용 파우더룸 안이 아닌가? 파티 도중 흘러내린 머리를 도로 지지거나 하는…….

"도대체 왜 이딴 데로 연결해놓은 거야?"

뒤따라 나온 백작부인은 주위를 둘러보더니 자신만만하게 웃었다.

"아하, 여기였구나. 재밌네. 누구 생각이람? 하여튼 고맙고, 이제 헤어질 시각이네요. 신사분들 안녕히, 우연한 도움에 감사드리며."

돌아서려는 백작부인을 향해 막시민도 뻔뻔스럽게 물었다.

"공범한테 뭐 남길 말씀은 없으신지? 다음 접선지라든가."

"있지. 지금 당장 달아나서 다신 나타나지 말아요. 특히 이곳에는. 안 그러면 내가 그쪽한테 다 덮어씌울지도 모르니까."

막시민은 놀란 것처럼 눈썹을 치켜올려 보였다.

"우리 탈출만 같이 한 사이 아니었나요? 저런, 혹시 진짜로 권총을 훔치셨습니까? 정직한 시민으로서 자수를 권유하도록 하죠."

백작부인은 순간 어처구니없는 표정을 지었다가, 곧 포기한 듯 고개를 흔들고는 문을 두 번 두드렸다. 문이 열리며 소란스러운 소리가 밀려 들어왔다. 마치 식당이나 그런 곳처럼…… 아니, 진짜로 식당이야?

문밖에 서 있던 직원이 문을 잡고 허리를 굽혀 보였다.

"들어가시지요, 부인."

백작부인은 뒤를 흘낏 보더니 직원에게 말했다.

"파우더룸에 숨어든 남자들이 있더군요. 대체 관리를 어떻게 하는 거예요?"

"네? 그런 일이 있었습니까?"

직원은 손짓으로 급사 한 명을 불러 부인을 에스코트하도록 지시하고는 그 자리에 남았다. 부인은 유유히 식당 테이블 사이로 멀어져 갔고, 남겨진 막시민과 루시안은 심각한 표정의 직원과 마주하게 되었다.

"아니, 우리가 여길 들어오려 한 것이 아니라 단지 길을 잘못 드는 바람에……."

길을 잘못 들려면 또 다른 입구가 있어야 했지만 식당 2층에 딸린 파우더룸에 다른 입구가 또 있겠는가? 그런데 루시안이 '우린 사실 12층의 연회장에서 비밀 통로로 탈출했다'고 폭로하기 직전, 있을 리 없다고 생각한 입구가 기적처럼 나타났다. 그 공을 세운 것은 막시민도, 루시안도 아닌, 진남색 새틴에 제비꽃이 새겨진 상아 단추를 촘촘히 단 압도적으로 근사한 루시안의 코트였다. 칼츠 부인이 분기별로 아들과 아들 친구에게 보내곤 하는 최신 유행의 옷 말이다.

직원은 코트에 시선을 빼앗긴 채 루시안이 뒤죽박죽으로 시작한 서두를 알아서 이해하고는 멀쩡한 벽처럼 생긴 문을 밀어 열어주었다. 상류 계층이 드나드는 호텔은 비밀 출입구가 많아야 하는 이유라도 있는 건가? 어쨌든 2층 복도로 나오게 된 둘을 향해 직원이 정중히 절을 하며 말했다.

“다음에는 주의해주십시오, 신사분들.”

“물론 그러도록 하죠.”

문이 닫히고 나니 이쪽에서 봐도 흠잡을 데 없는 벽이었다. 방금 전까지 점잖게 고개를 끄덕여 보이고 있던 막시민은 몸을 돌리자마자 복도를 내달리기 시작했다. 펄럭이는 코트 자락을 영문 모르고 뒤쫓아가던 루시안이 소리쳤다.

“근데 아까 그 백작부인이 권총을 진짜로 훔친 거야? 근데 우리가 그걸 도와준 셈이 된 거고? 접선은 어디서 하는데?”

“그런 질문은 좀 작은 목소리로 할 수 없냐!”

루시안에게 상황을 설명할 틈이 없었다. 늦으면 모든 게 끝장이다!

계단을 한달음에 뛰어내려간 막시민은 1층 계단 뒤쪽에서 작은 문을 발견하고는 그걸 열고 나갔다. 뒤뜰을 가로질러 가다가 식당 쓰레기를 내어 가는 통로 앞에서 루시안을 잠깐 기다리게 하고는 혼자 통로를 거슬러 올라갔다. 조리실 입구에 다다르자 맞은편에 행주와 앞치마 따위를 널어놓은 테라스가 있었다. 막시민이 막 빨랫줄에서 재킷 하나를 집어 드는 참인데 직원 하나가 불쑥 들어왔다.

"어랍쇼? 넌 또 누구냐?"

그 말은 직원보다 막시민이 먼저 했다. 상대방은 자기가 하려던 말을 빼앗겨서 머뭇대다가 두 번째 말할 기회도 놓쳤다.

"아하, 잘 왔다! 이리로 들어가면 못 찾을 줄 알았나?"

막시민은 직원에게 바짝 다가서서 거만하게 삿대질을 퍼붓다가 고개를 갸웃하며 다시 말했다.

"아니, 자세히 보니 넌 아니군. 자네 혹시, 이리로 오다가 비쩍 마르고 키가 조그마한 젊은 놈 못 봤나? 여기 급사인지 조리사인지 심부름꾼인지 모르겠지만 하여간 그 쥐새끼 같은 놈이 이쪽으로 들어갔거든. 그놈이 감히 내가 모시고 온 숙녀분의 장갑을 훔쳐 갔단 말이다! 난 당장 그놈을 찾아서 숙녀분 앞에 무릎을 꿇려야겠다. 못 봤나? 누군지 짐작이 갈 거 아니야! 빨리 말해!"

그저 빨래를 찾으러 왔을 뿐인데, 미처 탑승하기도 전에 마구 내달리는 이야기에 놀란 직원은 겁먹은 토끼처럼 막시민을 쳐다봤다. 그자의 머릿속에 선택지 두세 개가 왔다갔다하는 것이 뻔히 보였다. 직원만 들어오는 곳에 손님처럼 보이는 자가 쳐들어와 장갑인지 뭔지를 찾고 있는 것이 말이 될까, 안 될까. 이자는 손님이 맞을까, 아닐까.

막시민의 임기응변은 뜻밖의 논리력과 저도 모르게 설득되고 마는 변칙적 전개로 이름났지만 이날은 상황이 달랐다. 막시민을 훑어본 직원은 이번에는 빌려 걸친 루시안의 펠리스에 설득되었다. 보들보들한 최고급 양모에 금빛 브레이드 자수를 놓은 펠리스의 활약으로 직원은 고개를 꾸벅 숙이며 대답했다.

"저…… 누굴 말씀하시는지 모르겠지만 감히 누가 그런 짓을……. 하여튼 전 아닌 거죠? 진짜 아니거든요?"

"몰라? 아는 놈이라고 감싸는 거 아니야?"

"진짜 아니거든요! 정말 몰라요!"

세상의 어느 주방에든 비쩍 마르고 키가 작은 놈은 조리 보조의 8할을 차지했으므로 막시민의 설명만으로 누군지 떠올리는 것은 불가능했다.

"그럼 꺼져!"

직원은 안도의 한숨을 내쉬며 달아났다.

지체할 여유가 없었다. 막시민은 빨랫줄에 걸린 앞치마 중 가장 지저분한 것을 걷어들고 쭈그러진 조리 모자도 집은 다음, 자신은 펠리스와 코트를 벗고 급사용 재킷을 껴입었다. 바지는 없었지만 어차피 검은색이니까 대충 넘어가도 될 듯했다.

루시안이 기다리는 곳으로 돌아간 막시민은 친구의 코트를 벗기고 앞치마와 모자를 대충 들씌웠다. 그리고 코트를 앞이 잘 보이도록 곱게 접어서 반짝거리는 쟁반에 얹고, 쟁반을 한쪽 손으로 쳐들자 준비가 끝났다.

물론 막시민만.

"우리 이제 뭐 하는 거야? 식당에서 일하는 척하는 거야? 왜?"

"너랑 나라는 탈출범들이 여길 지나갔다는 걸 아무도 모르게 하려는 것뿐이야. 자, 루시안 넌 내 뒤를 따라오면서 큰 실수를 해서 겁먹은 것 같은 표정만 짓고 있어. 말은 전혀 할 필요가 없어. 혹시 해야 될 상황이 와도 하지 마. 내가 다 알아서 할 테니까. 알았지?"

말을 끝내자마자 막시민이 통로로 들어갔으므로 루시안은 왜 그래야 하는지 물어볼 겨를이 없었다. 하지만 뭐, 막시민이 서두르는 데는 항상 이유란 게 있으니까. 막시민도 이유도 모른 채 계속 따라와주는 친구에게 고맙고 미안하기 그지없었지만 속도전에서 뒤지면 놓치고 말 터라 당장은 어쩔 도리가 없었다.

둘은 곧 조리실로 들어갔는데 내부는 또 다른 아비규환이었다. 저녁 식사 시간이 코앞이었기 때문이다. 요리사와 보조들은 폭풍 같은 속도로 모든 것을 굽고 지지고 섞고 볶아댔다. 서로까지 포함해서. 공기는 뜨끈하고 발치에는 채소 쓰레기와 달걀 껍데기가 차이고, 소스와 기름은 밀가루와 범벅되어 미끈거렸다. 그들 모두가 어찌나 욕을 퍼붓는지 잠시 후면 윤기 나는 등심 덩어리나 통통한 송어로 서로를 쳐죽일 것 같았는데 그 모든 풍경이 구수한 연기에 절여져 있어 흡사 맛좋은 냄새가 풍기는 지옥이라고 부르면 적당할 듯했다.

호텔의 근사한 외관과는 전혀 다른 풍경에 깜짝 놀란 루시안은 막시민의 주의 사항을 잊어버리고 몇 번이나 무슨 말을 했지만 사실상 들리지 않아서 상관없었다. 막시민은 그들을 재빨리 지나쳐 가려 했으나 한 요리사가 둘을 발견하고는 갑자기 호통쳤다. 루시안의 쭈그러진 조리 모자가 진정 얼간이처럼 보였기 때문이다.

"여기서 뭘 하고 있냐!"

막시민은 대꾸 대신 눈을 부릅뜬 채 루시안을 한번 돌아보고, 다음엔 쟁반에 올린 코트를 향해 눈짓했다. 이 시끄러운 곳에서 구구절절 사정을 설명한들 들리지도 않을 걸 서로 뻔히 아는 상황이었다. 조리사는 쟁반 위의 묘하게 근사한 옷가지와 쭈그러진 모자를 쓴 루시안을 머릿속에서 멋대로 결합

한 다음 뭔가 황당한 일이 벌어졌음을 수긍했다. 그래서 손에 쥔 서대기로 루시안의 머리를 한 대 때리려 했지만 조리 보조가 때맞춰 밀가루 쟁반을 쑥 내미는 바람에 그 위에 얹어놓게 되었다.

막시민이 다시 걸어나가자 루시안이 허둥지둥 뒤따라오며 속삭였다.

"우와, 그 물고기가 날 흘겨봤어."

서대기 눈은 본래 그렇게 생겼다고 말해줄 겨를도 없이 막시민은 문을 밀치고 밖으로 나갔다. 너무 더웠기 때문이다. 갑작스레 서늘한 공기가 밀려오며 이질적으로 하얗게 인테리어한 식당이 펼쳐졌다.

환하게 빛나는 대형 유리창, 알미잔의 초대형 샹들리에, 역시 알미잔에서 주문한 크리스털 화병 수십 개에 꽂힌 흰 수선화와 튤립, 이 모두는 필연적으로 어두운 곳에서 나온 두 사람이 똑바로 눈을 뜨는 것을 방해했다. 막시민은 루시안의 손을 잡아끌며 식당 구석으로 갔다. 눈이 안 보일 때 남의 눈에 띄는 것은 좋은 생각이 아니었다. 끌려가던 루시안도 나름대로 훌륭한 판단을 하고 있었다.

"이 멍청한 식당은 누가 토마토 수프라도 엎질렀다가는 문 닫아야 되겠네."

눈에 잘 띄지 않는 구석으로 간 막시민은 루시안의 모자와 앞치마를 걷어내고 펠리스와 코트를 돌려주며 말했다.

"급한 상황이라 뭘 설명할 겨를이 없어 너무너무 미안하다. 그런 와중에 부탁 하나만 하자. 이제부터 여길 나가서 로비에서 잠시 기다려줘. 그러다가 이렇게 생긴 사람이 식당에서 나오면……."

미코니스의 주문은 틀림없이 명중했다. 그러나 불꽃이 영향을 준 것은 옆에 구겨져 있던 양탄자와 등갓뿐이었다. 그리고 유감스럽게도 둘 다 연기를 내며 타기 시작했다.

조안느가 기침을 하며 말했다.

"이런 밀폐된 실내에서 불 주문을 쓰는 게 넌 좋은 생각 같았니?"

미코니스는 심각한 표정이었다. 그에게는 양탄자가 내는 연기보다 자신의 주문이 적에게 실금 하나 내지 못한 사실이 훨씬 충격적인 듯했다. 이스핀이 말했다.

"이제 똑바로 말해봐. 여기, 결계야? 아니면 이공간?"

"아닙니다. 그냥 눈속임으로 탈출구만 감춰진 겁니다."

"그럼 창이 있겠지? 그걸 부숴. 전부 질식해서 쓰러지기 전에."

그 말을 남기고 검을 비껴 들고는 제일 가까운 적을 향해 내달렸다. 정면은 아니고 측면에서, 그대로 잘라 베었다.

츠르륵!

마치 금속을 긁는 듯한 소리가 나더니 쇳조각이 바스라져 사방으로 흩날렸다. 조안느도 뛰어들어 이스핀을 엄호하며 다른 것들을 향해 검을 휘둘렀다. 파삭! 조안느가 소리쳤다.

"안전한 곳에 계십시오! 제가 지키겠습니다!"

이스핀은 들은 체도 않고 다음 것을 베어갔다. 조안느도 별수없이 이스핀과 등을 대고 싸웠다. 둘은 눈부신 연계 공격을 펼쳐 각자 십여 개씩을 베고 부쉈지만 잘게 부서진 조각들은 그대로 허공에 떠 있다가 기류를 타듯 갑작스럽게 움직여 둘의 옷깃이며 손등, 얼굴을 찢어놓았다. 이스핀의 뺨을 타고 핏방울이 흐르는 것을 본 조안느가 다시 말했다.

"제발 물러나세요. 이건 제 임무입니다."

이스핀이 낮게 속삭였다.

"로랑한테 옛날 얘기 못 들었어?"

"네?"

"아니다……. 내가 에투알에 미련이 있었나."

로랑과 동굴에 갇혀 싸웠던 열다섯 살의 기억이 되살아나자 이스핀의 입가에 쓴웃음이 어렸다. 어리고 기백이 넘쳤던 수련병 샤를로트. 실종된 오빠에 대한 감정을 추스르지 못한 때라 고집이 세고 극단적이기도 했다. 그래서 로랑이 고생했지. 평범한 근위병이라면 절대로 받아들일 수 없을 '나도 지키겠다'를 바득바득 우겼던 건 어쩌면 최선을 다해 죽어버릴 이유를 찾아내고 싶어서였을지도 모른다고, 지금에서야 생각한다. 최악의 실패를 해버리고 나면 그 뒤의 인생은 어찌되는지 열다섯 살은 상상할 수가 없었기 때문에. 이대로 계속 살아가도 되는 걸까? 오빠는 사라졌는데?

그런 엉망진창인 마음을 로랑은 뜯어고치려 들지 않고 인정해주고, 최선을 다해 함께 싸워주었다. 위험천만한 결단을 내린 건 그도 젊고 무모했기 때문이겠지만 그전에도 그후로도 그래준 사람은 로랑뿐이었다.

하지만 그 일이 떠오른 이유가 조안느의 지키겠다는 외침 때문만은 아니었다. 지금 이 상황이 그때와 비슷하다고 느낀 까닭이다. 정체 모를 적…… 그때 그 프시키들도 돌로 된 들개떼로 분화되었다.

혹시 이것들은 프시키인가?

이스핀은 검을 쥐지 않은 왼손을 앞으로 뻗어 허공을 움켜쥐었다. 그러자 움찔, 하며 허공의 모든 쇳조각들이 멈추었다.

그러나 잠깐이었다.

스사사삭!

날카로운 파열음과 함께 허공에 떠 있던 조각들이 바닥으로 내려앉더니 스르륵 녹아 사라졌다. 아니, 그것들이 바닥으로 변했다. 벽도 흔들리기 시작했다. 그때와 똑같다. 동굴 벽으로 변해서 로랑과 자신을 짓눌러 죽이려 했던…….

"물러나!"

조안느도 상황을 알아차리고 침대 쪽으로 물러났다. 바닥이 물결처럼 밀려 일어나는 것을 본 조안느의 눈이 커졌다.

"이건 뭐죠?"

벽도 일렁이며 밀려들어왔다. 둘은 침대 위로 올라섰다. 침대를 중심으로 약 다섯 걸음, 다가온 벽을 향해 다시 한번 명령을 시도해봤지만 소용없었다.

이스핀이 주변을 살폈다.

"미코니스는 어디 있지?"

"벽 쪽에 있었는데 안 보여요. 벽이 삼켰나?"

이제 둘뿐이라면 해볼 수 있는 건 하나뿐이었다. 오 년 전의 긴장감이 되살아났다. 그때도 절망적이었지만 결국 살아남았다. 하지만 매번 살아남으라는 보장은 없겠지. 이스핀이 찌르기 자세를 잡으며 말했다.

"벽이 가까이 오면 칼로 찔러. 혹시 통할지도 몰라."

조안느가 고개를 저었다.

"아니에요. 제 특기 아시죠? 탈출시켜드릴게요."

이스핀이 흠칫하더니 미간을 찡그렸다.

"싫어. 난 네 특기가 예전부터 마음에 안 들었어."

조안느가 피식 웃었다. 조안느의 특기는 자신이 아닌 누군가를 단거리 순간 이동으로 탈출시키는 것이었다. 하지만 마법사가 아니기 때문에 공간 이동으로 발생하는 반작용의 충격을 상쇄시킬 수가 없고, 대신 자신에게 집중시키는 방식이다. 그러므로 상대가 어디에 떨어지느냐에 따라 약간의 충격으로 끝날 수도 있지만 빈사 상태에 빠질 수도 있으며, 회복 불가의 후유증이 남을 수도 있었다.

"바로 옆일 텐데요, 뭐."

"밀폐 공간 탈출할 때 충격이 큰 걸로 아는데? 또 옆이 어떤 데인지도 모르잖아. 괜히 특기만 쓰고 탈출이 안 될 수도 있어. 게다가 아픈 몸으로 혼자 남아서 어쩌려고? 절대로 하지 마."

이스핀은 조안느가 제 옷깃이라도 잡을세라 재빨리 비키더니 가까운 벽을 찔러보기 위해 침대에서 뛰어내렸다. 그런데 이 적들은 오 년 전의 프시키들처럼 적극적으로 공세를 펴지 않았다. 그때처럼 짓눌러 죽일 기세로 벽이 다가오지 않는데?

이어 검을 휘두른 이스핀은 흠칫 놀랐다. 벽지가 찢어지는 것처럼 벽이 기묘하게 늘어지더니 갑자기 사람의 윤곽이 튀어나왔기 때문이다.

"여깁니다! 이쪽이에요!"

미코니스였다. 눈속임 벽 너머에 숨어 있었던 모양이다. 거기 숨어 있다고 안전하진 않았겠지만, 말도 없이 숨어버린 것에 기가 차서 이스핀은 미코니스를 째려봤다.

"너 방금 내 칼에 베일 뻔했거든?"

"안 그래도 뚫고 들어올 때 엄청 놀랐네요."

검이 통과하는 느낌으로 벽이 가짜임을 알아차린 이스핀은 몸을 내밀어 쑥 통과했다. 그제야 환한 햇살이 쏟아지는 창이 보였다. 그런데 창 너머로 널찍한 마찻길, 그리고 며칠 전 막시민과 서 있던 모퉁이가 빤히 보이는 게 아닌가?

이스핀은 어처구니가 없어 인상을 썼다.

"여기 호텔 안이었어?"

창을 열어젖히자 찬바람이 불어 들어왔다. 바람 속에서 그간 지상에서는 보기 힘들던 프시키를 발견한 이스핀은 드디어 반격의 실마리를 잡았다고 생각하며 돌아섰다. 그때 문득, 막시민이 말해준 '네냐플이 문을 닫게 된 사연'이 떠오르며 목덜미가 선뜩해졌다. 아니, 잠깐만…….

방안의 저것들은 프시키와 비슷하지만 자신의 명령을 듣지 않는다. 혹시 저들도 킵에 있다던 변형 프시키와 비슷한 존재는 아닐까? 그렇다면 프시키와 저들을 만나게 하면…… 정확히 뭔지는 몰라도 엄청나게 수습하기 힘든 일이 생기는 것 아니야? 네냐플을 닫게 할 정도면 호텔쯤은 아무것도 아닐 것 같은데?

이 거대하고 화려한 곳이 뭔가에 오염되어 폐쇄되는 상상을 하자 갑자기 신중해진 이스핀은 맞서 싸우는 대신 탈출하는 쪽으로 마음을 바꾸고 창밖으로 상반신을 내밀었다. 이스핀이 허공을 향해 무어라 속삭이다가 다리를 밖으로 빼며 창틀에 매달리는 모습을 본 미코니스는 눈이 튀어나올 것 같은 표정이 됐다.

"저기, 저기요?"

이스핀은 대꾸 없이 방 안쪽에 있을 조안느를 향해 소리쳤다.

"퇴각!"

그러더니 진짜로 벽을 타고 내려가기 시작했다. 명령을 듣자마자 싸움을 멈추고 달려나온 조안느가 방 안쪽을 경계하며 말했다.

"뭘 놀라. 너도 내려가. 아니면 비키든가."

그러더니 미코니스를 창밖으로 마구 밀어냈다. 미코니스가 비명을 지르며 덧창에 매달려 늘어지자 조안느는 그를 내버려두고 창턱에 걸터앉았다가 벽 일부가 기묘하게 물렁해진 것을 알아차렸다. 손가락으로 꾹 누르면 자국이 찍힐 것 같달까. 영문은 모르지만 이대로라면 내려가기도 한결 쉬워진다. 공녀님이 이렇게 만든 걸까?

"그럼, 수고해라."

이스핀과 조안느가 척척 내려가버리자 혼자 남은 미코니스는 어쩔 줄을 몰랐다. 저들처럼 벽을 타고 내려갈 재주는 없고, 순간 이동 주문은 통하지 않았고, 그렇다고 문으로 나가자니 괴물이…….

그런데 왜 덮쳐 오지 않지?

미코니스는 가짜 벽 너머로 조심스럽게 머리를 내밀고 방 안을 살폈다. 그리고 방이 그가 처음 들어왔을 때 기뻐해마지않던 화사한 호텔 방으로 돌아가 있음을 알아차렸다. 새하얗던 침대 시트와 베개 위에 구둣발 자국이 요란하게 나 있을 뿐이었다.

겁먹은 걸음으로 더듬대며 걸어 들어가던 그의 발에 뭔가가 걸렸다. 주워 들고 보니 파란 보석이 붙은 귀걸이였다.

루시안과 헤어진 막시민은 식당 안을 걸으며 이스핀을 찾았지만 어찌된 셈인지 보이지 않았다. 기다리기 지루해서 잠깐 나갔을까? 또한 그는 테이블 앞에 앉은 귀부인들을 하나하나 살폈지만 쉴리스 백작부인도 눈에 띄지 않았다.

"……."

막시민은 자신의 판단을 되짚어보았다. 백작부인이 2층 파우더룸에서 막시민처럼 뛰어 내려왔다면 식당 밖으로 나갈 시간이 충분했겠지만 귀부인의 품위란 것이 있고 에스코트한 급사도 있었으므로 천천히 걸었을 테고, 일단 어느 테이블에 앉아야만 했을 것이다. 그러자마자 도로 일어나서 나가기는 쉽지 않을 거라고 생각했는데.

무엇보다 막시민은 백작부인이 안내인으로부터 권총을 건네받아 내려왔듯, 호텔을 나가기 전에 새로운 사람에게 넘기고 사라질 가능성이 크다고 상상했다. 그러자면 누군가를 만나야 하지 않겠는가? 그런 사람을 꼭 식당에서 만나라는 법은 없겠지만.

그때 식당 입구 쪽에서 사환 대여섯 명이 들어왔다. 그들은 각 테이블로 흩어져 뭔가를 물으며 돌아다니기 시작했다. 누굴 찾는 거지?

막시민은 누군가가 두고 간 트롤리 한 대를 얼른 끌어온 다음 막 손님이 떠난 테이블에서 빈 찻주전자와 찻잔, 접시 들을 쓸어 담았다. 제 코트는 트롤리 아래 칸에 넣고, 급사 재킷을 가다듬은 다음 침착하게 트롤리를 밀고 가기 시작했다. 그러나 한 테이블을 지나치며 들어보니 사환들은 손님들에게 이런 질문을 하고 있었다.

"혹시 호텔 뒤편에 가문의 표식이 없는 검정 이두마차를 세우셨습니까? 지금 부득이한 상황으로 마차를 옮겨야 하는데 마부가 어디로 갔는지 찾을 수가 없어서……."

어휴, 고작 무단 주차한 얼간이 때문이었잖아. 약간 김이 빠졌지만 어쨌든 트롤리를 차지한 급사란 말을 탄 기사와 비슷한 효과가 있어서 누구의 의심도 받지 않고 주위를 두리번대며 나아가기에 좋았다. 그런 채로 테이블 사이를 누비며 한 바퀴 돌았지만 여전히 백작부인은 보이지 않았다. 어찌된 거지?

왜긴 왜겠냐. 상대가 아직도 같은 옷차림일 거라고 멋대로 확신한 탓이지.

생각을 바꾸자 드디어 눈에 들어왔다. 구석진 테이블에 앉은 한 숙녀의 무릎에 공작색 숄이 놓여 있었다. 드레스는 노란색으로 변했고, 머리 모양까지 잘도 바꿨다. 두 겹으로 걸쳤던 치마를 보디스에서 떼어낸 거겠지?

막시민은 그 앞으로 다가가 말했다.

"주문하신 차 나왔습니다."

"아직 주문을……."

백작부인은 고개를 들었고, 막시민과 눈이 마주치자 눈이 휘둥그레졌다. 다시 마주칠 줄은 상상도 못했을 것이다. 막시민은 못 본 체하고 누가 마시다 만 찻잔을 아무렇게나 테이블 위에 올려놨다. 초조해진 백작부인이 짓눌린 목소리로 속삭였다.

"급사로 변장하고 나타나다니, 대체 무슨 속셈이야?"

"그쪽도 근사하게 갈아입으셨군요. 마치 가장무도회 같네요?"

"장난은 집어치우고 그만 사라져. 재미없으니까."

"왜요? 여기가 아까 말씀하신 접선 장소가 아니란 말씀입니까? 전 그런 신호로 이해했는데요?"

"……."

그때 한 사람이 다가와 백작부인 맞은편 자리에 앉았다. 앉아도 될까 묻기는커녕 인사조차 없이. 마치 마부 같은 복장을 한 늙수그레한 남자였다. 그런 자가 백작부인에게 예도 갖추지 않고 불쑥 물었다.

"테레제, 오늘 기분은 어때?"

'테레제'라고 불린 백작부인은 입술을 짓씹으며 대답했다.

"좋아."

"잘됐군."

마부 차림의 남자는 찻주전자의 온도를 재는 체하고 있는 막시민은 전혀 신경쓰지 않았다. 백작부인만이 긴장해서 흘끔대고 있을 뿐이었다.

"뒤뜰에 마차를 놔뒀어. 알아서 타고 가."

"……알았어."

막시민은 아무렇지도 않게 식어빠진 차를 남이 먹던 잔에 따르고, 우유인지 설탕인지 묻는 것처럼 백작부인을 쳐다봤다. 하지만 어차피 설탕만 남아 있었으므로 대답을 기다리지도 않고 각설탕을 세 개나 처넣었다. 그렇게 그랑도프 역사에 남을 망한 차를 제조한 뒤 트롤리를 어느 기둥 옆에 장식품처럼 척 가져다 놓고 돌아와 남은 의자에 털썩 앉았다. 그제야 놀란 남자가 막시민을 봤다.

"넌 뭐야?"

"아, 우리 초면이죠? 저로 말할 것 같으면 백작부인께서 조금 전에 경매장에서 아름다운 장난감을 훔쳐 안전하게 달아나시도록 무상으로 일조해드린 공범 되겠습니다."

백작부인이 파르르 떨며 막시민을 봤다.

"무슨 소릴 하는 거야? 공범?"

"그럼 아니었나요? 여기서 두 분이 만난 이유도 그것 때문 아닙니까? 한 장면 나오고 사라질 배역인 제가 부스러기라도 얻어 가려고 덤비는 걸로 보셨다면 유감스럽지만 바로 정답입니다. 아까는 잘도 도망치셨는데, 세상에 공짜가 어딨습니까?"

"……너희도 나갈 사정이 있었던 것뿐이잖아?"

"별로 그런 사정 없었습니다. 기다리기가 귀찮았을 뿐이지."

남자의 눈빛이 날카로워졌다. 그가 백작부인을 봤다.

"이건 누구야? 무슨 일이 있었어?"

"그냥 정신 나간 사람이야. 빨리 가."

그렇게 말하며 백작부인은 손을 내려 치맛주름 안쪽에서 뭔가를 끄집어내려 하다가 갑자기 얼어붙었다.

"……."

치맛자락 사이를 이리저리 더듬는 손이 떨렸다. 손놀림이 점점 빨라졌다. 이윽고 앞으로 꺼낸 손바닥 위에는 루시안의 펠리스에서 빼낸 묵직한 금장 핀이 놓여 있었다. 막시민은 무표정하게 그걸 힐끔 보더니 말했다.

"오, 멋진 핀이네요."

백작부인이 고개를 홱 쳐들며 막시민을 쏘아봤다.

"너지? 어떻게 한 거야? 빨리 말해!"

"제가 뭘요? 전 그저……."

그때 남자가 막시민의 손목을 덥석 움켜잡으며 속삭였다.

"네놈이 무슨 농간을 부렸는지 모르지만 테레제의 추측이 근거가 없진 않겠지. 당장 내놔. 손목 부러지기 전에."

막시민은 놀라는 시늉을 했다.

"설마 백작부인께서 귀여운 장난감을 잃어버리신 건가요? 그렇게 공들여 훔쳤는데 이게 웬일입니까? 가져가서 박살을 냈어야 하는데. 그분께서 얼마나 실망하시겠습니까? 화가 나서 장난감 대신 여러분의 머리를 박살내는 일이 없다면 좋을 텐데요. 그 속에는 씨앗도 뭣도 없으니 말이죠."

"……뭐?"

남자의 얼굴에 번진 당혹감은 거짓이 아니었다. 백작부인도 마찬가지였다. 막 권총을 잃어버려 크게 낭패한 터라 제 표정을 숨기지 못했다. 두려움. 그걸 보며 막시민은 확신했다. 이자들은 아이언페이스의 부하다.

"복잡하게 빙빙 돈데다가 당사자도 바뀌었지만 결국 이렇게 그랑도프 호텔에서 만나게 됐군요. 아이스크림과 홍차를 시켜야 하나? 오브리는 잘 있습니까? 하긴 우리 할아버지보다는 잘 계시겠죠?"

"네놈…… 그 손자로군."

"이제 아셨습니까? 당신네들은 팀끼리 정보 공유를 잘 안 하는 모양이네. 시간이 없으니까 용건부터 빨리 말하도록 하죠. 교환을 하고 싶네요. 당신들이 원하는 것과 우리 할아버지를."

남자와 백작부인의 눈이 마주쳤다. 남자가 말했다.

"대담하긴 한데 멍청하군. 그럴 필요가 있겠나? 난 이미 네놈을 잡고 있는데."

"물론 그렇긴 하지만 권총이 어디 있는지는 모르지 않습니까? 날 잡아 물통에 넣고 헹군다고 그게 나오진 않을 텐데. 그리고 난 멍청이가 아니라 이폴레트의 손자고, 할아버지는 중요한 물건을 주머니에 쑤셔넣고 다니지 말라고 하셨죠. 할아버지가 삼 년 전부터 당신들을 추적해 많은 것을 캐낸 덕택에 일하기도 아주 수월하네요. 당신들이 지금 당장 내 제안에 응하지 않는다면 물건은 오늘 안에 고고미술학 아카데미의 하브라스 원장의 손으로 되돌아가게 될 겁니다."

"……."

남자는 막시민을 쏘아보며 이것이 어디까지 진실인지 가늠해보려 했다. 자신 있게 미소까지 짓고 있는 애송이는 과연 얼마나 주도면밀할까? 어디까지 일을 꾸몄을까?

무슨 생각을 하든, 그들은 이길 수 없었다. 권총이 없었기 때문에.

남자가 말했다.

"오늘밤에 아르크벨 성으로 와라. 권총을 가지고, 혼자서."

백작부인이 경악한 표정으로 남자를 봤다.

"무슨 소리야! 이 녀석을 잡아가면 어떻게든 알아낼 수 있어!"

"이놈의 할아버지도 그럴 줄 알았지만 아니었잖아!"

"둘이 되면 얘기가 다르지! 고문실에 마주앉혀놓으면 십 분 만에 털어놓게 돼 있어!"

그때였다. 막시민조차 예상 못 한 일이 벌어졌다.

"겨우 다시 만났군, 리프크네 군. 친구들하고 차 한잔하시나?"

등뒤에서 나타난 또 다른 남자가 마지막 남은 의자에 앉더니 막시민의 다른 손목을 붙잡았다. 놀란 막시민이 쳐다보니 남자는 구면이었다. 경매장에서 봤던 회색 코트의 남자다.

"갑자기 사라져서 얼마나 허둥지둥했는지 알아? 사람이

위험한 일을 하게 만들고 말이야."

막시민은 이자가 누구인지 바로 추측하지 못했다. 그도 그럴 것이 오늘 새롭게 알게 된 두 세력의 싸움 틈바구니에서 동분서주하느라 충분히 머리가 복잡했기 때문이다. 하지만 막시민이 대꾸할 틈도 없이 마부 차림의 남자가 말을 자르고 들어왔다.

"당신은 누군데 멋대로 앉는 거지?"

"나? 여기 이 친구한테 볼일이 있는 사람이오. 그러는 당신은 얼굴을 보아 하니 친구 사이는 아닌 것 같고, 여기서 무슨 작당을 하시나?"

'작당'이라는 말에 마부 차림의 남자가 민감한 반응을 보였다.

"아아, 네놈이 이 녀석이 훔친 물건을 빼돌렸나?"

"뭘 빼돌려?"

회색 코트는 거만하게 어깨를 들썩여 보였다. 그런 까닭에 진짜로 상대의 말을 이해하지 못했다는 점은 잘 전달되지 않았다. 마부 차림이 험악한 얼굴로 대꾸했다.

"말 돌리지 말고. 당장 내놓지 않으면 이 녀석은 우리가 데려가겠다."

이번에는 회색 코트가 민감한 반응을 보일 차례였다.

"뭐? 데려가? 누구 마음대로?"

두 남자가 서로를 노려보며 신경전을 벌이는 동안 사이에 낀, 심지어 양손을 하나씩 붙잡힌 막시민은 다급히 머리를 굴렸다. 다짜고짜 나타나 자신을 뒤쫓아왔다고 하는 회색 코트의 정체는 무엇인가? 아이언페이스의 부하들과 한패가 아닌 것은 분명했다. 경매장에 와 앉아 있었던 것을 생각하면 회색 코트는 이 쇼를 꾸민 정체불명의 의뢰인인가? 그래서 권총이 사라지자 당황해서 쫓아 내려와 하필 막시민 리프크네를 찾아내어…….

리프크네?

순간, 막시민은 상황을 완전히 이해했다. 그 이름은 이곳의 누구도 모른다. 회색 코트는 의뢰인의 편도, 도둑의 편도 아니었다. 이자는…… 심볼리온이다.

심볼리온은 경매장에도 막시민을 찾으러 와 있었던 것이다. 막시민이 여기 온다는 사실은 어떻게 알았을까? 당장은 짐작이 가지 않지만 어쨌든 심볼리온은 이곳에 와서 경매장까지…… 잠깐, 그럼 이스핀은?

그때 회색 코트가 다른 손으로 주머니에서 뭔가를 끄집어내더니 막시민의 눈앞에 들이밀었다.

"이게 뭔지 알겠지?"

물론 알고 있었다. 앵초 모양으로 깎은 사파이어 귀걸이.

막시민은 당혹감으로 입술을 깨물었다. 마음속에서 이스핀이 그리 쉽게 붙잡힐 리 없다는 목소리와, 동시에 이들은 마법사라는 목소리가 싸웠다. 저것이 마차 안에서 봤던 이스핀의 귀걸이인 것만은 틀림없었다. 이스핀이 귀걸이를 잃어버릴 다른 이유 또한 생각해낼 수가 없었다. 그보다는 드레스를 입은 이스핀이 제대로 싸우기 힘들었을 것이고, 저들이 이스핀을 이길 수 없었더라도 순간 이동으로 납치할 수는 있었을 것이라는 생각이 커져갔다. 마치 킨 교수가 네냐플에서 자신을 보라색 방으로 데려갔을 때처럼.

이윽고 막시민이 물었다.

"어디 있지?"

"안전한 곳에 모셔뒀지. 워낙 사나우셔서 말이야. 아주 힘들었다고. 그럼 이제 얌전히 따라오실까?"

그 말에 대꾸한 것은 마부 차림이었다.

"어딜 데려가? 이놈은 내 몫이다."

"시시한 빚이라도 있나 보지? 그런 건 관심없어. 난 공무를 집행중이다."

회색 코트와 마부 차림은 계속 으르렁댔다. 하지만 둘 다 행동을 취하지 못한 이유는 각자 막시민의 손목을 하나씩 잡고 있었기 때문이었다. 그 결과 둘의 대화는 점차 '내가 찍어둔 얼간이한테 상회 입찰하지 마라'에 가까워져갔다.

"이까짓 놈이 별것은 아니지만 내가 마음만 먹으면 눈 깜짝할 사이에 데리고 사라질 수 있어. 네놈까지 같이 끌려가고 싶지 않다면 그 손 놓으시지?"

"이런 놈을 잡아가기 위해 순간 이동씩이나 쓰려고? 그런데 네놈한테는 전혀 힘이 느껴지지 않는데? 그까짓 실력으로는 손모가지 한 토막도 가져가기 힘들 것 같군그래."

둘 다 마법을 사용할 줄 아는 모양이었고, 양보할 기세가 아닌 그들에게 양손을 붙들린 막시민이 탈출하기란 쉬운 일이 아니었다. 아니, 오히려 선택권은 자신에게 있는 것 아닐까?

점차 생각이 정리되었다. 심볼리온의 추적을 따돌리게 해주려고 네냐플 교수들에다가 쥬스피앙과 친구들까지, 그토록 노력했음에도 불구하고 아이언페이스의 포로가 되는 것보다는 심볼리온에 출두하는 편이 낫다. 적어도 그들에게는 상식이란 게 있겠지. 오토마톤을 분해하지 않는다고 사람을 죽이지는 않겠지.

무엇보다 이스핀이 혼자 끌려가도록 놔둘 순 없다고 생각했다. 별 도움은 안 될지라도, 적어도 책임을 나눠 질 순 있잖아. 전부터 말했지만 그게 뭐였든 너 혼자 맞설 필요는 없어. 나한테도 동전은 몇 개 있고, 그걸로 살 만한 먼지 묻은 사탕도 선반 구석쯤엔 틀림없이 있다고.

결단을 내린 막시민은 긴 다리를 쭉 뻗었다가, 마부 차림이 앉은 의자 다리를 발끝에 걸어 힘껏 잡아당겼다. 갑작스러운 공격을 예상 못 한 마부 차림은 뒤로 자빠져 엉덩방아를 찧으며 막시민의 손을 놓쳤다. 그 틈을 타 막시민이 회색 코트를 향해 소리쳤다.

"좋습니다. 갑시다!"

다시 불길이 일어났다. 이번에는 아까보다 작았고 시전 시간도 짧았다. 하지만 가까운 곳에는 여파가 있어서 백작부인은 비명을 질렀다. 마부 차림은 기둥에 세차게 머리를 부딪히고도 팔을 뻗어 막시민의 발목을 잡아채려 했지만 이미 늦었다. 그의 얼굴이 낭패로 일그러졌다.

"빌어먹을!"

직후, 식당 입구로 달려 들어온 이스핀과 조안느는 식당 안에 벌어진 소란을 보았다. 무슨 일이 벌어진 것일까? 막시민은 와 있었을까?

이스핀은 의자가 나동그라지고 사람들이 쓰러진 테이블 앞으로 달려갔다.

"방금 여기……."

근처에는 귀부인 한 명과 마부 한 명이 바닥에 주저앉아 있었다. 그러나 그들은 마법 시전의 후폭풍에 휘말린 사람처럼 제정신이 아니어서 뭘 봤다고 설명할 상태가 아니었다. 급사들이 달려와 그들을 부축해 한쪽에 눕혔다. 넘어진 찻잔에서 홍차가 흘러나와 테이블 아래로 뚝뚝 흐르고 있었다.

이스핀은 우뚝 선 채 주변을 휘둘러봤다. 뒤에서 조그맣게 속삭이는 소리가 들려왔다.

"거기 앉아 있던 사람이 사라졌잖아……. 두 명인데……."

"마법이었지? 그런데 아까보다는 별일 없네?"

이스핀이 홱 몸을 돌리자 그들은 허둥지둥 사람들 틈으로 숨어버렸다. 그들이 겁을 집어먹은 이유는 이스핀의 드레스가 여기저기 찢어진데다 뺨에는 핏자국까지 남아 있었기 때문이기도 했지만, 무엇보다 파국을 예감한 이스핀의 눈빛이 상대를 꿰뚫어버릴 듯했기 때문이다.

그때, 기둥 옆에 놓인 트롤리가 눈에 띄었다. 아래 칸에 놓인 검은 코트를 본 이스핀의 표정이 다시 변했다.

다가가 코트를 꺼내 펼쳤다. 틀림없었다. 막시민의 것이다.

"……."

강연이 끝난 뒤 식당에서 만나자고, 그렇게 이야기했지. 하지만 자신은 미코니스의 계략에 휘말려 자리를 비우고 말았다. 막시민은 강연이 끝나고 돌아와서 자신을 기다렸을 것이다. 잠시 자리를 비운 줄로만 알았겠지. 심볼리온이 그들을 찾아 이곳에 와 있다는 사실도 모른 채. 심볼리온이 막시민을 데려갔을까? 또는 다른 누군가가? 강연장에서는 무슨 일이 있었던 걸까? 톱니는 만났을까?

그때 문득, 테이블에 찻잔이 하나뿐이라는 데 생각이 미쳤다. 두 명이 사라졌다고 하지 않았던가?

그 옆에는 케이크 같은 것을 먹었던 듯한 접시도 남아 있었다. 손끝으로 만져보니 이미 부스러기가 딱딱하게 굳었다. 홍차가 쏟아진 잔 안쪽에 덜 녹은 설탕처럼 보이는 것도 남아 있었다. 손끝으로 찍어 혀에 갖다 대자 단맛이 확 퍼졌다.

막시민은 홍차에 설탕을 넣지 않는다. 케이크처럼 단것도 좋아하지 않는다.

즉, 이건 모두 다른 사람의 것이다. 막시민은 이 테이블에서 편안히 차를 마시다가 납치된 것이 아니었다. 막시민이 누군가와 마주앉아 있었다면 다른 용건이 있었기 때문이다. 코트는 왜 벗었을까? 변장을 하려고? 코트가 트롤리에 놓여 있었던 것을 보면 급사로 변장했던 것일까? 하지만 심볼리온 앞에서 변장은 아무 의미가 없잖아. 대체 누구를 속이려 했던 거야? 아이언페이스의 부하들이라도 만났을까? 헬레나 때문에? 톱니 때문에?

모르겠어.

누굴 상대했는지도, 변장까지 해가며 무엇을 하려 했는지도, 난 모르겠다고.

그 이상을 생각하는 건 내 몫이 아니잖아. 네가 잘하잖아. 그러니까 같이 해보자고, 혼자 짊어지려 하지 말라고, 네가 그렇게 말했잖아. 그랬으면서 이렇게 사라져버렸어. 한 명은 모든 걸 해낼 수 없다고 했으면서.

결국 그 생각으로 되돌아오고 만다. 늪에 빠진 불행한 소녀. 빠져나가려고 발버둥치다가 친절한 사람이 내민 손을 붙들지만 상대방이 물밑으로 가라앉고 나서야 알아차린다. 자신은 수백 년을 살아온 물요정이며 이미 수많은 사람을 그런 식으로 늪에 처넣었음을.

망연자실해진 이스핀의 눈가에 붉은 기운이 번져갈 때 한 젊은이가 사람들 틈을 뚫고 다가왔다. 그는 이스핀의 얼굴을 살피더니 조심스럽게 물어왔다.

"실례합니다만, 혹시 이스핀 샤를 씨인가요?"

이스핀은 고개를 홱 쳐들고 상대를 노려봤다. 아까의 기억 때문에 이름을 대며 말을 거는 자는 심볼리온이라고 생각했기 때문이다. 젊은이는 금방이라도 눈물을 쏟을 듯한 아가씨가 사납게 쏘아보자 놀라 어깨를 움츠렸다가 코트 주머니에 손을 넣으며 머뭇거렸다. 긁히고 찢긴 드레스며 한쪽만 남은 귀걸이에 핏자국까지, 여러모로 범상한 아가씨 같지는 않았지만 그가 들은 설명대로라면 찾는 사람이 틀림없었다.

"마, 맞으신 거죠? 맞는 것 같은데. 저기, 제 친구가 이걸 전해주라고 해서요."

젊은이, 루시안 칼츠는 주머니에서 냅킨으로 둘둘 만 것을 꺼내 내밀었다. 기계적으로 받아든 이스핀이 냅킨을 벗기자 깃털 모양으로 세공한 황금 몸체에 흑진주가 박힌 아름다운 오토마톤 권총, '카나리아'가 모습을 드러냈다.

사라진 탐정

눈이 내렸다.

막시민이 돌아오지 않은 지 이틀째였다. 샤를로트는 줄곧 저택에 머물렀다. 콜레트는 병치레 핑계를 대고 살롱 모임을 취소했다. 조안느와 구스타브는 저택 안팎을 나누어 경계했고, 마리 루이는 슈니발트 저택에 찾아오는 모든 사람과 물건을 점검했다.

한동안 저택에 머물러달라고 간곡히 청하기는 했지만, 저택뿐 아니라 방에서도 나오지 않는 공녀님도 걱정되기는 마찬가지였다. 식사를 갖다드리러 가보면 그저 단정하게 앉아 생각에 잠겨 있었고, 식사를 거르거나 우려될 행동을 하지도 않았다. 다만 잠을 잘 못 자는 듯 얼굴만 파리해졌다. 샤를로트가 마음속 혼란이 크면 클수록 감정을 숨기고 사회적 껍데기만 보여주는 성품임을 아는 콜레트는 누구보다도 불안감이 컸다. 샤를로트가 이런 모습을 보였던 때는 콜레트의 기억으로 단 한 번, 베르나르가 사라졌던 때뿐이었다.

"아무래도 내가 실수했던 것 같아."

어스름이 깔릴 무렵, 탑 꼭대기의 종루에 올라와 있던 조안느가 중얼거렸다. 사방으로 뚫린 아치 중 하나에 다리를 내놓고 걸터앉은 채였다.

오래전, 슈니발트 가문은 동부에서 수상한 기미가 보이거나 봉화 등이 전해져 오면 종을 쳐서 주의를 환기하는 임무를 갖고 있었다고 했다. 그러나 이제 이곳은 변경이 아니었고 종루에 있어야 할 종은 예전에 사라졌다. 평소 아무도 올라올 일이 없어진 종루 안쪽에는 낙엽과 흙먼지만이 쓸려 다녔다.

반대쪽 거리를 내다보고 있던 구스타브가 대답했다.

"넌 나름대로 최선을 다했어. 갑작스러운 상황에서 연하를 잘 지켜냈고, 그래서 지금 저택 안에 안전히 계신 거잖아. 마법사를 생포한다는 건 거의 불가능하다는 걸 우리 모두 알고 있고."

"그래. 마법사를 제압하려면 죽여야 하지. 내 첫 번째 후회가 그거야. 그놈을 그냥 보내선 안 됐는데."

조안느의 입술에 힘이 들어갔다. 그때는 그 방에서 탈출해

연하를 호위하는 것이 우선이었기에 미코니스를 생포하거나 끌고 내려가긴 어려웠고, '심볼리온에서 나온 사람을 해치면 안 된다'고 누누이 당부한 마리 루이가 떠올라 그자를 베어버리고 가지도 못했다. 그 결과 방에서 어떻게인가 도망친 미코니스가 다른 심볼리온 마법사를 불러와 결과적으로 막시민을 납치해 갔다는 것이 조안느의 생각이었다. 그날 두 사람이 마법으로 사라지는 것을 목격한 급사를 찾아냈으므로 막시민을 데려간 건 심볼리온일 가능성이 컸다. 다만 또 다른 일행이 두 명 더 앉아 있었다는데 혼란 통에 사라져버려서 정체를 알아내지 못했다.

"이게 그런 식으로 해결될 문제였으면 그날 나부터가 밖에서 어슬렁대던 놈들을 다 베어버렸을 거다. 아니, 실은 너 혼자 보낼 게 아니라 나도 안에 들어갔어야 했던 거지."

구스타브는 그날 호텔 밖을 경계하는 임무를 맡았는데 누구든 하긴 해야 했겠지만 에투알이 맡기에는 상대적으로 난이도가 낮은 임무이긴 했다. 일이 그렇게 됐던 건 도벨 백작의 딸인 조안느와 달리 구스타브는 평민 출신이었기에 별나게 차려입고 안에 들어가는 자체를 껄끄러워했기 때문이다. 하지만 연하의 상심이 이틀째 이어지자 그도 그런 결정이 후회되기는 마찬가지였다. 그날 그곳에 심볼리온이 나타날 줄은 아무도 예상하지 못했다. 실은 지금도 이유를 몰랐다. 대체 어떻게 알고서 호텔 안에서 대기하고 있었던 걸까?

그날 에투알이 그랑도프 호텔에 갔던 것은 콜레트를 통해 막시민이 팬지 파빌리온의 강연에 참석하고 공녀 연하는 식당에서 기다릴 것이라는 전언을 들었기 때문이다. 공개된 장소였기에 어느 정도의 위험은 계산에 들어가 있었다. 그러나 진짜로 위험하다고 생각했다면 조안느도 자연스럽게 입장하기 위해 드레스를 입기보다 제대로 싸울 수 있는 복장으로 숨어드는 쪽을 택했을 것이다. 그리고 마리 루이를 아르노와 함께 가도록 두지도 않았을 것이다.

조안느가 고개를 저었다.

"그런 말은 그만둬. 난 내 행동을 후회하는 것뿐이야. 갑작스럽게 일이 벌어져서 흥분했던 거지. 그래서 냉정한 판단을 내리지 못했어."

"우리 임무는 연하의 안전뿐이야. 연하께서 상심하고 계시니 신경이 쓰이지만, 리프크네는 본래 우리의 임무 밖이었어. 그 녀석이 연하께 어느 정도로 중요한지 고작 며칠 만에 알아차리긴 어려웠잖아."

베네트를 통해 망한 카페 3층의 사무실을 알아낸 에투알들은 조용히 공녀를 따라다니며 주변을 감시했다. 그 과정에서 샤를로트가 막시민과 제법 친하게 지내고 있다는 것까지는 알았지만 필요에 따라 태도를 자유자재로 조절하는 공녀이니만큼 상대가 쓸모가 있어서 그러시는 것이겠지 생각했다. 오를란느의 공녀께서 네냐플 학생과 친구처럼 지내야 할 이유가 달리 있을 것 같지는 않았다.

표적과 거리를 유지하며 주변을 살피는 것을 에투알보다 잘하는 자들도 없다. 샤를로트조차 그들의 경호를 눈치채지 못했다. 그래서 심볼리온의 등장이 더더욱 어처구니없었다. 만약 그자들이 공녀를 추적중이었는데 에투알이 알아채지 못했다면 그런 한심한 꼴이 또 있겠는가.

그런 까닭에 조안느도, 구스타브도 심각할 수밖에 없었다. 공녀의 상심도 문제였지만 에투알의 명예도 달린 문제였다.

"그런데 말이야. 그날 심볼리온이 갑자기 나타난 것 말고도 이상한 점은 한두 가지가 아니었어. 팬지 파빌리온의 강연이 진짜로 강연이 아니라 경매라는 것은 몰랐을 수 있다 쳐. 하지만 '톱니'라는 자는 오긴 했던 거야? 매들로 소자작은 왔던 걸까?"

"모르지. 리프크네가 사라져버렸으니. 칼츠가의 도련님이라는 분은 물건을 연하께 전해주라는 부탁만 받았던 것 같고."

"그 도련님이 리프크네의 네냐플 친구라며? 칼츠가는 부잣집이라니까 경매에 초대를 받은 건 이상할 거 없겠지. 하지만 우연히 경매장에서 마주친 친구한테 그렇게 중대한 물건을 맡긴 것은 놀랍잖아. 그 도련님이야말로 경매장에서 무슨 일이 있었는지 얘기해줄 수 있는 유일한 사람이었는데.”

“그런 분을 우리가 붙잡을 권한은 없었잖아. 하지만 백작께 부탁드리면 살롱에 초대하거나 그럴 수 있지 않을까?”

“구스타브, 넌 슈니발트 백작을 믿어?”

구스타브가 당황해서 눈을 크게 뜨더니 조안느가 앉은 쪽으로 왔다.

“무슨 소리야? 그분이 지금 연하를 보호하고 있잖아?”

“그래. 오랫동안 연하를 섬긴 분이고, 그분이 없었다면 연하께서 켈티카에 머물며 활동하시는 것도 불가능했겠지. 그런데 이번 일은 정말 이상해. 연하께서는 오직 백작이 수집한 정보에 의지해서 호텔에 갈 계획을 짠 건데 켈티카에서 막강한 인맥을 자랑한다는 백작이 문제의 행사가 경매인 줄도 몰랐다니. 만나기로 한 자들은 나타났는지도 알 수 없고, 그 대신 느닷없이 심볼리온이 나타나다니. 우리한테 연하를 호위하러 가라고 한 것도 백작이었거든? 난 말이야…….”

조안느는 미간을 찌푸린 채 머리를 넘기며 한참을 생각했다. 그러나 결국 말하지 않을 수 없었다.

“마치 백작께서 리프크네를 심볼리온에 넘기려고, 판을 짠 게 아닌가 싶단 말이야.”

눈발이 날리자 거리의 행인은 일찌감치 줄어들었다. 슈니발트 저택에서 남쪽으로 내다보이는 거리, 두 에투알이 대화하고 있는 곳에서 백 걸음쯤 떨어진 상점가에서 두 사람이 식당 앞에 걸린 메뉴판을 들여다보고 있었다. 서지 코트 차림의 남자와 두건 달린 망토로 온몸을 감싼 여자였다. 흰 강낭콩을 곁들인 칠면조 콩피와 그물버섯 소테, 세 가지 치즈, 라즈베리 절임과 와플…….

"보이시죠. 저기, 종루가 있는."

"응."

여자는 대답하며 손가락으로 메뉴판 한 곳을 가리켰다. 하지만 눈은 슈니발트 저택을 흘끔대고 있었다.

"네. 마이그너 남작가에는 한 번도 간 적이 없습니다."

"백작과는 무슨 사이지?"

"모르겠지만 보통 사이는 아닌 듯합니다. 마차며 드레스는 그렇다 치겠는데 감옥을 빌려준 것은 놀랍죠."

"알았어. 나머지는 내가 알아보지. 탐정은 여전히 돌아오지 않았나?"

"소식이 없습니다. 그자들이 누군지는 혹시 알아내셨습니까?"

"증거는 남기지 않았어. 명부에는 이름이 없었고, 투숙명도 가짜더군. 초대도 받지 않았는데 마법을 써서 들어갔던 것 같아. 제대로 된 마법사라면 쓸 수 있는 수단은 많으니까."

"마법사들이 왜 탐정을 노린 겁니까?"

"그거야말로 내가 물어볼 말이군. 쫓기고 있는 줄도 몰랐다고? 네 재주를 생각할 때 믿어지지 않는데."

"……."

남자는 대답 없이 고개를 숙인 채 입맛만 다셨다. 여자가 다시 말했다.

"됐어. 그자들이 주도면밀했을 수도 있겠지. 어쨌든 탐정은 상대가 누군지 알고 있었어. 그 말은 전부터 쫓겼다는 뜻이지. 하지만 '쇠'의 먹이가 되느니 마법사 쪽이 낫다고 판단했어. 그건 현명한 판단이라 할 만하지. 역시 탐정은 머리가 좋아. 이번엔 우리보다 나았어."

여자의 눈이 자조적으로 가늘어졌다. 이번 일에는 노출되면 큰 문제가 생기는 인력을 몇 명이나 동원했고 둘도 없이 귀중한 권총까지 미끼로 내걸었다. 그렇게 했는데도 노렸던 적은 나타나지 않았고 아까운 권총만 잃었다. 경매에 나온 두 정 중 '카나리아'만이 진짜라는 걸 잘도 알아본 자는 틀림없이 아카데미의 직원 중 하나일 것이다. 그걸 빼돌려 도망친 여자는 조사 결과 진짜 백작부인이 아니었다. 켈티카에서 백작부인 노릇을 이 년이나 해왔지만, 놀랍게도 진짜는 병에 걸려 하이아칸에서 요양중이었다.

결과적으로 그들은 '쇠의 왕'을 경매장으로 끌어내지도 못했고, 얻은 소득이라고는 정확한 정체도 알아내지 못한 적의 부하 두어 명의 얼굴, 그들의 가짜 신분, 그리고 아카데미에도 끄나풀이 있다는 심증 정도에 불과했다. 반면 막시민은 놀라운 판단력으로 경매장에서 가짜 백작부인을 따라 탈출해서 사라지려던 권총을 빼돌렸고, 심지어 붙잡혀 가기 전에 그것을 이스핀에게 전달했다. 막시민이 아니었다면 꼼짝없이 권총을 적에게 빼앗겼을 테니 막시민은 본의 아니게 그들을 도와주기까지 한 셈이다. 어떻게 봐도 판정승이 아닐 수 없었다.

그날 그랑도프의 301호 객실에서 벌어진 일도 수수께끼였다. '쇠의 왕'의 힘으로 무슨 일인가가 벌어진 것은 분명한데, 이스핀 샤를은 그 함정을 뚫고 창밖으로 탈출했다. 대체 어떻게?

막시민의 조력자라고만 여겼던 이스핀에게 관심을 갖게 된 것도 그래서였다. 식당에서 사라졌다가 돌아온 시점을 생각할 때 객실에서 빠져나오는 데 고작 이십 분은 걸렸을까? 상상하기 힘든 일이다. 뛰어난 검사라고 듣긴 했지만 어떻게 단순한 무력만으로 그자의 힘과 맞싸울 수가 있단 말인가? 그리고 적은 왜 이스핀을 노렸을까?

게다가 권총도 현재 이스핀의 수중에 있다. 되찾지 않으면 안 된다…….

그때 남자가 메뉴판에서 몸을 돌려 여자를 보더니 불쑥 말했다.
"제 잘못을 인정합니다. 역시 저는 역량이 부족한 것 같습니다. 그러니 그만 빠지면 안 될까요."
"뭐?"
여자는 무슨 말도 안 되는 소린가 하는 표정으로 남자를 보더니 눈썹을 찌푸렸다.
"왜, 마음이 상했어? 네가 팔아먹은 것 같아?"
"……."
남자는 바닥에 쌓이기 시작한 눈을 말없이 구둣발로 짓이겼다. 여자는 잠시 후 다시 빙그레 웃으며 메뉴판을 가리켰다. 오늘 저녁에는 이걸 먹자고 말하는 연인처럼.
"탐정은 이 일과 관계없이 쫓기고 있었어. 우리하고는 상관없어. 너하고도 상관없지. 그리고 우린 권총을 되찾아야 해."
"그걸…… 저더러 훔쳐내라고요?"
남자의 목소리가 낮게 깔렸다. 밑바닥에서 불안감이, 아니 반감 같은 것이 느껴졌다. 여자는 개의치 않고 말을 이었다.
"글쎄. 아직은 아냐. 네 말대로라면 쉽게 기회를 주진 않겠지. 하지만 그대로 놔둘 순 없어. '쇠'가 언제까지나 은둔하고 있을 리 없지. 돌아오는 날, 그자는 제일 먼저 권총을 가지러 갈 거야."
마침 찬바람이 불어왔다. 남자는 몸을 움츠리며 떨었다.

이스핀 샤를은 강하고 영리하다. 의지가 굳고 판단이 빠르다. 그러나 진정한 힘을 드러낸 그자와도 맞싸울 수 있을까? 고결한 자도, 빛나는 별도, 끈질긴 플레상스 경도 해내지 못한 일을…….

뭘 기대하는 거야. 그런 사람이 세상에 있을 리 없잖아. 그저 어린 아가씨일 뿐이라고. 몇 번이나 봤잖아. 그자가 도전한 자를 어떻게 다루는지.

생기 넘치는 자일수록 두렵다. 그게 모조리 빨려나간 모습을 떠올리는 것은.

남자의 표정을 본 여자가 고개를 끄덕였다.

“알겠지? 그래서 권총을 그 아가씨 수중에 둘 수 없어. 그건 무책임한 처사야. 넌 아직 할 일이 있어. 우린 다 각오했잖아. 중간에 그만두고 싶었으면 시작하지도 말았어야지. 벗어나지도 말았어야지. 그자가 힘을 되찾으면 우린…… 예전으로 돌아가는 거야. 그건 아니잖아. 우리…… 살아남아야지. 안 그래?”

여자가 말을 끄는 부분에 무엇이 생략되어 있는지 잘 알고 있다. 사람들이다. 잔혹하게 고통받던, 죽어간, 산 채로 지옥에 빠진 자들이 있었다. 떠올리는 것만으로도 심장이 삐걱거린다. 어금니가 비틀린다. 이유 같은 건 없었지. 앞으로도 없겠지. 그놈한테는 인간의 감정이란 게 없으니까.

"……알겠습니다. 하지만 해치고 싶진 않으니까, 그것만은 부탁합니다."

여자가 씁쓸하게 웃었다.

"알아. 우린 악惡의 끝에 무엇이 있는지 알잖아. 그걸 다 보고 지옥에서 기어 올라왔잖아. 하지만 아직도 가장자리에 걸쳐져 있는 셈이지. 앞으로 무얼 한들 우리가 택한 이상주의자들처럼 될 수야 없겠지만 지옥 쪽으로 한 발짝만 더 내디디려 해도 난 몸서리가 쳐져, 헤르만."

갑자기 이름을 불린 남자가 흠칫 놀라며 여자를 보았다. 여자가 미소를 지었다.

"조금만 더 견디자. 그리고 나도 탐정이 돌아오길 바라. 꽤나 도움이 되었으니까. 사실상 감사 카드와 초콜릿이라도 보내야 할 판 아니겠어?"

"탐정을 찾아보실 겁니까?"

헤르만의 목소리에 언뜻 생기가 돌았다.

"그렇게 될 것 같아. 초콜릿을 보내려는 건 아니고."

여자가 고개를 모로 꼬며 허공을 보았다.

"마스터께서 관심을 갖고 계셔서. 나도 몰랐지만, 그날 거기 계셨던 모양이더라고."

(5권에 계속)